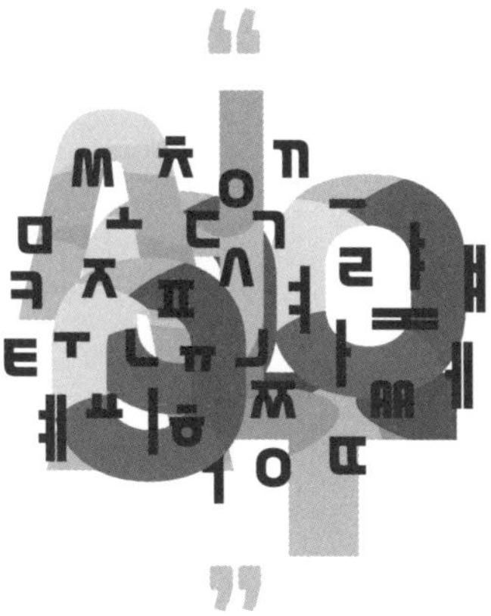

고재균의 사람, 성우

소리에 마음을 담는 사람, 성우100인의 인터뷰

STOREHOUSE

프롤로그

'사람, 성우'는 성우 100명의 인터뷰에 관한 책입니다. 이 책은 성우라는 직업에 대한 이야기며 성우로 사는 사람들의 일상에 대한 수다입니다. 이제 성우가 된 지 얼마 안 된 전속 성우부터 20년 안팎의 성우를 중점적으로 인터뷰했습니다. 성우라는 직업은 흔치 않은 직업이라 대부분 신기해합니다. 그리고 묻지요. '성우는 무슨 일을 하는 사람이에요?', '성우는 어떤 사람이에요?', '성우가 되려면 어떻게 해야 해요?', '왜 성우가 됐어요?', '성우가 되면 뭐가 좋아요?', '성우의 전망은 어때요?', '목소리 좋으면 성우가 될 수 있나요?' 등등 .

이 책은 그런 물음에 대한 대답입니다. 100명의 성우가 응답해 줬습니다. 애니메이션, 다큐멘터리, 라디오 드라마, 광고, 게임, 홍보 영상 등의 작품에 참여해 목소리로 연기하는 성우들의 일과 생활에 대한 생각을 담았습니다. 100명의 인터뷰를 토대로 8개 질문에 대한 성우들의 대답을 추렸습니다. 그리고 독자들의 이해를 돕기 위해 '아날로고의 선택'이라는 소제목으로 가장 인상 깊었던 14명의 인터뷰를 실었습니다.

아날로고 이야기

제 이름은 고재균입니다. 2000년 1월에 KBS 공채 성우로 시작해 지금은 프리랜서로 일하고 있습니다. '아날로고'라는 이름으로 블로그와 유튜브 채널을 운영하고 있고요.

전 아날로그 감성을 좋아하고 영화, 드라마, 연극을 분석하며 보는 취미를 갖고 있습니다. 이런저런 콘텐츠를 만드는 것도 좋아합니다. 제 장점은 남들보다 힘든 일을 그럭저럭 잘 견뎌낸다는 것, 일할 땐 세심하고 완벽을 추구한다는 점 등입니다. 단점은 무엇인가를 할 때만 열심히 하고 대부분 게으르다는 것, 그런데 그 게으름 속에서도 꼼꼼하고 완벽에 대해 고민한다는 것입니다. 모순 같기도 하고 삶이 피곤해 보이기도 하고 좀 희한하죠? 이제부터 이런 장점과 단점을 가진 제 얘기를 좀 해보겠습니다.

1. 성우 고재균

'성우'는…. 글의 마음을 읽어 표현하는 사람이다

성우는 글의 마음을 읽어 표현하는…. '사람'이다

성우는 소리에 글의 마음을 담는 사람입니다. 그래서 글을 해석하고 전달하는 능력이 요구됩니다. 해석과 전달을 위해선 날카로운 이성과 풍부한 감성이 필요합니다. 객관과 주관을 조화시킬 수 있는 높은 수준의 인지능력도요.

성우 안에는 2개의 자아가 존재합니다. 저를 예로 든다면 우선, 글을 읽어 연기하는 전문가인 '성우 고재균'이라는 자아가 있습니다. 그리고 평소에는 시청자의 입장에서 다양한 작품들을 감상하고 즐기는 '사람 고재균'이라는 자아가 있습니다.

성우 고재균은 수많은 작품을 통해 시행착오를 하고 그 경험을 바탕으로 점점 발전합니다. 사람 고재균은 일상에서 느낀 다양한 감동과 호불호의 감정을 기억하고 학습해 감성의 폭을 넓히고요. 이 2개의 자아, 성우 고재균과 사람 고재균은 다른 역할을 합니다.

성우 고재균은 대가를 받고 일하는 직업인입니다. 제 고객들은 성우 고재균을 하나의 브랜드로 생각하고 저의 어떤 장점 때문에 저를 섭외합니다. 제 장점이 뚜렷하고 많아야 수요가 계속 발생하겠지요? 성우 고재균은 자신의 가치를 증명하기 위해, 성우라는 직업으로 생계를 유지하기 위해 일합니다. 이 과정엔 다른 직업군과 마찬가지로 치열한 경쟁이 존재합니다. 경쟁에서 살아남기 위해 성우 고재균과 사람 고재균은 늘 다투고 타협합니다. 이 다툼은 이성과 감성의 조율이고 객관과 주관이 접점을 찾는 과정입니다. 가끔은 자신을 납득시키는 과정에서 마음의 상처를 입기도 합니다. 제 능력의 한계를 발견할 때 주로 그렇습니다. 가끔은 고재균이라는 브랜드의 정체성과 시장의 요구 사이에서 헤매기도 하고요.

하지만 일단 합의에 이르면 하나의 대표성을 띠고 작업에 임합니다. 이런 과정을 거쳐 제가 참여한 작품은 사람들의 평가를 받습니다. 물론 저도 결과물에 대한 모니터링을 합니다. 인간의 큰 행복 중엔 인정에 대한 욕구가 있습니다. 자신의 결과물에 대한 칭찬과 인정엔 늘 행복이 따릅니다. 그리고 그 직업을 계속 유지할 수 있다는 사회적 보상도 따르고요. 성우로 사는 고재균은 오늘도 완벽이라는 단어에 대해 고민하며 반성하는 삶을 삽니다. 조율과 타협이라는 큰 명제 아래서요.

2. 아날로고

아날로고 = '아날로그' + '고재균'

중학교를 3학년 늦가을, 학교 교지에 싣는다고 설문지를 받았습니다. 그 가운데 한 질문이 '중학교 3년간 가장 잘한 일은 무엇인가?' 였습니다. 제 대답은 '만화책 1,500권 돌파'였습니다. 주로 만화방에 가서 읽었고 자주 빌려 봤습니다. 가끔 중고서점에 가서 운 좋게 득템을 하기도 했습니다. 용돈도 부족했던 중학생의 소소한 행복이었습니다.

대학교 2학년 때 한 친구가 '슬램덩크'라는 만화책이 재밌으니 꼭 보라고 추천했습니다. 서너 권 대여점에서 빌려보다가 결국 홍대 근처 만화책 전문서점으로 가서 그때까지 나온 슬램덩크를 모두 샀습니다. 신간이 나올 때마다 사다가 2학년을 마치고 군대에 갔습니다. 휴가를 나올 때마다 꼭 서점에 들러 슬램덩크 신간을 구입했습니다. 이런 식으로 모은 만화책이 집에 600여 권 있습니다. 빠듯하지만 아르바이트로 용돈을 벌 수 있었던 대학생의 소소한 행복이었습니다. 물론 지금도 이 행복을 누리는 활동은 계속하고 있습니다.

전 좋아하는 작품은 반복해서 읽고 또 읽습니다. 다시 봐도 질리지 않고 늘 새롭습니다. 제 인지와 해석 능력이 좋아질수록 작품에 대한 이해 정도도 다르기 때문입니다. 시간을 두고 다시 보면 나중엔 컷(cut) 분할, 배경, 펜선의 굵기까지 더 깊이 생각해 볼 수 있습니다. 몇 년에 걸쳐 연재된 만화는 초창기 그림체와 마지막 권의 그림체가 다릅니다. 세월을 따라 작가의 작화 능력도 발전하고 그 완성도도 높아집니다. 독자의 입장인 저에게는 그 세월을 같이 하며 본 작품들에 대한 애정이 더 깊어집니다. 또, 감동의 두께도 두터워지고요. 여러 번 봐서 이미 외웠기 때문에 좋아하는 장면이 나오기 전엔 몇 페이지 전부터 설레기도 합니다. 그런데 신기한 것은 다 외웠다고 생각했는데, '이런 장면이 있었네?', '아! 그래서 더 이랬겠구나?' 하게 되는 지점이 꼭 있다는 것입니다. 이럴 때마다 원래 그 자리에 있던 것을 그제서야 발견한 것이지만 제가 자랑스러워집니다. 또, 작가의 마음이 더 잘 들리는 듯해서 행복해지고요. 추억으로만 남지 않은 현재 진행형의 소소한 행복입니다.

영화나 드라마를 볼 때도 마찬가지입니다. 전 좋아하는 작품들은 반복해서 보는 걸 좋아합니다. 제 게으른 성격도 크게 한몫했을 것입니다. 처음 봤을 때 느꼈던 감동에 새로운 감동이 더해지고 좋은 배우들과 제작진들의 마음이 전해져올 때 쾌감을 느낍니다. 만화책을 볼 때와 마찬가지로 이렇게 여러 번에 걸쳐 켜켜이 쌓이는 감동의 결은 견고합니다. 쉽게 무너지지 않고 오래 지속되지요. 자신의 분야에서 빛을 발하는 사람들의 노력과 그들의 결과물을 보는 기쁨은 고단한 삶에 힘이 됩니다. 그래서 성우 100명의 인터뷰도 할 수 있었겠지요? 이것이 남들은 이해 못 할 수도 있는 제 오래된, 느릿느릿한 아날로그적 행복입니다.

- 책을 내는 데 용기와 도움을 주신 김선민 선생님께 진심으로 감사의 인사를 드립니다. 제 인터뷰에 응해주신 100분의 성우들, SNS를 통해 제 글을 사랑해주신 팬분들, 뒤에서 도움을 준 많은 동료들에게도 깊은 고마움의 마음을 전합니다.

인터뷰 성우 소개

강보라(2008년, KBS 33기)

강시현(2014년, 대원방송 4기)

강유경(2006년, KBS 32기)

곽윤상(2003년, KBS 30기)

구지원(2016년, KBS 41기)

권성혁(2012년, 투니버스 8기)

권연희(2003년, KBS 30기)

권도일(2011년, KBS 36기)

김도영(2012년, 대원방송 3기)

김두희(2004년, MBC 17기)

김신우(2015년, 투니버스 9기)

공준호(2014년, KBS 39기)

김상백(2009년, KBS 34기)

김혜성(2012년, 대원방송 3기)

김희진(2006년, KBS 32기)

김사라(2013년, KBS 38기)

김석환(2006년, KBS 32기)

김태영(2008년, KBS 33기)

김나율(2010년, 대원방송 2기)

김정훈(2012년, 투니버스 8기)

김두리(2012년, KBS 37기)

김새해(2009년, 투니버스 7기)

김소희(2010년, KBS 35기)

김용(2017년, KBS 42기)

금령(2012년, KBS 37기)

김성연(2008년, 대원방송 1기)

남유정(2015년, KBS 40기)

리우(2016년, KBS 41기)

문남숙(2002년, MBC 16기)

민아(2015년, KBS 40기)

박주광(2017년, KBS 42기)

방성준(2002년, MBC 16기)

방우호(2005년, KBS 31기)

배진홍(2008년, KBS 33기)

백경훈(2010년, KBS 35기)

박고운(2012년, 대원방송 3기)

신경선(2012년, 대원방송 3기)

심규혁(2010년, 대원방송 2기)

신온유(2017년, KBS 42기)

신소윤(1999년, KBS 27기)

신용우(2003년, 투니버스 5기)

사문영(2011년, KBS 36기)

서다혜(2015년, KBS 40기)

소연(1999년, KBS 27기)

심인종(2013년, KBS 38기)

선은혜(2011년, KBS 36기)

석승훈(2015년, KBS 40기)

이지선(2017년, KBS 42기)

이승주(2005년, KBS 31기)

이문희(2008년, KBS 33기)

이자명(1997년, 투니버스 3기)

이민규(2013년, EBS 23기)

이보희(2010년, 대원방송 2기)

이승준(2014년, KBS 39기)

윤아영(2012년, 대원방송 3기)

오민혁(2015년, EBS 24기)

유보라(2013년, EBS 23기)

윤용식(2013년, KBS 38기)

여민정(2000년, 투니버스 4기)

이슬(2014년, KBS 39기)

이제인(2009년, KBS 34기)

이미형(2009년, KBS 34기)

유승화(2004년, EBS 20기)

임정길(2009년, KBS 34기)

윤승희(2005년, KBS 31기)

전해리(2007년, EBS 21기)

장미(2015년, 대원방송 6기)

장민혁(2006년, KBS 32기)

전진아(2006년, KBS 32기)

장예나(2015년, 대원방송 6기)

정의진(2016년, KBS 41기)

정남(1996년, MBC 13기)

조경아(2012년, KBS 37기)

조현정(2002년, MBC 16기)

전승화(2008년, KBS 3기)

전지원(2006년, KBS 32기)

천지선(2013년, EBS 23기)

최낙윤(2008년, 대원방송 1기)

채안석(2012년, KBS 37기)

하지형(2017년, KBS 42기)

하은진(2007년, 대교방송 5기)

허예은(2017년, KBS 42기)

허성재(2015년, KBS 40기)

홍진욱(2002년, KBS 29기)

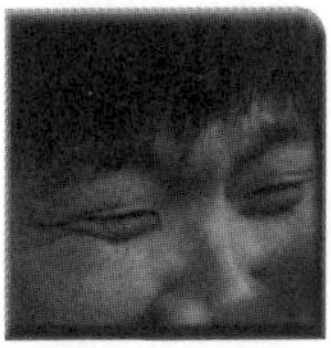
홍후백(2016년, KBS 41기)

홍수정(2009년, KBS 34기)

| 아날로고의 선택 |

조민수(2012년, KBS 37기)

전숙경(2002년, KBS 29기)

이새벽(2015년, 투니버스 9기)

정재헌(2002년, MBC 16기)

박민기(2018년, 대교방송 8기)

남도형(2006년, KBS 32기)

정선혜(2000년, 투니버스 4기)

이다슬(2016년, KBS 41기)

박지윤(2005년, KBS 31기)

김하루(2014년, 대교방송 6기)

박영재(2005년, KBS 31기)

임채헌(2000년, KBS 28기)

정형석(2006년, KBS 32기)

이명호(2015년, KBS 40기)

차례

프롤로그

아날로그 이야기

제1장 나는 이런 사람이다

1. 자신에 대해 100자 이내로 표현한다면? 23
2. 자신에 대한 영상 광고를 만든다면 그 광고 문구는 어떻게 쓰겠나? 33

제2장 나는 성우다

1. 성우가 된 이유? 45
2. 성우가 되기 위해 어떻게 준비했나? 61
3. 성우를 지망하는 사람들에게 조언을 해준다면? 79
4. 성우가 돼서 좋은 점? 105

제3장 나는 이렇게 살고 싶다

1. 나는 이런 성우로 기억되고 싶다? 123
2. 10년 후 자신의 모습을 상상한다면? 130

제4장 못다 한 이야기

1. 이런저런 이야기들 141
2. 아날로그의 답장 - Q & A 144

| 아날로고의 선택 |

1. 조민수 161

2. 정선혜 167

3. 정재헌 175

4. 이새벽 188

5. 남도형 194

6. 이다슬 198

7. 전숙경 203

8. 박민기 208

9. 김하루 214

10. 박영재 218

11. 박지윤 222

12. 정형석 227

13. 임채헌 231

14. 이명호 235

제1장

나는 이런 사람이다

1. 자신에 대해 100자 이내로 표현한다면?

신경선(2012년, 대원방송 3기)

꼼꼼한 듯 철두철미한 듯 보이지만 허술하고, 덤벙거리고 조심성이 없습니다. 동기부여는 감성적이지만, 실행에 있어서는 이성적입니다.

전해리(2007년, EBS 21기)

늘 꿈을 꾸며, 지치지 않고 그 꿈을 좇는 어른 아이이자 아름다운 세상을 위하여, 내가 세상에 존재함으로 인해 단 한 명의 삶에라도 작은 긍정의 변화를 줄 수 있기를 바라며 늘 부족하지만 내일은 더 좋은 사람이 되고 싶어, 하루하루 배우며 앞으로 나아가고자 노력하는 사람입니다.

강보라(2008년, KBS 33기)

인생을 사랑하고 삶의 한가운데 살려고 노력하는 사람입니다. 빈틈은 많지만 어제보다 더 나은 사람이 되려고 애쓰는 삶을 살아가는 사람입니다.

심규혁(2010년, 대원방송 2기)

저는 계속 성장하는 성우입니다. 성우는 저의 정체성인 동시에 치유 도구이기도 해요. 그래서 이 일을 사랑하고 사랑하니까 더 잘하고 싶고 그러면 이 일도 저한테 더 잘해주지 않을까요?

김도영(2012년, 대원방송 3기)

부족함 많은 사람이지만, 어제보다 나은 사람, 좀 더 성숙한 사람이 되고 싶고 되어가는 중인! 김도영입니다.

장민혁(2006년, KBS 32기)

장민혁은 저 높은 하늘에 소망을 두고 누구나 편히 쉴 수 있는 오름직한 동산이 되기 위하여 나에게 허락된 남자, 자녀, 남편, 아빠, 성우로서의 삶을 충실히 살아내려 매일 매일 노력하는 사람입니다.

이지선(2017년, KBS 42기)

얼마 전 친구가 물었습니다. “신이 너에게 나타나서 원하는 걸 딱 하나 주겠다고 해. 그럼 너는 무엇을 달라고 할 거야?” 저는 망설이지 않고 “성우로서의 재능!”이라고 대답했습니다. 나의 꿈이자 모든 것인 성우로 살아갈 수 있어 행복합니다.

천지선(2013년, EBS 23기)

낯을 가리지만 사람을 좋아하는, 사람을 잘 믿어 상처도 받지만 받은 만큼 돌려주는, 잘 웃고 허당이지만 진지한 정이 많고 눈물이 많지만, 때론 차가운 여자 입니다.

신온유(2017년, KBS 42기)

따뜻할 온! 부드러울 유! 매울 신! 꿈꾸는 소녀, 아이 같은 영혼, 진정성 있는 삶을 살아가고 싶은 온유입니다. 생각이 많아 버퍼링이 자주 걸리지만 정리를 잘하면 깊어집니다! 야무져 보이지만 사실은 허당이며 정이 많고 사랑까지 많은 푼수 신온유입니다.

장미(2015년, 대원방송 6기)

복잡한 세상 편하게 살고 싶은 마음이 가득한 생각 많은 여자사람입니다.

김두희(2004년, MBC 17기)

자신감 없던 10대를 보냈습니다. 불안했던 20대와 고민 많던 30대를 지나 앞으로 펼쳐질 40대는 좀 편안하길 바라는 열등감이 8할이었던 사람 김두희입니다.

김혜성(2012년, 대원방송 3기)

에너지 넘치는 연기자, 요즘에 유행처럼 하는 말이 있다면 '비글 같은 성격의 소유자'이며 함께 있으면 행복해요, 함께 행복해지는 그런 에너지를 가진 성우입니다.

장예나(2015년, 대원방송 6기)

저는 요즘 유행하는 단어로 칭찬봇입니다! 너무 연발하는 게 문제긴 하지만 그만큼 그 사람을 사랑하고 싶고 항상 좋은 점만 보고 싶은 깨발랄한 성격의 소유자입니다.

신용우(2003년, 투니버스 5기)

알 수 없는, 뻔하지 않으려 하는, 그럴 듯해 보이고 싶지만 매번 시시한, 완벽하고 싶지만 허점투성이에 스스로의 이중성을 자책하며 나이 값하기엔 턱없이 철없는 청년이라고 생각하고 싶은 남자사람입니다.

여민정(2000년, 투니버스 4기)

치밀한 듯 어리바리. 차가운 듯 따뜻한. 피아노를 치며 스트레스를 풀고 노래하며 스트레스를 줍니다. 바다를 보며 돌아보고 여행하며 힘을 얻고 나이가 들며 나 자신을 잘 찾아가는 어른이 되어가고 있습니다.

남유정(2015년, KBS 40기)

하고 싶은 게 너무 많고 철들고 싶지 않은 사람, 꿈이 많은 사람입니다.

김태영(2007년 대교방송 5기, 2008년 KBS 33기)

내성적이고 숫기 없었던 나. 성우라는 첫사랑을 만나 말과 사람을 마주하는 법을 배운 후, 제2의 인생을 삽니다. 지금도 늘 설레일 수 있는 무언가를 찾아, 저는 또 가만히 있질 못합니다. 그게 저란 놈인 것 같습니다.

신소윤(1999, KBS 27기)

신 신나는 일이 없어도 신나게

소 소소한 일로도 감사하게

윤 윤기 흐르는 목소리로 세상을 열고 싶은 사람

홍후백(2016년, KBS 41기)

『바람에게도 길은 있다.

나는 비로소 나의 길을 가느니

길은 언제나 어디에나 있다.』

아무것도 할 줄 모르던 무지렁이가 조금씩 길을 찾아가는 중입니다. 이제 프리랜서 성우의 길을 걷고 있는 KBS 41기 성우 홍후백입니다.

곽윤상(2003년, KBS 30기)

자신에겐 냉정하게, 타인에겐 관대한 삶을 살아왔습니다. 늘 신중하려 애쓰고 실수를 두려워하며 칭찬에 인색한 삶을 살지만 그러지 않기 위해 노력하는 1인.

하은진(2007년, 대교방송 5기)

뭐든 늘 한 박자 느리지만 새롭게 배우고 조금씩 발전하는 것의 즐거움을 알게 되어 감사하고 있습니다. 삶에 관심이 많고 하는 것마다 서툴지만 노력하는 사람입니다.

정의진(2016년, KBS 41기)

언제나 봄, 진흙탕 속에서도 네잎 클로버를 찾아내는 장난꾸러기입니다.

전진아(2006년, KBS 32기)

어른도 청년도 아이도 아닌 아직도 자라고 있는 아이라고 할까요. 철이 없는 사람이랍니다. 에효... 키우기 힘드네요.

서다혜(2015년, KBS 40기)

아직은 새싹. 그냥 바닥에 성우 서다혜라는 팻말만 있어서 그동안 이 자리에 뭔가 심어져 있다는 것만 알리다가 이제 막 땅을 뚫고 싹이 나오기 시작했어요. 이게 무슨 싹인지는 저도 모르겠습니다. 하지만 지켜봐 주세요!

공준호(2014년, KBS 39기)

새로운 것에 대한 호의, 발전에 대한 욕망 그리고 끊임없이 연구하며 노력해가는 사람.

허예은(2017년, KBS 42기)

만화 속 주인공처럼 살고 싶고 좋아하는 것을 계속 쫓아가며 늘 즐겁게 사는 사람.

정남(1996년, MBC 13기)

말하는 것에 망설임이 많았지만 어찌하다 말하는 직업을 갖게 되었습니다. 학교를 졸업하고 나서야 꿈을 발견했고 지금은 또 다른 길을 모색 중인 정말 운 좋은 1인입니다.

허성재(2015년, KBS 40기)

가까이서 지켜보는 재미가 있는 사람. 스스로 정해놓은 규칙이라든가, 목표가 있어서 혼자 그것들을 해나가는 걸로 분주한 모습이 재밌을 거예요. 또 나만의 '결' 을 만들어나가는 과정을 즐기는 사람. 하지만 결국은 외로운 사람인 거 같네요.

김상백(2009년, KBS 34기)

순응적으로 보이나 틀에 박힌 사고를 거부하며, 안정을 추구하지만 모두 가는 길을 가지 않으려 하고 항상 새로운 것을 찾아가고자 하지만 자유로운 사색을 즐기는, 반전이 매력입니다.

소연(1999년, KBS 27기)

비교적 열심히 활동 해 온 21년 차 성우이며 언젠가는 공연무대로 돌아가고 싶은 배우입니다. 하고 싶은 게 너무 많은 욕심쟁이지만 딸에게는 한없이 좋은 부모이고 싶은 엄마입니다.

윤아영(2012년, 대원방송 3기)

잘 웃고 잘 웁니다. 상대를 이해하지 못하더라도 공감할 수 있는 사람이며 계획하는 것을 좋아하지만 실행력은 떨어집니다. 주어진 역할에는 책임을 다하고 자신과의 약속에는 관대하여 게으릅니다. 개그 욕심이 있고 보기와 다르게 많이 소심합니다. 마음이 약하고 연민이 많으며 약간 완벽주의를 갖추고 있는 집순이지만 근데 해외여행은 좋아합니다.

이보희(2010년, 대원방송 2기)

심장은 뜨겁고, 머리는 지혜로우며, 눈은 맑고, 신체는 이완되어 있으며, 깊고 풍부한 호흡으로 매력 있는 소리를 가진, 사랑이 많은, 사람을 갈망하는 사람 이보희입니다.

이승준(2014년, KBS 39기)

성우라는 직업을 너무나 사랑하고 배고프면 예민하고 착하지 않으며 성질도 더럽고, 완벽하지 않은데다, 내성적이지만 외향적인 척 상처를 너무나 잘 받고, 쓸데없는 걱정이 많은데다, 끊임없이 완벽해지고픈 평범한 대한민국 남자입니다.

윤용식(2013년, KBS 38기)

무뚝뚝하고, 귀염성도 없고, 소심해서 늘 긴장하고, 쓸데없는 고민이나 걱정도 많아요. 그래도 큰 욕심 없이 소소한 행복들을 찾아다니며 늘 평화롭고 자유로운 마음을 유지하려고 하는, 어찌 보면 재미없는(?) 평범한 대한민국 청년입니다.

유승화(2004년, EBS 20기)

바지 주머니가 뚫려서 손가락이 나오는 것처럼 그렇게 삐죽삐죽 삐어져 나오고 싶은 욕구가 강한 소심한 사람입니다.

강시현(2013년, 대원방송 4기)

저는 잘 웃고, 잘 울고, 잘 놀고, 잘 먹습니다. 솔직한 걸 좋아하고 머리 아픈 걸 싫어합니다. 할머니가 되어도 마냥 아이처럼 철없이 살고 싶은! 그러나 일과 사랑에 있어서는 아주 열정적인 달콤뜨끈한 사람입니다!

백경훈(2010년, KBS 35기)

따뜻하고 편안한 외모를 가진 곰돌이 푸 같은 귀욤미 터지는 아재 착하게 살려고 애쓰지만 때때로 그렇지도 않은. 은근 집돌이.

김사라(2013년, KBS 38기)

남들보다 도드라지게 느리지만 결국 도착하고 마는 사람. 일희일비의 귀재. 감각기관이나 마음이 예민한 사람. 천방지축 신나지만 한없이 고요한 사람.

조현정(2002년, MBC 16기)

긍정적이고 유쾌한 에너지 뿜뿜! 에너자이저 같은 열정쟁이. 그 에너지를 유지하기 위해 자기관리 하려고 노력 중이며 일주일에 6일은 마시던 술을 끊고 금주 8년 차에 접어들었습니다. 그리고 큰 행복을 막연히 기다리기보다는 순간순간 느끼는 작은 행복들을 느껴보려고 노력 중인 몸짱, 목짱, 맘짱이 되고픈 짱짱걸 입니다.

김용(2017년, KBS 42기)

인생이 유쾌하길 바라며 '철들지 말자'가 인생의 좌우명입니다. 축구와 게임을 좋아하고, 사람들과 어울려 놀기를 즐깁니다. '어떻게든 되겠지'라는 생각을 하며 살아서 주위 사람들이 더 걱정해주는 그런 사람입니다.

권연희(2003년, KBS 30기)

유유자적. 하늘을 올려다보며 세상을 즐거워하고, 고이기보다는 흘러가려는 사람.

권도일(2011년, KBS 36기)

내성적인 성격과 활발한 성격이 공존하는 한없이 부끄러워하다가도 언제 그랬냐는 듯 어디든 앞에 나서서 하는 모습을 보면 갈피를 잡기 어렵다.

김새해(2009년, 투니버스 7기)

아기 같기도 하고 할머니 같기도 하고 부드럽지만 자아가 강하고 도도해 보이기도 하지만 허당이고 겉은 상쾌하고 속은 촉촉하게 살고 싶은 사람.

임정길(2009년, KBS 34기)

제 이름은 정길인데요. 바를 정(正) 길할 길(吉). 돌아가신 큰아버지께서 바르게 살라고 지어주신 이름입니다. 쉽지는 않지만, 그 이름대로 행동하려고 노력하는 사람입니다.

전지원(2006년, KBS 32기)

정해진 테두리를 따라 걷기보다 마음대로 걷기를 좋아합니다. 그러다 보니 늘 새롭고 싶은 마음으로 살아갑니다. 가족들과 숲을 걷는 것을 즐기고, 삶을 사랑하며 살고 있습니다.

윤승희(2005년, KBS 31기)

에너지가 다 할 때까지 쏟아붓고 장렬히 전사하는 하루살이 타입?!

채안석(2012년, KBS 37기)

꿈을 찾아 서울로 와서, 힘차게 살고 있습니다. 또, 저만의 존재감을 찾기 위해 열심히 노력하고 있습니다. 한국어 더빙을 사랑해서 성우가 되었고, 아직 많이 목말라 하고 있는 성우입니다.

홍수정(2009년, KBS 34기)

주어진 삶에.. 그저 감사하며 최선을 다해 살고 싶은 사람입니다. 그리고 누군가에게 희망이 되고픈. 작은 소망을 가지고 살고 있는 사람이지요.

박고운(2012년, 대원방송 3기)

무슨 일이든지 성실함을 무기로 성우일과 가정 두 마리의 토끼를 잡고 싶은, 인생의 소소한 즐거움을 느끼며 매일 감사하게 살고자 하는 성우 박고운입니다.

2. 자신에 대한 영상 광고를 만든다면 그 광고 문구는 어떻게 쓰겠나?

김두희(2004년, MBC 17기)

수고하셨습니다. 이젠 좀 쉬어도 됩니다. 당신은 충분히 노력했으니까.

이승주(2004년 EBS, 2005년 KBS 31기)

BGM으로 산뜻한 바람 소리… 바람에 동화책이 넘겨지다 고정되면 화면 위로 '성우 이승주' 활자가 환상적으로 부서지고(효과음) 마술 가루처럼 책 위에 떨어지면서 활자가 살아나 바람을 타고 어린아이의 귀로 들어가고, 같은 형식으로 광고 문구가 광고주의 귀로, 생활 서적이 시각장애인의 귀로, 웹툰(만화책) 글씨가 작가의 귀로, 소리 없는 영상에 (만화, 영화 등등) 대본의 글씨가 화면에 입혀지고, 컴퓨터 화면의 글씨가 어르신들의 귀로, 문학책의 글씨가 소녀의 귀로 들어가고 소녀의 편안하고 밝은 미소 얼굴이 크로즈업 되면서 '음..... 좋다!'

전해리(2007년, EBS 21기)

인생은 한 번뿐이다. 내게 주어진 시간이 언제까지인지 아무도 모른다. 고로, 내일 생을 등져도 후회하지 않을 삶을 살자. 즐겨라, 내 삶은 한 번뿐이니까!

김도영(2012년, 대원방송 3기)

가까이 와보면 깜짝 놀랄 거야 (누구나 그렇지만 저 역시 의외의 면이 많다고 생각 해요.)

소연(1999년, KBS 27기)

'나'를 규정지을 수 있는 건 오직 '나' 뿐이다!

이문희(2008년, KBS 33기)

난 직장으로 출근하지 않는다. 난 오늘도 세상으로 출근한다.

배진홍(2008년, KBS 33기)

The best is yet to come (마치 다우니 광고에 나오는 이상화 선수처럼 굉장히 땀을 흘리며 열심히 연습하는 제 모습과 함께)

저는 운이 좋은 사람도 아니고 내세울 것 하나 없는 부족한 것들 투성이인 사람이고 아직도 만들어진 것보다는 만들어 가야 할 게 훨씬 더 많은 모지리(?)지만 늘 최선을 다해 살다 보면 최고의 순간이 오겠지요! 저한테 해주고 싶은 말이에요. 정신 차리고 더 열심히 살라고.

심규혁(2010년, 대원방송 2기)

의미는 스스로 만드는 것. 그럴 수 있다면 가장 조용한 것이 가장 강한 메시지가 되고 가장 평범한 것이 가장 특별해지고 가장 소소하게 보냈던 그날 가장 행복해질 거예요. 당신의 목소리를 찾아보세요.

이보희(2010년, 대원방송 2기)

우리 일에서 필요한 건 명성이니 영광이니 하는 것이 아니지. 실은 인내력이죠.
'자기 십자가를 지는 법을 알고 다만 믿을지어다' 바로 이거지.
(안톤체홉의 '갈매기' 극 중 니나 대사입니다)

방성준(2002년, MBC 16기)

"멋지지 않아도 괜찮아요. 철 좀 안 들면 어때요? 우리 뜨거운 가슴이 있잖아요!"

장미(2015년, 대원방송 6기)

은은하게 반짝반짝! (단, 눈부시지 않도록 은은하게 반짝이고 싶습니다.)

이지선(2017년, KBS 42기)

마음을 전하는 목소리. 목소리에서 느껴지는 마음. 진심을 담습니다.

신온유(2017년, KBS 42기)

"너는 나의 꿈이다."

신경선(2012년, 대원방송 3기)

동기는 감성으로. 행동은 이성으로.

강보라(2008년, KBS 33기)

30명 정도 되는 사람들이 방문 현관문 창문, 장롱문, 닭장 문, 개집 문 등등 각종 문을 열며 강보라! 강보라! 강보라! 강보라! 계속 외치게 하겠습니다. 마지막엔 블랙에 흰 자막으로 '믿을 수 있는 목소리. 성우 강보라 010-****-****' 좀 유치하지만 세뇌가 될 수 있도록. (웃음)

홍진욱(2002년, KBS 29기)

평범한 사람이 평범함을 연기할 때.. 평범하지 않은 감동을 받는다.

장민혁(2006년, KBS 32기)

저 높이 솟은 산이 되기보다 오름 직한 동산이 되고 싶다. 나의 가는 길만 비추기보다 누군가의 길을 비춰 주고 싶다.

김혜성(2012년, 대원방송 3기)

사는 게 힘들지? 뭐가 그리 힘들어! 힘내! 재미있게 사는 거야! 같이 한번 해보자고! 사는 거 별거 있나. 재미있고 행복하면 되지. 어렵지 않아. 같이 해보자. 나만 따라와.

김나율(2010년, 대원방송 2기)

듣고 있는데 미소가 나네요. 듣고 있자니 기분이 좋아져요. 이 사람 참 좋은 사람일 것 같아요.

남유정(2015년, KBS 40기)

햇빛에 반짝이는 호수의 물결처럼 바람에 밀려와 부서지는 하얀 파도처럼 당신의 마음에 닿고 싶습니다.

사문영(2011년, KBS 36기)

그녀는 평범합니다. 하지만 그녀는 반짝반짝 빛이 납니다. 그래서 그녀는 특별합니다.

김태영(2008년, KBS 33기)

늘 가슴 설레고픈 촌놈. 첫사랑 같은 나의 일, 짝사랑 같은 나의 삶. 찾으세요. 가슴이 웃는 인생. 가슴이 뜨거운 인생 !

장예나(2015년, 대원방송 6기)

지금 행복하시죠?

네 행복합니다!!

……

행복한 성우!

리우(2016년, KBS 41기)

나에 대해 그 어떤 편견도 가질 수 없을 거야. 그럴 틈이 없을걸? 당신이 나에 대해 이미 편견을 가졌다면 그건 이미 지나간 과거의 나야. 지금 나는 계속 성장 중이거든. 그건 앞으로도 그럴 거고. 따라올 수 있겠어?

허성재(2015년, KBS 40기)

주제를 알 수 없는 색깔들로 더럽혀진 도화지. 그 위에 다시 새로운 그림들을 그릴 수 있을까? 새로 그린 그 그림을 사람들은 알아봐 줄까? 아니, 알아볼 필요 없어. 알아볼 거란 기대도 필요 없어. 너는 그 자체로 이미 작품이야. 그저 너를 보여줘, 세상에.

하은진(2007년, 대교방송 5기)

오늘도 피곤하셨죠. 여기에 맡겨두세요. 당신의 피곤. 그녀의 목소리에 맡겨두세요. 피곤이 힐링이 되는 순간 성우 하은진과 함께할 때입니다.

정남(1996년, MBC 13기)

굼벵이는 기는 재주가 있다는데

그의 목소리는 빠져들게 하는 매력이 있다.

곽윤상(2003년, KBS 30기)

대! 기! 만! 성!

정의진(2016년, KBS 41기)

'가능성의 선택' '마음먹은 대로 된다'는 말을 좋아합니다. 이미 우주에는 우리가 꿈꾸는 수많은 가능성이 존재한대요. 우리 모두는 이미 그 가능성들을 선택할 수 있는 사람들이라고 믿습니다. 많은 사람들과 '함께' 꿈을 이루어 나가는 사람이 되고 싶어요.

하지형(2017년, KBS 42기)

사실 예전부터 상상했던 광고카피가 있어요. 'I' m My Rival' – '나는 나의 라이벌이다' 입니다.

어감은 굉장히 터프하게 들릴 수 있습니다. 하지만 그런 경쟁, 투쟁의 의미 말고 다른 의미가 있어요. 존경하는 선배가 해준 얘긴데, '남들 거 따라 하려고 하지 마라', '남한테 이기려고 하지 마라', '니 걸 해라', '너한테서 꺼내라.' 결국은 내 안에 다 있는데 내가 어떻게 꺼내느냐에 따라 달라진다라고 했어요. 그 말에 굉장히 깊이 공감했어요. 성우라는 세계에서 등수를 매기는 건 무의미한 것 같아요. 목소리 좋은 등수, 목소리 굵은 등수 같은 거요. 결국은 내가 내 걸 해야 하는 거죠. 이겨도 내가 나한테 이겨야 하구요.

'항상 더 나은 내가 되자' 하는 의미에서 'I' m My Rival' 로 써봤습니다.

김상백(2009년, KBS 34기)

카피와 음악 없이 어딘가를 달리는 모습에 달리는 숨소리와 발소리만 들리는 영상이였음 하네요. 앗! 스포츠웨어 광고가 되려나요?

이자명(1997년, 투니버스 3기)

쉰. 이제야 내 안의 그녀를 만나다.

이제인(2009년, KBS 34기)

조용한 가운데 눈을 감은 남자가 큰 헤드폰을 끼고 있어요. 잠시 후, 샤라락. 헤드폰에서 날개가 돋아나요. 남자는 헤드폰 날개로 날면서 여행도 가고 애니메이션에 들어가기도 하고 책 속 주인공들도 만나요. 다시 지상에 착륙했을 때 남자는 미소를 짓고 헤드폰의 날개가 접히면서 독백.

'타닥타닥 온기와 함께 토닥토닥하는 그녀의 목소리.'

그리고 제가 딱 한 마디 해요. '지금까지, 성우 이제인이었습니다.'

방우호(2005년, KBS 31기)

독을 약으로 바꾼다. 화를 복으로 바꾼다. 불가능을 가능으로 바꾼다. 인생은 정해지지 않았다. 난 환경에 지지 않았다. 언제나 당신 곁에.

- 성우 야구단 온에어스 -

허예은(2017년, KBS 42기)

'형형색색' 이요! 여러 모습으로 반짝반짝 빛나는 성우라는 의미로요!

심인종(2013년, KBS 38기)

모두에게 기억될 사람이 아닌 당신에게만 기억될 사람.

윤용식(2013년, KBS 38기)

특별할 건 없어도 그저 묵묵히 최선을 다하는 가장 쉬우면서도 어려운 그 기본을 지켜가는 사람.

강시현(2014년, 대원방송 4기)

여기 맛과 멋을 아는 여자가 있습니다. 말의 맛을 살리는 성우, 말의 멋을 살리는 성우, 강시현. 시현이랑 놀자! 시현이랑 웃자! 시현이랑 즐기자!

권연희(2003년, KBS 30기)

그 시절 싸이월드에 제 고딩시절 친구가 써준 말인데요. 너무 좋아서 그대로 쓰려구요. She... smells like teen spirit, forever

김사라(2013년, KBS 38기)

어긋나고 있는 줄 알았습니다. 잘못 자라고 있는 줄 알았습니다. 너무 느려 멈춰버린 줄 알았습니다. 하지만 나는 늘 조금씩 자라고 있었습니다. 지금도 자라고 있습니다. 앞으로도 자라고 있을 겁니다. 커다랗고 커다란 그늘을 가진 아름드리 나무가 되기 위해서. 사랑이 자라는 나무 김사라.

권성혁(2012년, 투니버스 8기)

완벽하지 않아도 괜찮아. 실수할 수도 있는 거야. 넘어지면 다시 일어서 천천히 앞으로 나아가면 되는 거야. 조금 느리면 어때? 조금 서투르면 어때? 너무 서두르지 마. 너 자신을 믿어. 그렇게 한발 한발 앞으로 나아가다 보면 생각보다 괜찮은 너 자신과 마주하게 될걸? 넌 말이야 생각보다 참 괜찮은 사람이야.

금령(2012년, KBS 37기)

그녀도 모르는 그녀 안의 수많은 나. 하나씩 꺼내 볼게. 나도 뭐가 나올지 몰라.

선은혜(2011년, KBS 36기)

Zoom in 해도 Zoom out 해도 나다. 그냥 나 자신이 내가 되고 싶다.

김석환(2006년, KBS 32기)

성우가 된 자가 꾸는 성우의 꿈이 세상을 바꾸다.

전지원(2006년, KBS 32기)

엎치락뒤치락 난리 통이죠. 그런데 저 불빛은 이 안에 이렇게 밝은 별이 떠있었네요. 비밀은 여기에 있었군요. 하늘의 별을 보고 있었어요.

김정훈(2012년, 투니버스 8기)

꽝이 없는 뽑기 상자가 당신의 곳간을 털어제낀다.

김소희(2010년, KBS 35기)

화려하지 않아도 대단하지 않아도 그냥 사람이라서, 그냥 인간이라서 아름다웠다고 기억해 주세요. 특별하지 않아도 사랑스러웠다고 사람스러웠다고 언제나 당신의 시선이, 마음이 머무는 곳에 있겠습니다.

전승화(2008년, KBS 3기)

'스치기만 해도'

채안석(2012년, KBS 37기)

오늘도 달린다. 오늘도 듣는다. 오늘도 듣는다. 오늘도 달린다. 꿈을 이루는 그날까지.

김두리(2012년, KBS 37기)

'조용히 타오르는'

백경훈(2010년, KBS 35기)

직업은 취미로! 행복을 본업으로! 인생 최종목표입니다.

최낙윤(2008년, 대원방송 1기)

멀리서 보면 이상하지만 가까이 아니 조금 더 가까이 보면 괜찮은.

강유경(2006년, KBS 32기)

맨주먹 불끈 쥐고 상경한 시골 촌년! 지금 두 손에 쥔 것은 무엇?

이미형(2009년, KBS 34기)

안녕하세요. 이미형입니다. 고맙습니다. 이미형이었습니다.

김성연(2008년, 대원방송 1기)

현실에서 도망치지 말아요. 삶이 어떤 곳으로 이끌지 아무도 몰라요.

제2장

나는 성우다

1. 성우가 된 이유?

방성준(2000년 투니버스 4기, 2002년 MBC 16기)

연극을 10년 정도 하다가 집이 많이 어려워지는 일이 생겼어요. 너무 힘들어 하시는 부모님들을 보면서, 내가 하고 싶은 연극을 한다는 것이 나만 이기적으로 사는 것 같아서 너무 죄송스러웠어요. 그래서 난생처음으로 회사원 생활도 1년 정도 해보고, 이런저런 자격증 공부도 해보고 그랬네요. 그 와중에도 연극무대에도 서면서.. 그러던 중에 성우 시험 공고를 보게 되었고 지금 이 자리에 와 있습니다.

장미(2015년, 대원방송 6기)

많이 부족한 사람이지만, 그중에서도 제일 잘 할 수 있는 일이 업이 되면 참 좋겠다고 생각했습니다. 그 고민을 할 무렵 소리가 남들보다 조금 특이하다는 말을 조금씩 듣게 되었고, '성우'라는 직업에 대해 알아볼수록 흥미가 생겨 본격적으로 공부하게 되었습니다.

이지선(2017년, KBS 42기)

솔직하게 말해도 될까요? 저는 제가 좋아하는 일로 즐기면서 돈을 벌고 싶었습니다.

홍진욱(2002년, KBS 29기)

나만이 표현할 수 있다는 것이 있음에 짜릿함을 느낍니다. 어쩌면 존재 이유일지도 모르겠군요. (웃음) 하지만 성우가 될 수 있었던 것은 아마도... 저를 하늘이 불쌍히 여겨 시험에 통과시켜줬기 때문일 것입니다.

김도영(2012년, 대원방송 3기)

원래 사람들 앞에 나서서 노래하고, 친구들한테 성대모사 보여주며 웃겨주는 걸 좋아했어요. 자연스레 나는 내 끼를 드러내며 살아야 행복한 사람이라는 걸 깨달았구요. 초등학교 때의 꿈은 만화가였을 정도로 원래 만화를 너무너무 좋아하는 덕후였습니다. 내가 좋아하는 것들을 다 모아보니 성우라는 직업이 있더라구요. 좋아하는 게 직업이 된다는 건 정말 멋진 인생이겠다! 라는 생각으로 자연스럽게 꿈을 키웠습니다.

소연(1999년, KBS 27기)

처음엔 무대에 서는 배우로만 살기엔 경제적 어려움이 클 것 같아서 겸업으로 생각했으나, 막상 해 보니 천직이었어요. 목소리만 바꾸면 이렇게 다양한 역할을 할 수 있다니! 성우, 좋아~!

서다혜(2015년, KBS 40기)

어렸을 때 혼자 시간을 보내야 할 때가 많았어요. 혼자 인형 놀이도 하고, 책도 읽고, TV를 보며 혼자 웅얼웅얼 따라 해보기도 하고. 목소리 내는 걸 좋아했던 것 같아요. 일상생활을 하다가 문득, 여기저기서 들려오는 소리에 내 목소리도 들렸으면 좋겠다고 생각했고, 성우라는 이름도 몰랐던 초등학생 때부터 성우를 꿈꿨던 것 같아요.

여민정(2000년, 투니버스 4기)

초등학교 때 돌아가면서 교과서를 읽을 때 발음이 좋다면서 선생님께서 자주 읽게 하셨는데 그 때문인지 시키실 때마다 더 의식적으로 또박또박 읽게 되었어요 (어린 마음에 칭찬을 받으니). 그리고 친구들이 이야기하는 내 모습을 보며 만화책 같다고도 했죠. 결정적으로 고등학교 때 방송반 생활을 하면서 모노 드라마를 하게 되었는데 그 모습을 본 선생님들의 적극적인 권유 때문에 성우에 대한 꿈을 좀 더 구체적으로 생각하게 되었어요!

전진아(2006년, KBS 32기)

제가 AAA형입니다. 소심하고 세심하지요. 남 앞에 잘 못 서고 자존감도 없고 이런 제가 많이 싫었습니다. 판타지 소설처럼 다른 몸에 들어갈 수도 없고, 어찌됐든 데리고 살아야 하는데 현재 제 모습이 아닌 다른 사람이 되고 싶었죠... 앞에 나서지는 못하니까 목소리로 다른 사람이 될 수 있는 직업이 성우였어요. 저랑 잘 맞는 직업인 거 같아요. 마이크 앞에서는 누구라도 될 수 있으니까요. 나이를 먹고 사회 경험도 많이 하고, 시간이 지나면서 22살까지 아무것도 아니었던 저를 지금까지 잘 키우고 있는데, 제가 원했던 만큼은 바라는 인간상이 되어가고 있는 거 같아요.

남유정(2015년, KBS 40기)

- 포기하지 않았기 때문에!
- 다니던 직장에서 '이 일을 할머니가 돼서도 할 수 있을까?' 라고 고민하던 때에 초등학교 친구가 여러 번의 낙방 끝에 꿈을 이뤘다는 소식을 듣고 나도 도전이라는 걸 제대로 해봐야겠다 싶어 시작하게 되었습니다. 처음엔 뜻대로 되지 않는 연기에 화가 많이 났는데 신기하게도 화나는 만큼 재밌었습니다. '재미' ... 만큼 매력적인 게 또 있을까요? 계속되는 낙방에도 포기할 수 없었던 건 바로 '재미' 라는 매력 때문이었습니다. 일을 이렇게 재밌게 할 수 있다면!! 그 일이 내 일이다!! 라고 생각했습니다.

강시현(2014년, 대원방송 4기)

저는 어릴 때부터 연기자 또는 아이들을 가르치는 게 꿈이었어요. 아이들과 함께하는 게 좋아서 선생님을 생각했지만, 가르칠 만큼의 공부 실력을 키우는 건 저한테 그다지 안 맞더라구요.

남 앞에 서기를 좋아했고 표현이 자유로웠던 저는 그렇게 대학에서 연기를 전공하고, 배우로 일하게 되었죠. 하루는 대학로 무대에서 뮤지컬 공연을 할 때였는데, 연출 선생님께서 녹음 연기를 해보지 않겠냐고 하시더라구요. 그래서 따라갔는데 게임 녹음이었어요. 정말 너무 재미있었고 즐거웠어요. 그 뒤로 인연이 닿아 종종 녹음 아르바이트를 하게 되었고 '와~ 연기가 꼭 무대나 화면으로 하는 것만이 다가 아니구나', '이런 재미있는 일도 있구나~' 하고 생각을 하게 되었죠. 그런데 그 후 얼마 지나지 않아 같이 연극을 하게 된 한 선배님께서 혹시 성우를 해볼 생각은 없냐고 하시더라구요. 그땐 잘 몰랐는데 그렇게 말씀해주신 선배님께서 EBS 성우 출신이셨어요. 그 이야기를 듣고.. '그렇지.. 성우.. 왜 나는 여태껏 성우라는 직업을 생각해보지 못했을까..' 하고 진지하게 성우라는 직업에 대해 고민하기 시작했어요, 그리고 얼마 지나지 않아, 결정이 서자마자 공연일을 멈추고 성우가 되겠다는 일념으로 성우 공부를 시작했죠.

허예은(2017년, KBS 42기)

목소리 내는 일 자체를 정말 좋아해서요! 일상생활에서는 아무래도 큰 목소리로 말하기 힘들잖아요. 하지만 만화나 라디오 드라마에서는 얼마든지 소리치고, 울고, 웃을 수 있으니까요. 무엇보다 전 초등학생 때부터 성우가 되고 싶었거든요. '좋아하는 일은 절대 포기 못 하는 성격'이에요. 그래서 성우가 됐습니다.

공준호(2014년, KBS 39기)

어렸을 때 TV에서 하는 외화를 보는 게 너무 좋았어요. 제가 즐겨보는 외화에 저도 출연을 하고 싶었지만 한국인이라 불가능하다 생각했고, '영어를 우리말로 대신 말해주는 사람'이 되면 제가 좋아하는 외화에 함께 작업할 수 있다고 여겨 성우를 하고 싶었습니다.

홍후백(2016년, KBS 41기)

저는 직업군인이었습니다. 그 일 또한 물론 하고 싶은 일이었고 명예로운 일이었지만, 그것보다 자수성가, 스스로의 생계를 위해서 시작한 일에 가까웠어요. 그러다 성우를 도전하게 된 건, 가지고 있는 작은 재능을 쓰면서 살고 싶다는 욕구 때문이었어요.

어릴 때는 막연히 이런 일은 하는 사람이 따로 있다고 생각하고 살았어요. 소위 좀 놀 줄 알고, 나서기 좋아하는 친구들이 할 수 있는 일이라고요. 저는 평범하게 공부하고 대학 가서 직장인이 되는 것, 그게 제 진로라고 생각했거든요. 그리고 어릴 때부터 따박따박 월급 나오는 가장의 삶이 얼마나 중요한지도 잘 알고 있었죠.. 그런데 뒤늦게 20대 중반이 되어서야 정말 살고 싶은 삶이 뭘까? 를 고민하게 된 때가 왔던 것 같아요. 그래서 어릴 때 잘하고 싶었던 것, 해보고 싶었던 것, 좋아하는 것을 하면서 살아 볼 수 있을까 하는 마음으로 성우 공부를 시작했습니다.

하은진(2007년, 대교방송 5기)

원래는 연기자가 되고 싶었습니다. 프로 극단 연극 활동도 하면서 7년여를 방송 진행을 해오다가 좋아하는 연기와 방송을 같이 할 수 있는 것이 성우라는 직업이란 걸 알고 시험 준비를 했고 성우가 되었어요.

하지형(2017년, KBS 42기)

성우가 되기 전, 저는 크게 두 가지의 직업을 거쳤습니다. 첫 번째는 의류 회사 영업팀 직원. 두 번째는 족발집 쉐프. 모두 성우와는 전혀 동떨어진 직업이었죠. 저는 포기가 빠른 사람이에요. 마음에 들지 않아도, 힘들어도, 꿋꿋이 참고 부딪치는 타입이 아닙니다.

사실, 그래서 조금이라도 더 일찍 성우라는 직업을 선택했는지도 모릅니다. 그때가 서른을 두 달 앞둔 스물아홉 살 이었지만요. 어렵게 가진 두 가지 직업을 포기하고 '그래, 내가 진짜 재밌게 살 수 있는 직업을 갖자' 라고 생각했어요. 그래서 망설임 없이 성우 공부를 시작했고 2년 만에 좋은 결과를 얻었어요.

윤아영(2012년, 대원방송 3기)

대학 졸업 후 평범하게 회사를 다녔었는데, 회사생활이 점점 힘들어졌고 '이렇게 회사원으로 늙어 죽긴 싫다!' 고 생각했어요. 그때, 전에 교회에서 연극을 했을 때, 사람들이 '성우 같아요~', '성우 해봐요~' 했던 말들이 떠올랐고 뭐에 홀린 듯 성우학원을 검색 → 등록 → 회사퇴사 → 시험응시 → 대원방송 입사까지 서너 달 안에 일사천리로 진행되었습니다. 정말 지금 생각해도 기적 같은 일이에요. Thank God!

이민규(2013년, EBS 23기)

전 지극히 평범한 직장인이었어요. 반복되는 일상을 당연한 삶이 수순이라고 생각하며 지내고 있었는데 20대 중반에 처음으로 본 뮤지컬이 제 인생을 바꿔놓았다고 할까요? 뮤지컬을 보고 있는데 미치겠더라고요. 너무 멋있고 소름이 끼치고 그냥 하고 싶었어요. 저 무대 위에 있고 싶었어요. 관객들과 같이 호흡하고 싶고 박수받고 싶었어요. 그냥 단순감정인 듯하면서 주체할 수 없는 열정.

그게 시작이었어요. 그 열정이 제가 성우가 될 수 있게 만들어줬어요.

유승화(2004년, EBS 20기)

성우가 되면 연극 무대에 설 기회가 생길 줄 알았습니다. 원래 연극 하고 싶었었는 데 용기가 없어서 엄두도 못 냈었어요. 그러다가 성우라는 직업을 알게 되었고 기회가 올거라고 생각했지요.

이슬(2014년, KBS 39기)

어렸을 때, 친구가 성우 하라고 장난스럽게 말한 적이 있었어요. 그때는 '내가?' 라는 생각이 컸었고, 그냥 나와는 다른 세상에 있는 직업이라고만 여겼었죠. 그리고 몇 년이 흐른 뒤에야 정말 어떤 계기도 없이 그때 친구의 말이 떠올랐어요.
여전히 제가 할 수 있는 일이 아닌 것 같다는 생각은 드는데 괜히 알고 싶은 거예요. 그래서 성우가 어떤 일을 하는지 알아보기 시작했어요. 그렇게 반신반의로 공부를 시작했는데, 한 번은 극 중 인물의 마음이 확 와닿은 적이 있었어요. 서툴지만 그걸 표현하고 나서 확신했어요. 내 재능이 어떻든 간에 나는 성우가 되고 싶다고요. 그렇게 그 매력에 빠져 점점 성우가 되고 싶다는 생각이 간절해졌고, 계속 공부하고 도전했습니다!

이승준(2014년, KBS 39기)

인생은 한 번뿐인데 틀에 박힌 생활을 하는 게 너무 싫어서 '나의 재능이 무엇이 있을까?' 고민을 하던 중 성우를 선택하게 되었습니다.

심인종(2013년, KBS 38기)

너무 멋져 보였어요. '진짜 매력적인 직업이다'라고 생각이 들었고요. '여러 사람 여러 감정들을 느끼는 이런 직업이 또 있을까?' 싶었어요. '내가 성우를 한다면 행복하게 살겠다' 싶었어요.

강유경(2006년, KBS 32기)

한참을 거슬러 올라가야 하네요. "안녕하세요 밤을 잊은 그대 변진섭입니다~" 학창 시절 변진섭이란 가수를 정말 좋아했어요. (옛날 사람 아니에요. 지금까지 딱 두 명의 가수를 진심으로 응원했는데 그들이 변진섭과 지드래곤이랍니다.) 그렇게 좋아하는 가수가 진행하는 라디오 프로그램에 빠지게 되고 점점 라디오라는 매력적인 매체에 저를 투영하게 됐어요.

자연스럽게 '나도 방송을 하고 싶다'에서 시작돼 대학 졸업 후 지역방송 아나운서, 수원시청 아나운서를 거치며 조금 더 저에게 적합한 직업을 찾게 됐고 또 찾을 수 있었어요.

온전히 소리로 저를 표현할 수 있고 정보를 전달하며 감동을 줄 수 있는 제가 찾던, 제가 잘 할 수 있는 일이 성우였던 거에요. 아나운서 때처럼 분장에 신경 쓸 필요도, 취재에 대한 부담도 없이 제 목소리에 집중할 수 있어 좋았어요.

조경이(2012년, KBS 37기)

성우가 되기 전까지 애니메이션 제작 일을 했었습니다. 제가 캐릭터 연기를 이해하게 되면 성우들이 더 잘 표현할 수 있는 환경을 만들 수 있을 거라 생각했어요.

애니를 더 잘 만들기 위한 공부의 일환이었는데 공부하다가 성우의 매력에 푹 빠지고 말았습니다. 애니 제작 일 중에서 지금은 종영된 KBS의 'TV동화 행복한 세상' 은 꽤 오랫동안 제작했어요. 그때는 어떻게 캐스팅되는 줄도 모르고, 성우가 되면 꼭 녹음해보고 싶다고만 생각했었는데 가슴 아프게도 성우 합격 소식을 들은 뒤 며칠 되지 않아 종영 소식을 들었죠. 불과 시험 보기 며칠 전까지 12월 방송분 마감을 하느라 정신이 없었고, 그 방송분이 막 방영됐던 때였거든요.

동료들에게는 알고 전업한 거 아니냐는 웃픈 농담도 들어야 했습니다. 성우에 대해 관심을 갖게 된 계기였던 만큼 아쉬움이 컸어요. 여전히 그런 따뜻한 애니메이션에 내레이션, 낭독을 해보고 싶은 바람이 있습니다.

백경훈(2010년, KBS 35기)

성우는 저에게 '차선책'이었습니다. 성우의 성자도 모르고 살았고 연기에 관심조차 없었습니다. 군대를 제대하고 '내가 하고 싶은 게 뭘까' 깊게 고민하다가 배우가 하고 싶다는 걸 깨달았지만 꽃미남이 대세였던 시대라 포기했습니다. 그러다 성우란 직업에 대해 알게 되었고 공부해 보니 온몸에 소름이 돋을 만큼 재미있었습니다. 20대 중반의 그 열정 가득함과 가슴 뜨거웠던 기분은 아직도 잊지 못할 만큼 행복한 경험이었습니다. 지금은 제 천직입니다.

권성혁(2012년, 투니버스 8기)

성우라는 꿈을 가지기 전까지 저는 제가 진정으로 하고 싶은 게 무엇인지 무엇을 해야 하는지 모르고 살았습니다. 막연한 꿈이나 생각은 있었지만 뭔가 확고하게 생각할 만한 꿈이 없었죠. 그러던 중 군 입대를 앞두고 라디오 광고에서 사람의 목소리라기에는 너무나 좋은 성우의 광고 목소리를 듣게 되었고, 성우라는 직업에 관심이 생기기 시작했습니다.

그 뒤로 성우에 관한 자료들을 모조리 찾아보기 시작했습니다. 평소에 드라마나 애니메이션 쪽에 관심이 많았지만 성우라는 직업에 대해서는 잘 생각하지 못 했었습니다. 그런데 어렸을 때 좋아하던 애니메이션의 캐릭터들이 성우가 연기한 것이라 생각하니 너무 설렜습니다. 그렇게 성우의 매력에 푹 빠지게 되었고, 막연하게 군 입대를 앞두고 성우라는 확실한 꿈이 생겼어요.

석승훈(2015년, KBS 40기)

초등학생 시절부터 컴퓨터로 게임하고 TV로 애니메이션을 녹화해서 보던 것을 즐겼습니다. 그러던 중, 사촌 형네 집에서 소프트맥스 社가 만든 <창세기전 3> 라는 게임을 하게 되었는데, 게임 속 캐릭터의 대사가 더빙된 것을 듣고, 그야말로 컬쳐쇼크를 느꼈죠. 아니, 내가 이렇게 좋아하는 게임에 사람의 목소리와 연기가 들어간 것만으로도 재미가 두 배 세 배, 아니 열 배가 되다니! 하고 말이에요.

그 일이 있고 나서 TV에서 애니메이션이나 외화를 보면 '어? 저 목소리 게임에서 봤던 이 캐릭터와 같은 목소리인데?' 하고 같은 목소리를 하나하나 매칭 하다 보니, 어느새 성우분들의 팬이 되어있더라고요. 나중에 가서는 더빙된 내용보다 성우님들의 이름을 보려고 끝나고 나오는 스탭 롤을 기다릴 정도였죠. 그때부터 연기도 따라 해보기 시작했어요. 부모님이 맞벌이하시느라 늦게 들어오시면 대여점에서 만화책 몇 권 빌려와서 동생과 함께 만화책을 펼쳐놓고 이 캐릭터는 내가, 이 캐릭터는 네가, 서로 캐스팅하고 녹음하고 노는 걸 취미로 삼았을 정도니까요. 성우를 향한 제 꿈은, 이 시절에 싹이 튼 게 아닐까 싶습니다. (이때 녹음한 테이프는 어머니께서 보관하고 계시다가 제가 성우가 되고 나서 간직하고 있으라고 주셨는데, 부끄러워서 아직 들어보진 못했습니다.)

하지만 부모님의 뜻에 따라 청소년 시절에는 공부에 몰두하게 되고, 성우에 대한 꿈도 거의 잊혀져 가고 있었는데, 스무 살 때 입학하게 된 대학교 게시판에 붙어 있는 '성우 동아리 공연' 포스터를 보게 됩니다. 당시 대학교 전공과 제가 너무 맞지 않아 고민이 많던 때라 그 포스터를 보는 순간 참 많은 생각이 나더라고요. '그래, 내가 참 성우분들도, 성우 연기도 좋아했는데.' 하고 말이죠. 그러다 보니 자연스럽게 동아리에 들어가게 되고, 그곳에서 선후배들과 연기하면서 정말 삶의 새로운 원동력을 얻은 것 같은 느낌을 받았습니다. 그러던 중, 동아리에서 약 4년간 활동하는 동안, 동아리 선배 두 분이 실제로 공채 성우에 합격하시는 모습을 보고 그래! 나도 도전해 보겠어! 하고 성우에 대한 꿈을 불태우게 되었습니다.

전승화(2008년, KBS 3기)

딱히 성우가 되어야겠다고 마음먹었던 적 없이 지망생 생활을 시작한 것 같아요. 주변에서 방송 계열로 간 친구들을 보며 남들처럼 일반 회사 생활도 좋지만 혹시 방송 쪽에서 뭐 할 게 없을까 찾아보다가, 주변 친구들이 '성우 해볼 생각없냐?' 하더라고요. 알아보니 성우연기학원이라는 게 있더라고요? 많이 놀랐습니다. '아 성우가 시험 보고 되는 거구나' 하고요.
우연히 등록하게 된 성우 연기학원에서 드라마 대본을 읽어보게 되었는데요. 어느새 저도 모르게 거기에 빠져들어 어떤 생각도 들지 않던 저를 보게 되었습니다. 대학 3학년 취업 고민도 많을 때였는데 그런 걱정, 생각은 전혀 들지 않더라구요. 그래서 그때 내가 만약에 정말 만약에 성우가 되면 하루하루가 참 재미있겠다 싶었죠. 막연히 되고 싶다.. 정도였는데 정말 될 줄은 몰랐어요.

김사라(2013년, KBS 38기)

어릴 때부터 이야기를 좋아했던 거 같아요. 엄마께서 항상 성우들 목소리로 녹음된 테잎이 딸린 책을 사주셨어요. 그래서 그런 테잎들을 줄줄 외우도록 들었고, 남들이 청소년기에 가요를 들을 때도 이야기 테잎만 들었던 때가 있었어요. 초등학교 때는 교생선생님들 환영회나 송별회 때면 늘 친구들이랑 창작극 만들어서 발표하곤 했어요. 그러다 영화제작(시나리오와 연출) 쪽에 관심을 가졌었고 영화동아리 활동도 했었구요. 그 후 애니메이션을 보다가 성우 팬이 되고, 호기심을 갖고 성우라는 직업에 대해서 이것저것 찾아보다가 어느 순간 성우가 되면 재미난 이야기들을 많이 만나겠단 생각에 매력적으로 느껴졌어요. 연기가 정말 하고 싶었기도 했구요.

김석환(2006년, KBS 32기)

'어쩌다 보니 성우가 됐다' 는 것이 가장 적확한 표현일 겁니다. 30살까지 성우라는 직업이 있다는 사실을 모르고 살았고, 어쩌면 삶과 환경이 이 자리로 저를 이끌었다는 생각이 듭니다. 여러 사정으로 사법시험의 꿈을 포기하고 실의에 빠져있을 때 후배의 조언 덕분에 방송 쪽으로 눈을 돌리게 됐고, 시험을 준비하면서 이전에 느끼지 못했던 가능성과 희열을 느끼면서 좋은 성우가 되고 싶다는 꿈을 가지게 됐습니다.

김두리(2012년, KBS 37기)

어릴 때 저는 말이 없는 조용한 아이였어요. 입 밖으로 한마디 뱉기 위해 속으로 백 마디를 생각하는 편이었거든요. 신중함도 조금 수줍음도 조금씩 가지고 있었고 여러 복합적인 이유가 있지만, 성우를 한다고 했을 때 주변 사람들이 모두 '네가??' 하면서 놀랐던 걸 보면 겉으로 보기에는 숫기 없는 소극적인 성격으로 보였나 봐요. 그때의 저는 책 속의 이야기에 푹 빠져서 공상하길 좋아했고 수많은 등장인물들에 나를 대입해 보면서 놀았죠. 그리고 고등학교 때 연극부에서 몇 번 연극을 올리면서 연기에 재미를 느꼈어요. 목소리 톤과 외모 때문에 남자 역할만 해야 했지만요. 여학교였거든요.
성우가 되겠다고 생각한 건 대학교 졸업을 앞두고 진로에 대해 생각할 때였어요. 전공은 미술이었는데 그걸 직업으로 하고 싶지는 않았고, '지금 하지 않으면 후회할만한 내가 하고 싶었던 게 뭘까' 곰곰이 생각을 해봤는데 그게 바로 연기더라고요. 그중에서도 내가 가진 것이 장점이 될 수 있는 분야를 생각하다 보니 성우가 좋겠다 싶었고 그렇게 성우에 대해 아무것도 모른 채 공부를 시작했어요. 그땐 정말 아무것도 몰랐죠. 성우 공채 시험이 그렇게 경쟁률이 셀 줄이야.

권도일(2011년, KBS 36기)

고향이 부산이라 처음부터 성우가 될 수 있단 생각은 못 했는데 어느 날 성우에 관한 방송을 보고 있는데 다른 삶을 살아 보고 싶은 욕구가 들었어요. 그땐 성우라는 직업이 굉장히 신비롭고 재미있을 것 같았는데 물론 지금도 그 생각에 변함은 없습니다. 나의 다양한 모습을 보여줄 수 있어 정말 좋아요.

이제인(2009년, KBS 34기)

제가 성우가 된 건 합격시켜줘서? 꿈꾼 이유는 영화 더빙과 내레이션을 하고 싶어서였습니다. 사실 처음엔 내가 성우가 될 수 있을 거라는 생각을 감히 하지 못했어요. 성우라면 특히 여자 성우라면 애니메이션! 하이톤! 상큼발랄! 이런 거 아닌가? 그만큼 성우 세계에 큰 관심이 없는, 무지몽매한 일반인이었죠.
그나마 마이크랑은 오래전부터 친했어요. 고등학교 방송반을 했고 대학 때는 힙합에 빠져서 공연을 좀 다녔거든요. 회사에 다니면서도 언제나 갈증을 느꼈어요. 당시 연예기획사 전략기획팀에서 근무했는데 자기만의 아우라를 가진 스타들과 일하면서 분수에 안 맞게 저도 누군가의 마케터, 서포터가 아닌 일종의 퍼포머를 꿈꿨죠.

20대 중후반 어느 날, 자료조사 때문에 KBS 홈페이지에 들어갔는데 채용공고에 '성우모집'이 떠 있더라고요. '잉? 성우가 방송국에서 뽑는 거였어? 게다가 라디오국 소속이야? 그럼 디제이 같은 것도 할 수 있나?' 지금 생각하면 참 무모하고 무식하고 어이없지만, 그냥 호기심에 하루 월차를 내고 지원해서 1차 시험을 봤네요. 당연히 바로 떨어졌죠. 그런데 세상에 그 마이크 앞에서의 1분이 너무 가슴 뛰고, 즐겁고, 잊혀지질 않는 거예요.

날카로운 첫 키스에 버금가는 충격? 아, 내가 다시 마이크 앞에 설 수도 있겠구나. 이 떨림을 다시 경험하다니, 게다가 회사생활 2년만 하면 출퇴근을 안 할 수 있다니 이렇게 완벽한(?) 직업이 있었구나! 선 시험, 후에 꿈이 된 이상한 케이스죠. 감사하게도 그날 이후 2년 만에 KBS에 합격했어요. 뭔가 특별하고 멋진 이유를 쓰고 싶지만.

채안석(2012년, KBS 37기)

간단합니다. 덕후 거든요. 고3 시절, 어느 날 자습을 하고 있었습니다. 저희 고등학교엔 일명 '5분 스피치'라는 제목으로 학생들에게 '좋은 이야기' 해주기를 좋아하는 교감 선생님이 계셨는데, 오후 수업 시간에 각 반을 둘러보시다가 저희 반에 오셨어요. 그날도 어김없이 '5분 스피치'를 해주셨죠.

우리들이 자주 듣지만 실제로 그것을 진지하게 생각해 보고, 도전해 보는 것은 쉽게 되지 않는 것 같아요. 그런데 그날은 무슨 이유인지 저 스스로, 나의 꿈에 대해서 진지하게 고민을 하게 되었어요. 아마 고3이라서, 곧 대학교를 갈 테니까, 이제 성인이 되니까 그랬던 것 같아요.

성우 덕후였던 저는 외화, 애니메이션, 게임을 보면서 어렴풋이 관심을 갖고 있던 '성우'에 대해 진지하게 고민하게 되었고, 찾아보게 되었고, 도전하게 되어서 이렇게 성우가 된 것 같습니다. 인생에 처음으로 하고 싶은 무언가가 생겨서 행복했고, 그래서 꼭 이루고 싶었어요.

윤승희(2005년, KBS 31기)

초. 중. 고등학교 때 책을 반 아이들 앞에서 소리 내 읽을 때 묘한 희열을 느꼈어요. 회사에서 PT를 하며 믿음이 가는, 설득력 있는 소리를 가지고 있다는 칭찬에 도전했어요.

박고운(2012년, 대원방송 3기)

연극영화과를 나온 10살 터울 오빠의 영향으로 초등학교 때부터 연기가 하고 싶었어요. 그리고 만화책을 정말정말 좋아했어요. 한때 단행본과 월간지 모두 합쳐서 3천 권이 넘게 모았던 적도 있어요.

연기가 너무 하고 싶었던 소녀가 만화책을 좋아했으니 대학교 2학년 무렵 이 두 가지를 합치면, 요건 성우밖에 없다는 생각을 하게 되었어요. 성우라는 직업에 생각이 도달했을 때 너무 기뻤어요. 운명을 찾은 기분이었으니까요.

전지원(2006년, KBS 32기)

이야기꾼이 되고 싶었어요.

김소희(2010년, KBS 35기)

초등학교 때 그땐 일요일 아침10시에 더빙 만화영화(애..애니메이션)을 지상파에서 방영해 줬어요. 항상 눈 비비고 일어나서 봤었는데 어느 날 리모컨에 음소거 버튼이 눌렸는지 한참 재미나게 보고 있던 만화가 순식간에 목소리가 없어지면서 너무 재미가 없어지는 거예요! 그때 '이렇게 목소리가 중요한 거구나~'

느끼면서 성우라는 직업에 관심이 생겼던 거 같아요. 그 후에 동경만 하다가 대학교 졸업하자마자 에라 모르겠다~ 한번 도전이나 해보자 해서 시작하게 되었어요!

김성연(2008년, 대원방송 1기)

대학교 친구가 '야 성우란 게 있대. 시험을 봐야 하는데 같이 볼래?' 라고 해줬습니다. 연극하면서 너무 가난하고 외모와 뒷 배경이 필요한 현실이 힘들었는데 성우는 연기도 하고 돈도 벌 수 있을 것 같았어요.

2. 성우가 되기 위해 어떻게 준비했나?

이보희(2010년, 대원방송 2기)

마음을 다해서 책을 일주일에 한 권씩 읽었어요. 그리고 좋은 드라마를 볼 땐 연기자의 감정선을 따라서 집중하며 봤고, 마음에 드는 대사는 프린트해서 외우고 다녔습니다. 영화도 그 시기에 제일 많이 본 것 같아요.

요가와 산에 오르며 호흡과 발성에 대한 고민을 끊임없이 했고, 연기일지라는 것을 빼놓지 않고 썼습니다. 지금 생각하면 가장 열정이 넘쳤던 시기였던 것 같아요. 길을 걷다가, 성우가 되지 않았음에도 연기를 전공하고, 연기를 할 수 있는 일을 선택한 것만으로도 기쁘다고 생각했었으니까요.

강보라(2008년, KBS 33기)

직장생활을 하며 밤에는 대학교에 다닐 때라 일요일 종일반으로 성우 학원에 다녔습니다. 지망생 기간은 길지 않았지만 어릴 때부터 소리 내서 책을 읽거나 거리에 간판을 읽으며 발음을 연습하는 습관이 있었는데 그게 많은 도움이 된 것 같습니다.

신경선(2012년, 대원방송 3기)

낙원상가에서 11만 원 주고 구입한 마이크로 학교 연습실에서 녹음하여 투니버스 7기 공채에 지원했던 게 도전의 시작이었습니다. KBS 시험은 KBS 무대 1년치 대본을 전부 출력해 보면대 위에 올려두고 계속 읽었습니다. 이후 본격적으로 준비하면서 학원을 다녔고, 학원 녹음실이 비는 시간마다 혼자서 녹음을 했습니다. 녹음한 결과물을 여러 사람에 들려주며 내 연기를 객관화시키는 작업을 많이 했습니다.

김사라(2013년, KBS 38기)

이건 도저히 짧게 줄여지지 않네요. 부득이 좀 길어요. 소설책과 라디오 드라마 대본 틈틈이 읽고 해보고 싶은 연기 골라서 연기해보고, 연극 보고도 재밌었던 건 대본 구해서 연습해보고, 그러다 직장인 극단에 들어가서 잠깐 연극도 해보고요, 집에서는 거의 애니메이션을 음악처럼 틀어놓고 살았어요. 발성 공부를 하고 싶어 판소리를 배우러 다닌 적도 있어요.

또 시각장애인 복지관에 낭독 봉사를 다녔는데 거의 날마다 복지관에서 살 정도로 책을 엄청 읽은 거 같아요. 덕분에 나중에 영화 화면 해설도 해볼 수 있는 기회가 있었고요.

어느 순간 '이 직업은 모든 게 공부구나' 하는 생각에 '책으로 하는 공부' 말고 더 넓게 모든 걸 배움으로 받아들이기 시작했는데 그땐 서비스업종 아르바이트들을 하면서 사람들 대하는 것도 공부가 되고, 영화 보는 거, 페스티벌 쫓아다니는 거 등등 다 신나게 받아들이고 느끼고 그랬던 거 같아요.

그리고 구체적으로 시험 관련해서는 제가 울렁증이 좀 있는 편이어서 그걸 극복하려고 2차 시험을 보는 KBS 라디오 15스튜디오에 드라마 제작 시간에 맞춰서 견학을 다녔어요.

입사하던 시험 때는 1차 붙고 아무도 없는 시간에 탭으로 부스 사진을 찍어서 연습 때마다 앞에 세워놓고 동선 시뮬레이션하면서 연습하기도 했고요. 아! 그리고 인사연습을 엄청 했어요. 평소에 톤도 잡혀 있어야 하고, 인사가 중요하다는 깨달음을 얻어서 틈나는 대로 인사멘트를 읊었던 거 같아요. 웃으면서 친절하고 다정하게 자신 있게! 그리고 톤 연습한다고 아무 때나 혼자 있는 시간이면 가상 강의를 했어요. 마인드 컨드롤도 할 겸 성우가 돼서 어딘가에서 강의한다고 주제를 정해놓고 주절주절 그냥 막 떠들었어요. 가상의 상대에게 질문도 던져보고, 혹은 받아보고.

심규혁(2010년, 대원방송 2기)

대학 방송국 활동을 하면서 성우에 뜻을 두게 되었습니다. 처음에는 부모님이 반대하셨거든요. 대학교 졸업할 때까지 라디오드라마를 듣고 외화를 보면서 혼자 많은 연습을 했고, 학교 방송을 하면서도 훈련이 됐습니다. 그때 제작부서 친구들이 저에게 이상한 걸 많이 시켰던 게 큰 도움이 됐습니다. 정말 실험적인 DJ 방송을 하기도 했고 단편 영화를 찍어보기도 하고 그랬어요.

대학교를 졸업하자마자 부모님들 뜻을 꺾고 서울로 올라와 성우 학원에 등록했습니다. 처음에는 신림동에서 자취하는 친구 집에 얹혀살았고 KBS 방송국 근처에서 샌드위치 가게 아르바이트를 했어요.

6개월 정도 공부했을 때 GS홈쇼핑에서 자체적으로 성우를 뽑을 때 운 좋게 합격해서 샌드위치 가게 아르바이트를 그만둘 수 있었습니다. 그랬는데도 협회에서 인정하는 공채시험에 합격하는 데에는 그 뒤로도 3년의 훈련 기간이 필요했어요. 관련된 일을 하면서 공부할 수 있었던 것이 정말 큰 행운이었어요. 그때 이미 나이 제한은 풀린 상태였지만 스스로 생각한 마지노선이 있었는데 정말 다행히 그 마지막 해인 2010년 11월에 대원방송 공채에 합격했습니다.

이승주(2004년 EBS, 2005년 KBS 31기)

성우 준비를 위해 앞뒤 가리지 않고 다니던 직장에 사표를 냈습니다. 시험 보기 100일 전부터 새벽기도하고, 시험 보기 한 달 전부터 시험 시간대에 모의시험 연습하고, 부모님이 워낙 엄격하셔서 가족들 모르게 시험 준비를 했습니다. 그 덕에 매 시험 보는 날 아침마다 엄마한테 새벽부터 설친다고 혼나는 초집중 훈련을 했고(그때는 주로 일요일에 공채시험이 있었는데, 시험일인지 모르시는 엄마가 보시기에 부산떨며 다녔거든요) 매번 2차나 최종에서 떨어지면, 이불 덮고 자는 척하며 식구들 몰래 숨죽여 우는 하드 트레이닝을 했답니다. (EBS 실기

1, 2차 모두 1등으로 합격했다는 소식을 부모님께 말씀드렸을 때, 부모님도 울고 저도 울었습니다. 왜 말 안 했냐고 그동안 고생 많았다고 하시더니, KBS는 수석으로 합격했는데도 그냥 좋아하시더라고요.)

시험장에서 떨지 않고 자신감을 갖는 생각들을 수없이 했고 매번 시험에 떨어질 때마다의 '나'만의 애틋한 경험이고 연기의 내공을 쌓는 일이라고 생각하며 재도전했습니다. 떨어지면 곧바로 아르바이트나 관련된 회사에 취직하여 생활연기라 생각하며 연습은 잠시 미루고 돈을 모으고 모은 돈으로 집중해서 연습하고 문화생활을 즐겼어요. 그러다 2004년에, 나이 제한으로 마지막 성우 시험이 된 EBS에 합격했습니다.

라디오 드라마가 있는 KBS를 목표로 준비했던 저는 비록 KBS에 들어가지는 못했지만 '성우'로 인정해 준 EBS에 감사하며 즐겁게 생활했습니다. 그렇게 5개월 전속 생활을 하던 중, 그해 연말 KBS 시험에 나이 제한이 없다는 소식이 저를 뒤흔들었고, 라디오 드라마가 있는 내가 목표했던 KBS. 이제 다시 볼 수 있다는 생각을 하니 그 좋은 '성우일'이 손에 잡히지 않을 정도로 생활을 제대로 할 수가 없더라구요. 고민고민 끝에 '성우 합격' 소원 성취했으니 사표 내고 떨어져도 괜찮다라고 올해 까지만 내 빈자리를 추가합격으로 채울 수 있으니 올해 보자. 열심히 준비한 누군가에게 '성우'의 꿈을 이룰 수 있는 선물을 줄 수 있으니 떨어져도 가치 있다. 그리고 안 보면 평생 후회할지도 모른다는 결론을 내리고 KBS 시험에 응시, 또 한 번의 꿈 같은 합격을 하게 됐습니다. 2004년 그해는 제 능력이 아닌 창조주의 도우심으로 두 번이나 합격을 했던 무한 감사감사한 해였죠.

전진아(2006년, KBS 32기)

저는 지방 출신이라 가방 하나 들고 서울로 올라오다 보니 학원 갈 형편이 되지 않아서 카페 동아리 모임을 통해 공부했습니다. 나중에 돈 모아서 아카데미를 갔는데 학원은 어떻게 가르치나 궁금해서 갔죠. 상고 출신이라 대학을 나와야 하는 줄 알고, 성우 시험보다 대학시험을 먼저 준비했습니다. 3수 만에 서울예전 방송연예과를 갔죠. 나중에 보니 고졸도 되더군요.

남유정(2015년, KBS 40기)

학원을 다니며 제가 부족한 점, 고쳐야 할 점 등 성우가 되기 위한 많은 것을 배웠고 같이 공부하는 친구들을 보며 경쟁심을 느껴 더 열심히 해야 한다는 의지를 다졌습니다. 갑자기 튀어나오는 사투리 억양, 잘 안 되는 발음, 집중하지 않으면 그냥 읽어버리게 되는 것까지 고쳐야 할 것이 너무 많았지만 꾸준히 연습하면 된다는 믿음으로 공부했습니다.

여민정(2000년, 투니버스 4기)

일단 주위 사람들에게 꿈이 성우라는 사실을 많이 알렸습니다. 그랬더니 여기저기서 관심 있게 봐주시고 리포터나 사회자 역할이 들어오더라고요. 다양한 경험이 필요할 거라면서요. 잘하진 못했지만 재미있는 경험이었어요.

대학 졸업 후에는 회사생활을 하면서 KBS 문화센터를 3개월 정도 다녔어요. 그 때 만난 몇몇의 사람들과 노래방에서 아르바이트하는 친구에게 부탁해 노래방에서도 연습했던 적도 있었죠. 그러다가 한계점에 다다르고 연기가 잘 풀리지 않을 때는 노래도 부르고요.

회사생활을 하면서 준비하는 데 어려움이 있어서 결국은 직장을 그만두고 본격적으로 준비를 했는데 그 시기가 제일 어려웠어요. 심리적으로요. 어디에도 속해 있지 않으면서 앞이 보이지 않는 길을 걸어가야 했으니까요.

문남숙(2002년, MBC 16기)

제가 연기한 것을 녹음해서 듣고 부족한 부분을 채워 나갔어요. 저는 생각과 감정을 잘 표현하는 부류의 사람이 아니었어요. 그래서 감정이란 것이 무엇인지 많이 생각하고 또 표현하려 노력했죠. 연기 연습할 때뿐만 아니라 평상시 생활에서도 최대한 나의 감정을 솔직하게 바라보고 표현해 보았어요. 그러다 보니 성격도 많이 바뀌어서 지금의 제가 되었네요.

전해리(2007년, EBS 21기)

좋아하는 성우들이 성우가 되기 위해 어떻게 준비했나 알아보고, 그분들이 많이 나온 학교를 찾아 시험을 봤어요. 운이 좋게 합격했으며 졸업 후엔 아르바이트를 하며 KBS 아카데미를 다녔고, 개인 사사도 6개월 정도 받은 후에 오디오 드라마 제작 회사에서 1년 정도 근무했었습니다. 그곳에서 하루 6~7시간씩 내레이션을 녹음하고 협회 성우분들이 연기하는 것을 직접 보고 함께 호흡을 맞추며 많은 성장을 할 수 있었던 것 같아요. 그 후, 아카데미 시절 사사 받았던 선생님 앞에서 다시 연기해볼 기회가 생겼었는데, 많이 늘었다며 깜짝 놀라시더라고요. 역시 연습하고 모니터하고 녹음하는 시간이 많으면, 실력은 늘 수밖에 없다는 것을 그때 실감하게 되었습니다.

홍진욱(2002년, KBS 29기)

제가 준비하던 시기엔 정보가 그리 많지 않았습니다. 그래서 복수의 스터디로 정보 교환을 했습니다. 그리고 정리를 했구요. 책을 많이 읽었습니다. 그냥 눈으로 읽었던 것이 아니라 캐릭터에 집중해서 독서를 했지요. 그리고 연극을 하기 위해 무대에 올랐습니다. 이 모든 것이.. 성우가 되기 위한 것이었지요.

서다혜(2015년, KBS 40기)

성우가 되기 위해 뭔가를 시작한 건 고등학생 때였어요. 성우는 연기자니까 우선 연기를 배우려고 연극과(대학)에 들어갔어요. 그러다 휴학하고 잠깐, 그리고 방학 때마다 성우학원에도 다녔어요. 펀메이커에 들어가서 활동도 하고, 스터디 모임을 해서 여러 가지 녹음도 해봤는데 너무 성우 공부에만 올인하려고는 안 했던 것 같아요. 한동안은 거리를 두고, 다양한 경험을 해보려고 했어요. 많이 듣고, 많이 보고, 많이 경험하고요.

이자명(1997년, 투니버스 3기)

제가 공채 준비를 하는 시기에는 성우 지원 조건에 나이 제한이 있었어요. 그때 당시 공중파인 KBS와 MBC가 여자는 27살까지였는데 26살에 성우 공부를 시작한 저는 무식하면 용감하다고 케이블이라는 매체가 생겨날 때라 만화방송이 생길 수도 있다는 소문만 믿고 첫 직장을 박차고 나와 진짜 안 해 본 알바 없이 4년을 꼬박 준비해서 1997년 11월에 투니버스에 입사하게 됐습니다.

방우호(2005년, KBS 31기)

모든 성우 사이트에 가입 후 사람들을 만났습니다. 함께 술을 마셨고요. 한 사이트에서 제의가 들어오더군요. 장소를 제공하고 스터디 짱을 하면 함께 스터디를 해주겠다고요. 전 처음인데 말이죠. 아마 그 순간에 못 하겠다고 했으면 인연이 끊어졌을 거예요. 지인의 부탁으로 단란주점 종업원으로 잠시 일할 때인데, 주말 오전 그곳을 빌렸습니다. 그래서 저의 첫 스터디 장소가 단란주점이 되었습니다.

그곳엔 마이크도 있었죠. 스터디는 10명이었는데, 저까지 5명이 성우가 되었습니다. 수준 높은 스터디였죠. 제가 운이 좋았습니다.

백경훈(2010년, KBS 35기)

연습을 열심히 하고 경험을 쌓으려 노력했단 말은 너무나 뻔하고 당연한 것이고 저는 항상 마음을 다잡는 데 노력했습니다. 못해도, 늘지 않아도, 시험에 떨어져도 내가 언젠가는 성우가 될 것이란 사실을 단 한 번도 의심하지 않았습니다.

떨어질 때마다 '이번에 떨어진 것은 내가 합격해서 더 크게 날개를 펴기 위함이다', '이번엔 그 타이밍이 아니었던 것이다' 이렇게 생각하며 용기를 열정을 의지를 잃지 않으려 노력했습니다.

연습 방법은 딱히 특이할 것은 없지만 눈에 보이는 거의 모든 것을 읽고 다녔습니다. 그리고 잘 안되는 것은 실생활에 접목해서 연습했습니다. 예를 들면 웃음을 못 웃어서 많이 힘들었는데 친구들과 놀 때 웃을 일이 있으면 발성 연습하듯 크고 명확하게 웃곤 했습니다. 그래서 친구들이 쪽팔린다고 미친놈 같다고 놀리기도 했지요.

이슬(2014년, KBS 39기)

제일 처음엔 '어떻게 하면 성우가 될 수 있는지' 먼저 알아보았어요. 기본적인 정보를 알고 난 후에는 대본을 읽고 소리 내보며 연습했고, 성인이 되자마자 바로 전문가인 선생님에게 가르침을 받았어요. 그리고 그 가르침을 따라 수년간 나름대로 다양하게 연습을 했었는데요.

전 시간을 정해놓고 연습하는 걸 정말 못 하는 성격이었어요. 사실 지금도 무언가 시간을 정해놓고 몇 시부터 몇 시까지 공부해야지, 이런 건 잘 지키지 못하거든요. 그래서 저는 시간을 정해 놓고 하는 연습은 하지 않고, 그냥 거의 대부분의 시간을 성우가 되기 위한 공부와 연관 지어 생각했어요. 구체적으로 말하자면, 경험이 많이 부족하다고 느껴서 제가 하는 모든 행동이나 제가 느끼는 감정들을 기억하려고 애썼어요. 그래서 초반엔 일기를 쓰기도 했었어요. 나중엔 일기를 굳이 쓰지 않더라도 그게 습관이 되어서 시간이 지나도 그 감정이나 상황이 잘 떠오르더라구요. 특히 힘들 때 이게 다 밑거름이 될 거라고 생각하고 이겨내려 애썼던 게 스스로에게 도움이 많이 됐어요.

또 아는 사람이든 모르는 사람들이든 사람들을 가능한 많이 관찰했었어요.

이건 나와 다른 사람에 대한 이해를 할 수 있게 해줬어요. 그리고 이런 것들 말고도 제가 어떻게 표현하는지 녹음하고 들어보는 연습도 하고, 부족한 점을 채우기 위해서 책이나 드라마 등도 보았습니다.

김석환(2006년, KBS 32기)

습관적으로 진지해지는 병을 앓고 있는지라, 어쩔 수 없이 성우를 준비하는 스스로를 복역하는 죄수라고 설정했습니다.

'나는 수형인이므로, 모범수가 되어 빨리 가석방을 받자' 라는 마음으로 지망생과정을 지내온 것 같습니다. 여러 사람들의 말 소리와 말버릇에 귀 기울였고, '좋은 말, 좋은 표현, 좋은 읽기를 위해 준비해야 할 것들은 무엇일까'. '어떤 요소가 충족되어야 수준을 높이는 것이 가능한가' 를 늘 고민했습니다. 더불어 미쳐야 미친다는 생각을 늘 했던 것 같습니다.

이민규(2013년, EBS 23기)

일단 성우 학원에 다녔죠. 성우도 연기도 뭔지 모르고 그냥 등록하고 기본부터 배웠어요. 그때부터 영화, 연극, 드라마 할 것 없이 간접적으로 감정을 경험 할 수 있는 것들은 다 했던 거 같아요. 아무것도 몰랐으니까요. 그냥 무작정 시작을 해서 열심히 했던 것 같아요.

조현정(2002년, MBC 16기)

중학교 때 즐겨보던 외화 때문에 성우란 직업을 알게 되고 나서부터는 TV를 끼고 살았어요. 암튼 꼭 성우가 관련된 콘텐츠가 아니더라도 방송에 관심이 많았어서 가리지 않고 엄청 많이 봤던 거 같아요.

TV 드라마 다 끝나면 라디오 '별밤(별이 빛나는 밤에)'으로 시작해서 새벽 2시 정도까지 듣고 자고 주말엔 밤늦게까지 외화를 해줘서 TV 앞에서 잠들곤 했구요. 그리고 고등학교에 들어가서는 시험공부 한다고 앉아서 읽기 연습을 했어요. 입에 볼펜을 물고요.

어디서 들었는지 기본기부터 다져야 하고 그 기본기는 발음이라고 알았던 것 같아요. 모의고사 문제집에 나오던 언어영역 지문으로 발음 연습을 하며 읽기를 연습하고 당시 카세트테이프에 녹음하는 걸 좋아했어요. 녹음해서 제 목소리를 들어보는 거죠. 그렇게 나름 취미 같은 연습 시간을 보내다 대학입시를 봤고 서울예전 방송연예과에 도전했다가 떨어졌죠. 뭐 그것도 다 경험이니까요. 그리고 나서 성공회대학교 신문방송학과에 들어가게 되었어요. 방송에 관심이 많았기에 서울예전 다음으로 지망한 곳이었죠.

그곳에서 영화, 애니메이션, TV 광고 등 다양한 수업들을 들으며 다양한 메체에 대해 알게 되니 그 매체들에서의 성우의 역할들이 더더욱 멋지게 느껴졌고 대학을 졸업하자마자 친구의 소개로 MBC 성우분들이 소그룹으로 녹음실에서 사사를 하신다고 해서 바로 찾아가 등록하고 다니게 된 곳이 지금의 MTA21이란 전통깊은 성우학원이랍니다.

지망생으로서 합격하기까지 약 1년여 공부를 했고요. 그 1년여 동안 학원 수업 시간이 제일 좋았었죠. 수업 끝나고 선생님들과 같은 반 언니, 오빠, 동생들과 뒷풀이하는 시간도 좋았고요. 술 마시면서도 서로 연기 고민 이야기 하고 진심 어린 코멘트해주고 그런 시간들이 너무나 소중했어요. 그때도 녹음기는 항상 켜두었죠. 모든 일상을 소리로 듣고 싶었어요. 그리고 집에서는 제가 직접 선곡하고 대본 준비해서 인터넷 통신으로 게릴라 영화 퀴즈 방송을 잠깐씩 했었구요.
또 당시 KBS 무대 대본으로 저 혼자 1인 다역을 연기하며 효과음 배경음악까지 다 넣어서 한 작품씩 녹음해서 완성품을 만들어 소장하는 게 취미였어요. 취미가 좀 과해서 밤을 새기도 하고 그랬죠. 그게 연습이 돼버린 거죠. 그냥 즐기면서 취미처럼 연습했던 것 같아요.

석승훈(2015년, KBS 40기)

우선 동아리 활동을 최대한 열심히 했습니다. 무대 경험과 연기 경험을 쌓을 수 있는 소중한 기회였으니까요. 4년간 단 한 번도 쉼 없이 활동해서 대학교를 다닌 게 아니라 동아리를 다녔다고 할 정도로요. 동아리 내에서 성우를 지망하는 친구들과 함께 스터디를 만들어 공부를 하기도 했죠.
성우 학원도 다녔습니다. 각 방송국들의 시험에 대한 가장 생생한 정보를 알 수 있고, 현장에서 수많은 경험을 쌓으신 베테랑 성우 선생님들께 많은 조언을 들을 수 있는 가장 좋은 장소니까요. 같이 학원을 다니는 친구들과 때로는 돕고, 때로는 경쟁하면서도 조금씩 실력을 쌓을 수 있었습니다.
또 많은 작품들을 보고 듣고 따라 했습니다. 어느 방송사 시험이든 그 방송국에서 방송된 작품들을 시험 문제로 내기 때문에 기출문제를 미리 본다는 생각으로 시간 날 때 가능한 최대한 많은 작품을 접하고자 노력했죠. 그 덕분인지 합격한 KBS 시험의 경우에는 기출문제 5개 중 4개가 아는 지문이라 시험 치기가 좀 더 용이했던 것 같습니다.
그리고 휴식하는 때에도 연기를 할 수 있다면 최대한 하려고 했어요. 게임을 하면서 놀 때에도 더빙된 선배님들 음성을 들으며 하나하나 따라 하고, 만화책이나 소설책을 읽으면서 캐릭터 연기를 해보기도 하고. 이건 지금도 열심히 하고 있어요. 또, 하루에 1~2시간씩 개인적인 연습 루틴을 만들어서 무슨 일이 있더라도 그 시간만큼은 지키려고 노력했어요. 30분은 신문 사설 읽기, 30분은 책 읽기, 30분은 애니메이션 연습, 30분은 라디오 드라마 연습, 이런 식으로요.

김정훈(2012년, 투니버스 8기)

지방 사람이라 교육 시스템이 마련되어있지 않아 밑천 없이 무작정 서울로 올라온 케이스입니다. 단기 알바를 병행하며 학원을 다니거나 지망생들 모임에서 연기를 하거나 했는데, 직업 없이 공부를 하다 보니 돈이 떨어지면 몇 개월 동안 학원을 쉰다든지 뭔가 체계가 잡혀있지 않아 비효율적으로 방황을 많이 한 것 같네요. 다행히 운이 좋았는지 개인 스터디나 근로 장학생으로 학원 일을 도우며 무료로 수업을 받을 기회를 주시는 등, 힘을 보태주셨던 분들이 많아서 그때 정말 집중해서 공부를 원 없이 했었습니다.

권성혁(2012년, 투니버스 8기)

21살이 되던 해, 군 입대를 앞두고 막연하게 성우가 되겠다고 결심했고, 일단 성우에 대한 모든 자료들을 검색하고 찾아보았습니다. 군 복무기간 중에는 여러 성우 관련 군 행사 방송물도 참여해보고, 시간 날 때마다 연기에 관한 책들을 모조리 찾아서 읽었습니다. 친한 선임이 주말에도 군 방송실 출입을 할 수 있게끔 도와줘서, 친한 동기나 후임들과 배역을 정하고 같이 녹음도 해서 들어보기도 했습니다.

전역 후에는 은행 청원경찰 취직과 함께 성우 학원을 알아보았고, 주말마다 학원에서 성우 연기에 대한 기초부터 조금씩 공부하기 시작했습니다. 평일에는 출퇴근길에 학원에서 수업 중 녹음했던 파일들을 들으며 다녔고, 근무 중일 때는 고객분들을 안내할 때 더 큰 소리로 말하며, 말을 더 많이 하려고 노력했습니다. 그리고 저의 평소 내성적이었던 성격이 성우 준비를 하는 데 있어서 많은 걸림돌이 된다고 생각하여 우연치 않게 'MBC 신입사원'이라는 아나운서 공개 채용 방송프로그램에 참가하였습니다.

저의 내성적이고 소심한 성격의 틀을 깨고 싶어 참가했는데 운이 좋게도 2차까지 합격하여 정말 좋은 경험을 한 것 같습니다. 지금 생각해 보면 어떻게 나갈 생각을 했고 3차까지 갔었는지 신기합니다.

평상시에도 여러 사람을 관찰하며, 지나가는 간판들도 모조리 다 읽고 다녔습니다. 하지만 공부를 하면 할수록 더 만만치 않고 어려웠습니다. 하루의 거의 대부분을 성우에 대한 생각으로 보냈던 것 같습니다. 그렇게 2년 동안 성우 준비를 하다가 운 좋게 투니버스 8기 공채 성우로 합격하여 3년간의 전속 기간을 거친 뒤, 이제는 프리랜서 성우로서 감사히 성우 생활을 하고 있습니다.

권도일(2011년, KBS 36기)

일단 서울로 상경을 했어요. 부산에는 아카데미 학원 등 인프라가 잘 갖춰져 있지 않아서 좀 많은 곳을 경험해보고 선택하고 싶었습니다. 그때부터 일도 그만두고 오로지 성우 공부에만 몰두한것 같아요. 눈 뜨고 감을 때까지 학원에서 살았네요.

연기든 내레이션이든 녹음해서 듣고 이상한 부분은 글로 적어 놓고 고치려고 많이 했어요. 사투리라는 약점이 있었기에 더 열심히 팔 수 있었단 생각이 들어요. 시작할 땐 '왜 남들과 같은 선상이 아닌 뒤처져서 시작을 해야 되나' 하고 속상하기도 했지만 지금 생각해 보면 그 덕분에 빨리 성우가 될 수 있었던 것 같습니다.

구지원(2016, KBS 41기)

솔직히 마음 놓고 공부를 할 수 있는 상황은 아니어서 학원 문턱을 밟은 것도 성우라는 꿈을 품고 10년여가 지난 뒤였어요. 그래서 학원에 가기 전에는 여러 동호회나 인터넷에서 모집하는 스터디들에 참여하고, 제대로 준비도 되지 않았지만 어떻게든 모든 시험에는 응시를 했습니다. 언젠가는 꼭 합격하리라 하면서요.

학원에 다니면서는 그저 선생님들이 하라는 대로 하려고 노력했던 것 같아요.

합격하기 직전에서야 깨달은 바가 있는데 '내가 마음에 드는 연기와 사람들이 더 많은 감정을 전달받는 연기는 조금 다를 수 있다는 것' 이었습니다.

제가 마음에 드는 것을 고집하다 보면 흔히 말하는 '쪼(나쁜 습관)' 가 생기거나 원래 표현하고 싶었던 것과는 다른 방향의 연기를 하게 되는 경우가 있더라고요. 선생님들께서 맞다고 하셨을 때의 연기를 잊지 않고 내 것으로 만드는 게 크게 도움이 된 것 같습니다.

전승화(2008년, KBS 3기)

딱히 뭘 준비해야 할지 잘 몰랐어요. 지금 생각해보면 마치 성우가 되어서도 프리랜서 기간 전에 전속 생활을 하면서 뭘 준비해야 할지 모르듯이요. 저는 그저, 연기할 때만 연기하는 사람 말고, '평상시에 나를 마이크 앞에 갖다 놨을 때도 손색없는 사람이 되어야겠다' 는 생각이 가장 컸구요. 일단은 가장 중점적이었던 건 '말을 하자' 였습니다. 연습을 엄청 열심히 하는 것도 좋지만, 그보다 먼저 말이 되게 말하자는 게 제 주된 목표였습니다.

발음을 잘한다고 해서 전달력이 좋아진다고는 생각하지 않습니다. 발음은 선천적으로 가지고 태어나는 능력 중 하나라고 생각하는데, 꼭 발음이 좋아야만 전달력이 좋은 거라고는 생각하지 않습니다. 그래서 그런지, 말은 좀 하는 것 같긴 한데 연기는 잘 못 하는 것 같아요.

최낙윤(2008년, 대원방송 1기)

고등학교 시절 단문들을 구해 연습해 봤던 게 시작이었던 것 같네요. 그때 당시에 게임을 참 좋아해서 기합 소리 등을 운동장에서 연습하며 발성을 키우려고 노력했었습니다. 전문적인 교육기관을 다녔다면 그렇게 무식하게 하진 않았을텐데 말이죠. 고등학교 졸업 후에 지망생 동호회, KBS 아카데미, 성우학원을 거쳐 성우 개인 사사 이후 성우로 합격하게 되었습니다.

이제인(2009년, KBS 34기)

성우 시험을 알기 전부터 버벌(verbal)에 대한 관심이 많았어요. 고등학교 방송부에서 매일 발성, 발음, 멘트 작성 등의 훈련을 한 게 성우뿐 아니라 직장인이 되어서도 많은 도움이 되었어요. 위계질서를 유난히 중시하는 방송반에 염증을 느껴 대학교 때는 완전 반대로 흑인음악동아리에서 래퍼로 활동했는데 멤버들 도움으로 클럽 공연, 가요제, 프로젝트 앨범에 참여하면서 퍼포머의 기질이 있다는 걸 알았어요. 이때도 매일 동아리방에서 가사를 쓰고 버벌 연습을 했죠. 이 경험이 후에 유명 연예기획사에 입사하는 행운을 주었고 KBS 최종 면접에서 장기자랑 해보라길래 자작 랩을 했었어요. 재능은 좀 있는데 끼가 없어 보이는 이미지를 상쇄해 준 것 같아요.

성우 준비를 시작한 때가 제가 경제적으로 가장 힘든 시기였어요. 지방에 계시는 부모님의 사업이 부도난 직후라 원룸 보증금도 돌려드리고 기숙사 형식의 여성근로자아파트에 들어갔는데 커리어가 아깝기도 하고 제가 할 수 있는 준비라고 해봐야 주말 종일반으로 6시간 수업을 듣고, 평일에는 출퇴근 시간과 간단한 업무 처리 시간, 자려고 누운 시간 내내 귀에 이어폰을 꽂고 살았던 것

밖에 없네요. 애니메이션보다는 제 톤에 맞는 저음 내레이션과 2, 30대 연기에 집중했어요. 지금 생각해도 KBS 아니었다면 내가 성우가 될 수 있었을까 싶네요. 주말 하루는 수업, 하루는 집에서 왕복 3시간 거리에 있는 점자도서관에 가서 시각장애인들을 위한 책 낭독 녹음 봉사를 했어요. 수업은 사실 내가 입을 떼 볼 수 있는 시간이 적잖아요. 눈앞에 사람들이 있어 긴장되기도 하고 낭독봉사는 작은 부스에서 스스로 컴퓨터를 조작하면서 여러 번 녹음하고 모니터링 하니 편안한 내레이션을 하는 데 도움이 많이 되었어요. 제가 성우가 되는 데에 큰 도움을 받았다 생각해서 지금까지도 베리어 프리 영화 등 화면해설 작업에 지속적으로 참여하고 있습니다.

김새해(2009년, 투니버스 7기)

성우학원에 다니려고 아르바이트도 하고 버스 안에서나 길을 걸을 때 라디오 드라마도 많이 들었고 만화, 외화, 광고 보고 해보고 싶은 장면이 있으면 대본 만들어서 혼자 녹음해서 들어보고, 비교하고 다시 해보고 그렇게 입 밖으로 많이 내서 많이 따라 해보고 모니터링해 보는 식으로 공부했어요. 호흡이나 발성을 키우고 싶어서 대학교 때 등산도 많이 다녔어요.

김두리(2012년, KBS 37기)

KBS 아카데미와 사사. 아주 가끔 소규모 스터디를 하고요. 발성이 고민돼서 실용음악 학원에서 발성을 배우기도 하고, 잠깐 성우 공부를 쉬면서 마이크가 아닌 카메라 앞에서의 연기는 어떨까 궁금해 단편영화에 출연하기도 했습니다.

김용(2017년, KBS 42기)

무작정 학원을 다녔습니다. 저는 성우에 관해선 문외한이었기 때문에 선생님이

해주신 말들을 꼬박꼬박 잘 들으려 했던 거 같아요. 그리고 KBS 무대, 라디오 극장, 라디오 문학관, 그 당시 방영 중이던 애니메이션을 전부 다 봤습니다. 제가 만약 고3 수험생이라면 이런 작품들이 기출문제라고 생각했기 때문입니다.

채안석(2012년, KBS 37기)

고3 때 성우의 꿈을 갖게 되고 나서, 제일 중요한 첫 출발은 바로, 부모님께 말씀드리는 것이었어요. 사실 저희 부모님이 자식 사랑이 너무 많으셔서 하고 싶은 걸 자유롭게 하진 못했거든요. 그래서 수능이 끝나고, 어느 날 아침을 먹으면서 성우를 하겠다고 말씀을 드렸죠. 지금 생각해도 어찌나 긴장하며 말했는지, 손에 땀이 나네요.
제 고향 군산에는 성우 공부를 할 수 있는 학원이나 아카데미가 없었어요. 그런데 인터넷을 찾아보니까 전주에 작은 스터디 그룹이 딱 하나 있는거에요. 그래서 하고 싶다고 해서 가봤는데. 달랑 남자 두 분이서 하고 있더라고요. 처음엔 조금 실망 했지만, 그래도 그 두 형님 덕분에 연극도 하게 됐어요. 전북대엔 '기린극회' 라는 극예술연구회 동아리가 있었는데, 꽤 오래된 동아리였고, 거기에서 대학 연극을 1년 반 정도 했죠. 그리고 대학 2학년 2학기에 군대에 갔고, 제대 후 바로 상경해서 본격적으로 성우 학원을 다니면서 공부했습니다.

박고운(2012년, 대원방송 3기)

인터넷으로 검색을 하다 보니 학원이 있더라고요. 그래서 학원을 다니기 시작했고 그렇게 기나긴 지망생 생활이 시작되었죠. 끈기 없던 제가 유일하게 끝까지 이루어 낸 것이 바로 성우예요. 직장에 다니면서 학원비와 용돈을 벌었고, 지칠 땐 2~3달씩 학원을 쉬기도 했지만 되도록 꾸준히 학원을 다니려고 했어요.

그렇게 시간이 지나고 5년째 준비했을 때 처음으로 1차에 붙었어요. 그때 깨달은 점이 있죠.. 기본준비를 착실히 한 다음엔 시험요령도 필요하다는 것을 늦게 깨달은 거예요. 이후 최종에서 2번 떨어진 뒤 3번째에 붙게 되었어요. 그렇게 7년 반 만에 성우가 되었죠.

김소희(2010년, KBS 35기)

중학교 때부터 하던 미술을 미대 졸업 후 과감히 때려치고 바로 학원 오디션을 봤어요. 원래 가진 소리가 목에 무리가 많이 가는 발성을 하고 있었어요. 발성부터 다잡느라 고생을 많이 했죠. 그 후엔 드라마, 영화, 애니메이션, 다큐 등등 닥치는 대로 보고 느꼈어요. 다행히 노력에는 확실히 재능이 있어서, 일개미처럼 느리지만 꾸준하게 부딪혔던 것 같아요.
먹고 자는 시간 빼고 2년을 그렇게 공부랑 치열하게 싸우다가, 지쳐서 모든 걸 다 놓고 잠시 쉬어가자 할 때 앞만 보고 달리던 제가 비로소 나라는 사람 자체를 돌아보게 되더라구요. 그렇게 1년, 저하고 친해지다가 합격하게 되었습니다.

3. 성우를 지망하는 사람들에게 조언을 해준다면?

심규혁(2010년, 대원방송 2기)

아주 처음 시작하는 분들께 성우가 어떤 직업인지를 정확히 파악하셨으면 합니다. 정확히 어떤 작업들을 하고 어떤 라이프 스타일을 가진 직업인지, 최악의 경우에 어떤 어려움을 겪을 수 있는지 너무 좋은 면만을 보고 뛰어들면 당장은 재밌어도 나중에 어렵고 힘들 수 있으니까요.

저 역시도 작가를 지망했던 때에는 작가의 고충을 듣고는 하얗게 질려버렸었는 데 연기자들이 겪는 어려움은 그래도 할 만 하단 생각이 들었거든요. 똑같이 밥을 굶더라도 뭘 하면서 굶는 게 견딜만할지 잘 고민해보시길 추천 드립니다.

어느 정도 지망생 생활을 해온 분들께는 힘든 날들도, 사실은 좋은 날들의 일부라는 이야기를 해드리고 싶구요. 뭘 많이 먹으려고 택한 일이 아니라 못 먹어도 행복한 일을 택한 거니까요. 그리고 반드시 성우 시험에 합격하지 않더라도 젊은 날 몇 년간은 몸과 마음을 바쳐 배워볼 만한 가치가 있는 분야라고 말씀드리고 싶어요.

신온유(2017년, KBS 42기)

준비하는 시간이 길어지면서, 어느 순간부터 '성우가 되는 인생'에서 가치를 찾고 있었던 것 같아요. 그런데 중요한 건 따로 있었어요. 지금 내가 살고 있는 삶. 마지막 공채를 앞둔 해에는 제 삶 자체에서 가치를 찾기 시작했어요. '그래, 내가 이거 안 된다고 인생 끝나는 거 아니야! 합격하고 못 하고가 중요한 게 아니야. 온유야 넌 맞는 길로 가고 있어. 이미 넌 가치 있는 삶을 살고 있어. 큰 그림 안에서 너는 맞는 방향으로 걸어가고 있어'. 그 마음이 저에겐 큰 힘이 되었어요.

문남숙(2002년, MBC 16기)

자신과 타인의 감정을 존중하고 흔히들 말하는 나쁜 감정과 좋은 감정의 틀에서 자유로워지시길 바라요. 타인에게 수용 받지 못하는 감정이 있다면 자신만큼은 자신의 감정을 받아들여 주고 공감해주시길 바라요. 그것이 자신을 사랑하는 방법이면서 타인을 공감할 수 있는 원천이 되고 또 작품 속 캐릭터에 공감하고 몰입할 수 있는 힘이 됩니다. 무엇보다 삶이 더욱 풍성해져요.

김도영(2012년, 대원방송 3기)

부족함을 직시한 뒤 잔뜩 깨져보고, 그것을 극복하고 얻게 되는 굳건해진 자신감을 느꼈으면 좋겠습니다. 철옹성 같은 자기애와 송곳 같은 자기반성을 양손에 꼭 쥐어보아요.

조경아(2012년, KBS 37기)

아마 지망생 대부분 이미 교육 현장에서 훌륭한 성우 선생님께 배우고 있을 테니 전 개인적인 스터디의 필요성을 얘기하고 싶습니다. '배우다'는 '배다'와 같은 어원으로 보고 있다고 해요. 아이를 배듯이, 색이나 물이 스며들듯이 외부의 배움도 중요하지만 자신의 내부로 품어 스미게 하는 배움의 소화, 습관화가 중요한 것 같습니다. 저는 같이 스터디하며 고뇌했던 친구들이 제2의 스승이라고 생각합니다.

더불어 저와 같은 만학도에게 응원의 한마디 덧붙입니다. 전 성우가 되기 전까지 '성우 한번 해봐라', '목소리 좋으시네요' 같은 얘기는 들어 본 적도 없을 뿐 아니라 대다수 지망생들보다 늦은 나이에 성우라는 직업을 인지하다 보니 공부 시작도 늦었고, 결심도 늦었으며, 당연히 입사도 늦었습니다.

만학도인 경우 현실적으로 생계에 대한 중압감이 더 클 수밖에 없는 게 사실이죠. 또 주변의 나이 어린 친구들과 비교하게 되기도 하구요. 그런 상태로 공채 준비를 하다 보면 다급해지거나 오히려 몰입을 못 할 수 있는 상황에 처할지도 모릅니다. 사람마다 매력과 때, 시기가 있다고 생각해요. 조금만 심적인 여유를 갖되 몰입하기를 바랍니다.

김태영(2008년, KBS 33기)

여자는 좀 더 힘들 수 있습니다. 인원도 많고 웬만하면 남자들보다 뛰어난 감성의 종족이라 실력이 대등한 분들이 많으실 겁니다. 남자는 아무리 응시해도 안 된다면 그건 답은 두 가지 밖에. 1. 운이 없다. 2. 절실하지 않다.

하루에 4시간 자고, 1년 동안 연습만 하면 다 붙는다 생각합니다. 놀 것 다 놀고 연애하고 술 먹고 하니 안 되는 거라 감히 자신 있게 말씀드립니다. 제일 중요한 건, 대본을 보면서 마음이 계속 설레야 한다는 것입니다. 적어도 전 그랬던 것 같습니다. 똥 누는 시간에도 그 생각만. 잠자기 전에도 그 생각만. 꿈에서도. 남자는 여자, 여자는 남자, 이성의 대본으로도 늘 연습하기. 처음 보는 단문 30장 땅바닥에 뒤집어 놓고 아무거나 골라 시험처럼 매일 연습하기. 연습을 너무 많이 해서 혼잣말하는 습관이 생길 정도면 짱!

지금은 그 누구보다 연기를 못하지만 지망생 때는 나름 잘 나갔었습니다

김신우(2015년, 투니버스 9기)

'왜 내가 이걸 시작했지?' 를 생각하면 거기에 모든 해답이 있는 것 같아요.

'그럼 무엇이 하고 싶었어!' 라는 답과 함께 '그것을 하려면 뭘 해야 되지' 가 생기거든요. 그래서 저는 '왜 내가 이걸 시작했지?' 라는 스스로에 대한 물음이 제일 드리고 싶은 말인 것 같아요.

신경선(2012년, 대원방송 3기)

녹음을 많이 하고, 많이 듣고, 다른 사람에게도 들려주세요. 연기 공부를 한다는 것은 내가 의도한 것과, 실제 표현되는 결과물과의 거리 좁히기라고 생각합니다. 녹음 결과물을 모니터링하고 여러 사람에게 들려주고 의견을 구하는 것은 그 거리 좁히기에 큰 도움을 줍니다. 방안에서 자신이 표출한 감정에 감동받으며 "아 이 정도면 잘했네" 라고 생각하며 스스로 만족하지 마세요.

전해리(2007년, EBS 21기)

일단 그 일이 정확히 무엇을 하는지, 또 되기 위해서는 어떤 것들이 필요한지 철저히 조사해보세요. 그리고 마음으로만 간직하고 있지 말고, 여러 동호회 활동이나 학원 방문을 통해 직접 실습도 해보고 사람들과 피드백도 나누어봐야 해요. 그러고 나서도 그 공부가 즐겁고 계속해보고 싶다면, 또 사람들의 피드백에서 어느 정도 희망을 본다면 열심히 해보는 겁니다. 그러나 솔직히 성우 되기가 쉽지는 않습니다. 성우 공부를 하는 동안, '나는 과연 될 것인가? 이렇게 노력만 하다가 안되면 어떡하나?' 고민하는 사람들을 굉장히 많이 보아왔어요. 몇 년이 될지 시간을 정해놓고, 후회 없이 미친 듯이 공부하길 권합니다.

강보라(2008년, KBS 33기)

많이 듣고 많이 해보고 많이 반성하며 조금씩 다듬어 가는 것 외에 왕도는 없다고 생각합니다. 그리고 인생의 수많은 경험을 기꺼이 받아들이고 내면의 자산으로 삼을 수 있기를. 자신만의 매력과 개성을 가진 성우가 되시기를.

백경훈(2010년, KBS 35기)

대다수의 지망생들이 정말 열심히 공부합니다. 연습하고 고민하고 연습하고 고민하고 그러다 금방 힘들어합니다. 우린 감정을 소모해야 하는 사람들입니다. 우리들 가슴에 풍부한 감수성이 무한대로 담겨 있지 않은 이상 감정을 썼으면 다시 채워놔야 합니다. 그 감정 채워 넣기를 쉼이라고 말하고 싶어요.

운동도 공부도 쉬어야 또 할 수 있고 늘 수 있겠지요. 하지만 우린 쉬는 것에 익숙하지 않아서 죄책감을 느끼곤 합니다. 그렇게 쉬는 것은 스트레스일 뿐입니다. 아주 제대로 쉬세요. 계속 잠만 자도 좋고 맛있는 거 사 먹어도 좋고 친구랑 술 마시는 것도 좋고 여행도 좋고 영화 드라마도 좋습니다. 날 힘들게 한 모든 굴레를 내려놓고 아주 편하고 재미있게 쉬세요.

다만 쉬며 놀며 느꼈던 그 사소한 감정들, 느낌, 기분, 경험을 잊지 말고 가슴속에 저장하세요. 우리 연기자들에겐 쉼 또한 공부일 수 있기에 마음먹기에 따라서 크게 달라질 수 있습니다.

이지선(2017년, KBS 42기)

전 KBS 시험 8번 떨어지고 9번째 합격했거든요. 매년 떨어지는 게 너무 힘들어서 마지막이다 생각하고 본 시험에서 합격했어요. 꼭 붙어야겠다는 마음을 내려놓았더니 좋은 결과가 나왔어요.

방성준(2002년, MBC 16기)

너무 시험용으로 연기 공부를 하지 않았으면 해요. 엄청난 에너지와 감수성, 그리고 자유로운 상상력들을 갖고 있는데, 시험이라는 틀에 맞춰놓고 연기를 공부하는 게 어떤 면에서는 그런 장점들을 방해하는 것 아닌가 하는 생각이 들 때가 있어요. 100이라는 공부의 과정이 있다면 저는 기술적인 공부는 10만하고 나머지 90은, 가슴 속에 뜨거움을 키우고 남들보다 더 깊숙하게 사물을 보고 느끼는 자유로운 감성을 키우는데 할애하면 어떨까 생각해요.

장미(2015년, 대원방송 6기)

대본 분석도 연습도 물론 중요하지만, 개인적으로 가장 중요한 건 모니터링이라고 생각합니다. 저도 공부하면서 녹음해보고 들어보고 자주 하려고 '생각은' 했지만 자기만족이 안 되는 건 물론이고, 피드백 전후가 뭐가 어떻게 다른지도 모르겠고 갈피를 못 잡은 내 소리가 듣기 싫어서 끝까지 모니터링을 피할 때가 참 많았는데요. 지금에 와서 생각해보면 열심히 피해 다녔던 그 모니터링이, 실력이 느는데 정말정말 중요한 역할을 했다는 생각이 들어요. 톤 하나, 발음 하나 신경 쓰는 주관적인 모니터링보다는 다른 친구가 한 녹음을 들어주듯 객관적인 모니터링을 하며 공부해 보는 게 어떨지 조심스레 조언해봅니다.

천지선(2013년, EBS 23기)

스스로 정말 노력하고 있는지 고민해보고 본인이 잘하는 것 같다고 자만하지 마세요.

이 두 가지를 자각하지 못해 생기는 결과는 아주 무섭습니다. 나는 될 수 있을까, 나는 잘하고 있나, 이 고민은 누구도 답을 주지 않아요. 지금 내가 필요한 것을 고민하세요. 내가 안 되는 것을 되게 하려면 어떻게 해야 할지, 내가 잘하는 것을 더 부각시키려면 어떻게 해야 할지, 안 되는 것이 아니라 더 큰 선물을 받기 위해 기다림이 필요한 거예요.

장민혁(2006년, KBS 32기)

이것저것 많이 있겠지만 가장 해주고 싶은 말은 '명철(총명하고 사리에 밝음)'입니다. 내가 이 길을 계속 가야 할지부터 시작해서 연기 공부하는 가운데에서도 많은 이들의 모니터, 그리고 자신의 연기를 판단할 수 있는 명철함. 주변 분위기에 휩쓸리지 않는 그러한 명철함이 필요할 것입니다.

김혜성(2012년, 대원방송 3기)

우선 버텨라 끝까지. 그리고 항상 긍정적으로 행동함에 힘쓰고, 주위 사람들에게 좋은 에너지를 줘라. 주위 사람들에게 인정만 받아도 성우로서 한 단계 다가갈 수 있다.

장예나(2015년, 대원방송 6기)

많이 많이 경험하고 즐기셨으면 좋겠습니다. 그게 직접경험이든, 간접경험이든 많이 보고 느끼시면 연기에 정말 크게 도움이 될 거라고 생각합니다. 그리고 노력하는 것이 정말 중요합니다. 성우가 되어서 더 많이 느끼는 생각은 선배님들께서는 제가 지망생 때, 그리고 전속 때 했던 노력의 두 배, 세 배 이상을 노력하십니다. 분명 이미 너무 멋지고 훌륭하신 분들이신데 저보다 더 많이 노력하시는 모습을 보고 정말 크게 반성했습니다.

신용우(2003년, 투니버스 5기)

하기로 마음먹은 이후에는 이미 '성우'라고 생각하고 관리하고 노력하지 않으면 남들과의 차이를 만들어 낼 수 없다고 생각합니다. 생활 습관과 생각, 태도, 몸 상태 모든 것을 '성우'라고 생각하며 준비하세요.

남유정(2015년, KBS 40기)

먼저 자신을 인정하고 믿었으면 좋겠어요. 소리 좋은 사람을 부러워하고 나보다 잘하는 사람을 부러워만 말고 내 소리 역시 남들과 다르고 내 연기 역시 남들과 다를 수 있다는 걸 믿고 열심히 준비했으면 좋겠습니다.

여민정(2000년, 투니버스 4기)

좌절의 순간도, 이 길이 맞나? 싶은 의심의 순간도 있을 거예요. 그럼에도 나 자신을 믿고 '내가 세상에서 제일 잘해' 하는 심정으로 앞으로 나아가되 다른 사람들을 통해서 나 자신을 돌아보면 연기에도 삶에도 변화가 있지 않을까 해요.

자기 자신에게 함몰되지 않는 것도 중요한 것 같아요. 내 연기가 나만을 만족시키는 것인지 듣는 사람들의 마음을 울리는 것인지.. 나 스스로의 세계에 빠져 있기보다는 좀 더 넓은 시야를 갖는 것. 사람들의 목소리에 귀 기울이는 것도 중요할 것 같아요.

홍진욱(2002년, KBS 29기)

머리로 누군가의 플랜, 쪼를 따라하기보다는 가슴으로 느끼십시오. 그리고 연기가 잘 안될 땐 대본을 덮으세요.

신소윤(1999년, KBS 27기)

체력을 기를 것! 주어진 대본을 읽는 일이 뭐 그리 체력을 요하나 싶겠지만 이 일은 고도의 집중력과 인내가 필요한 일이에요. 몸이 지치면 만사 귀찮고, 컨디션 안 좋으면 당연히 목소리도 상합니다.

실제 성우가 되면 한자리에만 있는 경우는 거의 없고 녹음실 이동도 잦고, 기다리는 시간도 많아요. 긴 내레이션의 앉아서 한다고 해도 집중해서 긴 시간 읽고 녹음하는 일이 쉽지 않아요. 함께 하는 작업의 경우, 맡은 배역에 따라 녹음 내내 괴성을 지르다가 그다음 스케줄로 이동해서 꾀꼬리처럼 연기해야 할 경우도 허다하구요. 몸이 아프면 마음 다스리기도 어려워져요.

평소 말 습관은 연습입니다. 평소 자신의 말 습관부터 살피세요. 평소 말투가

곧 일하는 말투거든요. 일상과 연습을 따로 떼어놓고 생각하지 않았으면 좋겠습니다.

시간 로그(시간 리포트)를 써보자. 준비생들을 만나 얼마나 준비했는지 물어보면 길게는 몇 년, 짧게는 몇 달까지 다양해요. 그런데 한 달에 몇 시간 성우가 되기 위해서 시간을 쏟고 있을까요? 일주일에 한 번 학원에서 수업을 받는다면 수업 시간 중 자기가 실습하는 시간은 얼마나 될까요? 학원을 오지 않는 날은 시간을 어떻게 보내고 있을까요? 매일 내가 어떻게 시간을 보내고 있는지 써보면 나도 몰랐던 내 자신을 보게 돼요.

남에게 보여 줄 것도 아니니 솔직하게 써보면 좋아요. 써 놓은 걸 보면 의외로 흘리는 시간도 많고, 실제 성우 준비를 하는 시간은 생각보다 적다는 것을 알 수 있어요. 시간의 양도 양이지만, 얼마나 집중해서 성우가 되기 위해서 시간과 노력을 쏟고 있는지 살펴볼 필요가 있다는 말이에요.

살아있는 말에 귀 기울이자. 제대로 된 것을 듣자. 자기 목소리는 꼭 녹음해서 모니터해볼 것을 권합니다. 마이크로 녹음된 객관적으로 내 목소리를 듣는 버릇을 들이세요. 성우는 '읽는 사람'이 아니라 '말하는 사람'입니다. 그래서 생활에서 접할 수 있는 여러 사람들의 '말소리'를 듣는 것이 중요해요. 흔히 성우를 음성연기자라고 하는데, 연기자라는 말에 더 힘을 실어보세요. 라디오뿐만 아니라 각 매체에서 볼 수 있는 인상 깊은 연기를 보면서 따라 해 보는 것을 추천해요.

홍후백(2016년, KBS 41기)

많이 보고, 많이 듣고, 많이 따라 하는 게 중요한 것 같아요. 연기는 사람과의 대화, 나 자신과의 대화기 때문에, 결국은 대중이 사용하는 말, 사람들이 공유하는 감정과 음정을 잘 이해하고 표현하는 것이 중요하다고 생각해요.

방송사 전속 생활을 할 때, 무엇을 강조하고 무엇을 강조하지 않아야 하는지에 대해서, 제대로 말하기에 대해서 고민하게 된 적이 있어요. 지적도 많이 받았어요. 그때 문장구조를 이해하는 국어적 소양이 얼마나 중요한지 절감했어요. 그리고 할 수 있다면.. 성우가 아닌 다른 길에 들어설지도 모르는 순간을 위해서, 틈틈이 그때를 위한 작은 노력을 할 수 있다면 성우를 준비하면서 자신의 삶을 살아가는데 더 보탬이 되지 않을까 싶어요.

박주광(2017년, KBS 42기)

처음 대원방송 최종에서 탈락했는데 사실 그때는 많이 힘들지 않았어요.
열심히 해야겠다라는 생각만 들고. 그래서 스터디도 3개로 늘리고 여러 가지를 해봤어요. 그런데 너무 치열해지니까 여유가 없어졌어요. 막상 다음 해엔 1차에서 떨어졌어요. 최종에서 떨어졌을 때보다 그때가 너무 마음 아팠어요. 그 후 2개월 후 KBS 시험보기 전까지 쉬면서 했어요. 스터디도 쉬고 학원만 한 번씩 다녔어요. 근데 그게 큰 도움이 됐어요. 쉬면서 하니까 그 전의 경험이 경험치가 되는 것 같았어요. 그래서 '한다면 너무 치열해지지 마라. 여유를 가져라' 라고 해주고 싶어요.

김나율(2010년, 대원방송 2기)

본인이 성우가 되고 싶은 이유가 뭔지.. 그 이유가 확실하다면 본인은 그만큼 어떤 노력들을 하고 있는지 돌아볼 필요가 있다고 생각해요.
계속 성장하는 사람들을 보면 항상 어떤 목표가 있어요. 그리고 그 추진력으로 슬럼프 극복도 금방금방 해내더라고요. 부정적인 기운에 너무 오래 안주하지 마세요.

사문영(2011년, KBS 36기)

즐기며 열심히 하는 사람은 절대 이길 수 없습니다. 조급해하지 말고 내 안의 변화를 서서히 느끼며 뭐든 즐겁게 흡수하세요. 그리고 성우 공부 외에 자신이 그다음으로 하고 싶은 것들도 놓치지 말고 소중히 키워가세요.

배진홍(2008년, KBS 33기)

연기나 내레이션 같은 것들을 잘하고 목소리를 잘 단련하는 것도 당연히 너무 중요하지만, 뭘 하든 건강이 제일 중요한 것 같아요. 아무리 잘해도, 아무리 목소리가 좋아도, 중요한 시험이나 오디션 전에 감기라도 한번 걸리면 생각도 하기 싫잖아요. 몸이 악기인 일이니 건강을 위해 수시로 투자하고 체력을 잘 키워두는 게 좋을 것 같아요.

리우(2016년, KBS 41기)

흔한 말이죠. 내 인생의 주인공은 나다. 같은 일을 겪어도 내가 성공이라고 생각하면 성공이 되고, 실패라고 생각하면 실패가 돼요. 누군가가 동기부여는 해줄 수 있겠지만 결국 날 바꿀 수 있는 건 나밖에 없어요. 그걸 항상 잊지 않았으면 좋겠고 노력하면 자신의 인생은 딱 그만큼 빛을 발합니다.
이건 조금 먼 이야기처럼 들릴지 모르지만 경험상 꼭 필요한 부분인데요. 성우 시험에 붙는 것이 최종 목표가 아니었으면 좋겠어요. 성우 시험에 붙는 게 아니라 그 이후에 내가 어떤 성우로서 어떤 인생을 살 것인지에 대한 목표가 최종이어야 한다고 생각해요.
그렇지 않으면 시험에 붙는다고 해도 그다음 목표를 갖기까지의 시간이 너무 오래 걸리고, 그사이에 나를 버티게 하는 힘이 너무 빨리 떨어지거든.

곽윤상(2003년, KBS 30기)

항상 귀를 열고 사물과 사람에 대한 호기심을 갖고 탐구하며 열정을 쏟았으면 합니다.

하은진(2007년, 대교방송 5기)

기다리는 걸 잘하는 사람에겐 편안한 자리인 것 같습니다. 성우가 되는데에 들이는 시간 동안도, 되고 난 이후도 늘 함께하는 건 기다림과의 싸움이기 때문이죠. 시험의 희비에 휘청하지 말고 잘 준비하고 기다리는 자신만의 방법을 찾으라는 것을 얘기해주고 싶어요.

정의진(2016년 KBS 41기)

많은 실패 경험을 쌓아보세요. 사실 지금 내 눈앞에 있는 실패는 실패가 아닌데도 자꾸 거기에 함몰돼서 우울해지고 작아지는 자신을 발견하게 되잖아요? 저도 정말정말 많은 실패들을 쌓아서 지금까지 올 수 있었어요.
성우 공채야 1년에 몇 개 없지만 아나운서 준비를 할 때 정말 이름도 들어보지 못한 작은 회사들까지 다 지원을 했거든요. 얼마 전 그 당시 거절당한 지원서 수를 세어보니 100건이 훌쩍 넘더라고요. 면접에서도 수차례 떨어졌어요. 그렇게 실패 경험들이 쌓이다 보니 실패에 대한 두려움이 사라졌어요. 어차피 계속 도전할 거니까 상처받기 않기로 한 거죠. KBS 시험을 볼 때도 '어차피 내년에 공채는 또 있으니까. 지금 실패해도 상관없어' 라는 마음이 있었어요. 실패를 두려워하지 마세요. 그건 아무것도 아니에요. 오히려 그 실패들이 여러분을 성장시키고 나중에 미소 짓게 만들 거에요.

서다혜(2015년, KBS 40기)

꿈을 향해 달리는 데 의미 없는 시간은 없는 것 같아요. 부디 초조해하지 않았으면 좋겠습니다. 목소리에도 지문이 있다고 하잖아요. 사람마다 다들 외모가 다르고, 각자의 개성이 있고, 어떻게 가꾸느냐에 따라 어떻게든 변할 수 있듯, 목소리는 외모보다 더 자유롭게 변화할 수 있는 '나만의 뭔가' 라고 생각해요. 당신은 누구도 대신 할 수 없는 매력을 가진 사람이랍니다.

이자명(1997년, 투니버스 3기)

성우는 소리, 연기, 특히 발음, 이 모두가 갖춰져도 될까 말까 하는 현실인데 어느 조건 한 가지도 맞지 않는 친구들이 시작한다고 할 때 가장 안타까워요. 이런 친구들은 되기도 어렵지만 된다 해도 살아남기 어렵거든요.

정남(1996년, MBC 13기)

자신이 닮고 싶은 성우의 소리를 따라 해 보는 겁니다. 애니메이션을 좋아한다면 다양한 애니메이션을 보고 캐릭터를 연습해 보세요. 몇 번 떨어졌다고 상심하지 말고 끝까지 도전해보기를 권해요. 인생은 길잖아요.

방우호(2005년, KBS 31기)

자신의 환경이 아무리 힘들어도, 힘들다는 생각보다 나아지려고 하는 긍정적인 생각이 결국에는 자신을 변화시키더라고요. 연기는 그 사람의 혼이 담겨있기 때문에 기술적인 것들보다 자신을 알아가는 것이 먼저인 것 같습니다. '나를 바로 세우면 소통이 된다', 그리고 성우를 방송인으로 넓게 생각했으면 좋겠어요. 배우, mc, 홈쇼핑 등 많은 영역에서 활동하시는 선배님들 계시잖아요. 보는 시각을 넓히면 성우의 길에 한 발 더 빨리 갈 수 있지 않을까요?

허예은(2017년, KBS 42기)

연기 공부도 좋지만, 무엇보다 자존감을 잃지 않도록 스스로 멘탈을 관리하는 것도 정말 중요한 것 같아요. 늘 자신의 연기를 예뻐하고 사랑하는 연습을 해 보셨으면 좋겠어요!.

오민혁(2015년, EBS 24기)

자신감은 넘치되 자만에 빠지지는 말자. 말은 아니라고 하면서 너무 만만하게 봤었던 것 같습니다. 깨닫는 데 시간이 좀 걸렸어요.

유보라(2013년, EBS 23기)

기간을 정하고 미.친.듯.이 준비하세요. 혹시 결과가 좋지 않더라도 후회를 남기지 않도록 말이죠. 여러 방송국들의 프로그램을 면밀히 분석하고 모니터 해봐요. 그리고 그것을 메모나, 녹음 등 기록으로 꼭 남겨보세요. 기억에 새길 수 있도록요. 긍정적인 기운의 에너지를 사용하세요. 다른 사람과 나를 비교하는 건 금물! 어제의 나 자신과 오늘의 나를 비교하세요. '아, 난 왜 이것밖에 못 할까'에서 '난 이런 강점이 있지', 하지만 이런 단점도 있어. 단점을 고치려면 '어떤 점을 어떻게 노력해야 할까?'에 집중해서 공부해보세요. 마지막으로, '나 자신을 믿고 사랑하세요'. 손가락 지문의 모습이 다 제각각이듯 우리의 목소리도 다 달라요. 틀린 게 아니잖아요. 자신을 믿고 나의 소리를 스스로 사랑하고 끝까지 포기하지 말고 도전해봐요.

허성재(2015년, KBS 40기)

먼저 쉽게 포기하지 않았으면 좋겠어요. 타고난 실력과 재능으로 1~2번 만에 붙는 사람들도 있겠지만, 현실적으로 모두가 그럴 수는 없잖아요. 매년 뽑는 사람도 적고요. 저도 10번도 넘게 한 번도 1차에도 붙어보지 못했지만, 한 번도 '내가 성우가 될 수 있을까?' 라고 생각한 적은 없는 거 같아요.
'아니, 이분들이 날 왜 못 알아보지?' 라는 조금은 건방진 마음가짐이 자신감에는 오히려 도움이 되지 않았나 싶습니다. 그리고 어떤 방식으로 삶을 이끌어 가든 포기하지 않은 이상 '성우'에 대한 마음을 잊고 살지는 않았으면 좋겠어요. 저 역시 중간에 좌절하고 잠깐 성우 공부를 접었던 적이 있었는데요, 다시 도전하기가 너무 낯설고 겁이 났어요. 꿈이 멀어지는 느낌을 몸으로 느끼니까 참 비참하더라고요. 결국 그것이 저를 다시 성우의 길로 가게 만들긴 했지만요. 그래도 이왕이면, 즐거운 마음으로 준비하는 쪽이 낫지 않을까 생각해요. 한 마디로 요약하자면 '미련이 안 남을 만큼 도전해보자' 입니다.

김상백(2009년, KBS 34기)

자신을 사랑하고 예민하게 자신의 마음에 귀를 귀울여 솔직하게 다가가세요. 문학이나 여러 작품들을 보며 내 마음의 크기를 늘려보며 자신만의 연기관을 정립해보세요. 달라진 나의 눈빛과 태도, 매력을 발견하고 보다 나은 내가 만들어질 겁니다.
모든 일에는 완성은 없다고 생각합니다. 성우가 된 저 역시도 하루에 천국과 지옥을 왔다 갔다 하구요. 그럼에도 불구하고 이 일을 하며 아주 작게라도 근사치로 가려고 노력합니다. 그러면서 성장하는 것이겠지요. 여러분들도 꾸준하게 한 걸음씩 가다 보면 꼭 꿈을 이룰 수 있을 겁니다. 그리고 '우리말을 사랑해 주세요.'

선은혜(2011년, KBS 36기)

'자신이 좋아하고 사랑하는 걸 택한 사람은 어떤 시련이 와도 이겨냅니다.'

이 말이면 충분할 것 같아요. 조금 더 보태자면, 합격할 수 있는 최소의 조건이 '고등학교 졸업자'이기에, 아르바이트나 취업을 해서 돈을 벌며 준비하시는 분들이 많을 거예요. 그때는 마치 시간을 낭비하는 것 같이 느껴지지만, 합격하고 나면 모든 것이 다 과정이었음을 느끼실 거예요.

김석환(2006년, KBS 32기)

망망대해에 홀로 떠 있는 느낌일 것입니다. 저는 그랬거든요. 그런데, 방향을 모르겠는 사람이 무엇보다 먼저 해야 하는 일은 무슨 수를 써서든 내가 어느 지점에 있는지를 알아내는 일이라고 생각합니다. 많은 전문가에게 용기 있게 찾아가 질문하기를 주저하지 마세요.

두 번째는 무작정 멘토를 찾기보다는 내가 과연 어떤 사람인가를 파악해야 합니다. 마지막으로 세 번째는 많이 생각해야 하지만 더 많이 연습하세요.

하는 만큼 느는 것이 실력인 것은 이곳에서도 마찬가지입니다. 단, 성우 흉내를 내는 방향으로 많이 하는 것은 위험합니다. 기본이 무엇인지 파악한 후에 많이 해 보세요. 훌륭한 직업을 선택하신 당신을 환영합니다.

윤용식(2013년, KBS 38기)

'일상의 모든 경험이 연기의 재료'라고 생각하세요. 저 같은 경우는 성우를 하겠다고 맘먹고 제일 먼저 한 일이 늘 귀에 꼽고 다니던 이어폰을 빼는 거였어요. 길거리에 지나가는 사람들의 대화조차도 극한의 자연스러운 연기라고 생각하고 귀 기울여 보세요. 그게 다 연기의 재료가 됩니다.

학원에서 몇 시간 앉아 있었느냐가 중요한 게 아니에요. 밥을 먹을 때도, TV를 볼 때도, 화장실에 있을 때도, 심지어 꿈속에서도 연기에 대한 고민의 끈을 놓지 마세요.

김희진(2006년, KBS 32기)

저처럼 되고 나서 고생하지 않기 위해서 많이, 열심히 준비하시는 게 좋을 것 같아요. 요즘은 너무 실력 있는 후배들이 많아서 그 경쟁에서 살아남기 위해선 그들보다 조금은 더 노력해야 하지 않을까요? 남들과 다른 자신만의 무언가를 빨리 찾아내는 것도 중요하구요. 차별성!!! 아무리 강조해도 지나치지 않는 말이에요.

김사라(2013년, KBS 38기)

중요한 건 잘 노는 거 같아요. 논다는 게 여러 뉘앙스가 있을 수 있지만 '신난다'에 초점을 맞추고 싶어요. 전 입사하기 몇 년 전부터 좋아하는 가수가 생겨서 스케줄 쫓아다니고, 락페스티벌 따라다니고, 그러면서 만난 노래 좋아하는 친구들이랑 모임도 나가고 신나게 놀기 시작했는데 그때 사실 많이 변했어요. 제 느낌엔. 그즈음부터 좀 답답하던 사고가 살짝 깨진 거 같아요. 느껴지는 것들도 훨씬 풍성해진 것 같고. 그래서 많이 노시라고 얘기해드리고 싶어요. 공연도 많이 보고, 영화도 많이 보고, 애니도 보고, 책도 읽고, 전시도 보고, 여행도 많이 다니고.. 등등등 소위 '논다'는 것들을 많이 해서 신나는 사람이 되면 좋을 거 같아요.

강시현(2014년, 대원방송 4기)

성우 시험이라는 게 남한테 인정을 받아야 합격하고, 합격 이후에도 매일같이 성우시험을 보는 기분처럼, 하루하루 실력 있는 성우들 간 오디션을 거쳐 역할 당 단 1명이 뽑힙니다. 누군가에게 인정을 받아야 일할 수 있는 직업이에요. 그렇기에 더더욱 스스로가 자신을 낮게 보고 자존감이 없다면, 다른 사람들에게 인정받고 믿음을 주기란 쉽지 않죠.

시험장에서도 '오늘은 내가 주인공이야! 날 위해 이 시험이 존재해, 이 시험은 나 뽑으려고 만들어진 거야! 내가 안 붙으면, 도대체 누가 붙을 수 있는 건데!' 정도의 자신감을 가지고 임하세요.
어제보다 오늘, 오늘보다 내일 더더욱 나를 사랑할 수 있도록 노력하고 자신감을 가지세요. 잊지 마세요. 당신은 분명히 매력적인 사람이라는걸.. 모르겠다면 연구하세요. 남보다 나은 나의 장점, 남과는 다른 나의 매력. 그리고 어필하세요. 심사위원님들은 무서운 분이 아니에요. 내가 어떤 사람인지 궁금해하는, 나를 알고 싶어 하는 분들입니다. 그러니 시험에 붙겠다고 나와 다른 모습으로 포장하지 말고 있는 그대로의 당신의 모습을 보여주세요.
녹음과 자신에 대한 비평을 게을리하지 마세요. 선생님의 피드백, 그리고 자신이 제3자가 되어 객관적으로 자신에 대해 하는 피드백 모두 중요합니다. 내가 어떤 사람인지 알아야 해요.
처음부터 잘하는 사람은 없어요. 모두가 반복과 학습을 통해 성장하죠. 노력하는 시간과 정성만큼 결과는 배신하지 않아요. 나이 때문에, 성격 때문에. 외모 때문에 고민하지 마세요. 그게 핸디캡이라면 그것을 뛰어넘을 매력과 실력을 장착하면 됩니다. 분명히 내가 되는 이유도 나고 떨어지는 이유도 나잖아요. 그럼 나를 다듬어야 해요.

이슬(2014년, KBS 39기)

시험에도 여러 번 떨어지고, 시간은 흐르는데 막상 전 성장하지 못한다고 생각해 답답한 마음을 느낄 때가 많았어요. 그렇게 열심히 하려고 마구 달려들다 보니까 초조함만 남더라고요. 결국 시험 볼 때는 잘하지 못하니까, 아직은 아니야 하면서 엄청 긴장하고 자신 없어 했었어요. 뒤돌아보면 왜 그렇게까지 나를 몰아세웠을까 하는 생각이 들어요. 더 나빠지면 나빠졌지 좋아지진 않았거든요.

전 마음의 여유가 없으면 고스란히 다 드러난다고 생각해요. 가끔 휴식이 필요할 때는 쉬어주면서 꾸준히, 즐겁게 공부하면 좋을 것 같아요.

유승화(2004년, EBS 20기)

성우는 연기자입니다. 내레이션도 연기라고 생각해요. 표현하는 것을 두려워하지 마세요. 그리고 자연스럽게 숨을 쉬세요. 잘못하면 숨을 쉬지 않는 사람처럼 보일 수도 있어요.

심인종(2013년, KBS 38기)

성우를 목소리 좋은 사람이라고 생각을 하실 수 있는데 '목소리는 연기를 위한 한 조각에 지나지 않은 거' 라고 생각해요. 연기력만 생각하면 좋겠어요. 물론 발성, 발음 연습은 베이스라고 생각합니다. 그리고 치열하지만 행복하게 임하셨음 좋겠어요.

석승훈(2015년, KBS 40기)

성우가 되는 것도 물론 쉬운 일이 아니지만, 성우가 되고 나서가 더 힘들 수도 있다는 것을 알아두셨으면 좋겠습니다. 정말로 빛나는 직업이지만, 빛이 밝으면 그만큼 그림자도 깊으니까요.

지금 빛나고 계신 선배님들도 성우가 된 뒤, 지망생 시절보다 더욱 노력한 끝에 그 자리에 도달하신 거죠. 저도 성우가 되고 나서 이상은 높은데 현실이 그에 따르지 못해 많이 힘들었던 시기가 있었습니다. 지금은 어느 정도 익숙해지기도 했고, 마음을 다스리는 방법을 약간은 깨우쳤기에 많이 나아졌지만요.

또, 기회는 온다는 사실을 언제나 염두에 두고 계셨으면 좋겠어요. 물론 그 기회가 왔을 때 잡을 수 있는 실력은 있어야겠죠. 그러니, 해야 할 일은 그 기회가 왔을 때 잡을 수 있도록 나의 능력을 키워두는 것이 가장 중요하리라 생각됩니다. 이 전제는 주어와 목적어를 바꿔도 성립합니다. 내 능력을 높일수록 그 기회를 더 빨리 만날 수 있을 테니까요.

그리고 주변 사람들과 원만한 관계를 유지하시는 것 또한 중요합니다. 함께 공부하는 사람들 모두가 성우가 되기를 원하고 될 가능성이 있는 분들이니까요. 언젠가 서로가 성우로 만나도 불편하지 않도록, 준비하실 때부터 주변 사람과 인간관계를 잃지 않으셨으면 좋겠습니다.

김정훈(2012년, 투니버스 8기)

'성우라는 이미지만 생각해 대본에만 얽매이는 것?'. 저도 지망생 시절 빠지기 쉬운 함정이었던 것 같은데 열심히 하는 건 좋지만 가끔은 대본과 거리를 두고 좋은 영화를 보거나 안 해본 행동을 해보거나 아예 미친 듯 놀아본다든지 많은 것들을 경험해서 감성과 감정의 창고를 채우는 게 오히려 연기에는 더 도움이 되는 부분이 많지 않나 하는 생각이 듭니다.

이민규(2013년, EBS 23기)

미쳐봤으면 좋겠어요. 그리고 간절함을 가지세요. 어떻게 어떤 식으로 공부하는 방법도 중요하지만 마음과 자세가 중요하고 생각해요.

권성혁(2012년, 투니버스 8기)

성우가 되는 길은 정말 생각보다 어렵고 힘듭니다. 하지만 정말로 간절히 원하고 절실한 마음으로 최선을 다해 노력한다면, 얻는 것이 분명히 있을 거라 생각합니다. 합격이라는 것이 실력뿐만 아니라 천운도 따라야 한다고들 말하는데,

분명한 것은, 그 천운 역시 정말 열심히 노력하고 준비하는 사람에게만 주어진다는 것입니다.
성우를 지망하는 기간이 몇 개월이 될지, 10년이 넘게 걸릴지 알 수 없습니다. 그렇기 때문에 본인이 준비할 수 있는 시간을 구체적으로 정하시고, 그 기간 동안 열심히 준비하되, 본업과 병행하여 공부하시기를 추천 드립니다. 그래야 언제 합격할지 모르는 준비 기간 동안 지치지 않고 공부할 수 있기 때문입니다.
분명 어렵고 힘든 길이지만 성우가 되겠다고 결심하셨다면, 후회가 없을 만큼 최선을 다해서 준비하시기를 바랍니다. 분명히 그만큼의 가치가 있는 일이고, 도전이라 생각합니다.

금령(2012년, KBS 37기)

기본기를 꼭 쌓은 후에 책을 많이 읽는 것이 도움 되는 것 같습니다. 아니면, 라디오 독서실 대본 일주일에 세 번 정독하고 분석하기. 하고 싶은 배역만 연습하는 것보다 어려운 배역도 해 보세요. 그 캐릭터에 대해 많이 고민하고, 안 돼서 괴로워도 해보고... 그리고 매력이 참 중요한 것 같아요.
그 매력은 꼭 외모가 아니에요. 짧은 시간 만들어지는 것도 아닌 것 같아요.
배우고 보고 읽고 느낀 것들이 자기의 연기 자산, 그리고 나의 매력이 됩니다.
자신 있고! 소신 있게 자기의 길을 묵묵히 가세요. 그러다 보면 좋은 결과가 있으실 겁니다!

조현정(2002년, MBC 16기)

재밌어야 늘어요. 대신 기본기는 삼시세끼 먹듯 꾸준히 챙기기 필수! 기본기가 있어야 더 재밌어져요. 그리고 지망한 지 2년 차 이상이 되어가는 사람들은 '사람'에 대한 관심을 놓지 마세요. 우리가 하겠다는 연기라는 게 바로 사람 사는 이야기랍니다. 고시생처럼 대본에 얼굴 묻고 귀에 이어폰 꽂고 그렇게 닫아두지 말아요. 좀 더 살아있는 사람들을 느껴보고 경험해보세요.
'나'에 대해 관심을 갖고 마음의 소리를 들어보세요. 위에서 말한 '사람'이라는 단어의 출발은 아마도 '나' 자신이 아닐까 싶어요. 우선 나 자신에 대해 관심을 갖고 자신의 마음을 살피세요. 순간순간의 마음의 소리를 알아차려 주세요. 좌절해서 슬프고 힘든 마음, 칭찬받아서 기쁘고 자랑스러운 마음 다 알아차려 주세요.
'다른 사람들 눈으로 보는 나' 말고 내가 느끼는 '나'에 대해 관심을 가져 주세요. 나에 대해서 아는 만큼 자신감이 생길 거예요. 자신감은 자신을 믿는 감정이죠. 자신감 있는 사람은 눈빛부터가 다르죠.
처음 좋아했던 그 마음의 유통기한을 길게 가져보세요. 좋아서 시작한 거고 웬만큼 좋아하는 거 아니고 많~이 좋아하는 거니까 도전까지 하는 거잖아요? 그러니까 처음 좋아했던 그 마음의 유통기한을 길게 가져보세요. 보통 초심이라고들 말하죠? 힘들고 지칠 때 그 초심이 여러분을 지켜 줄 거예요. 내가 왜 이걸 좋아했었지? 무엇 때문에 내가 이걸 하려고 했었더라? 나는 어떤 성우가 되고 싶었지? 이 세 가지 질문을 힘들 때 스스로에게 건네 보세요.
막연하게 덤비지 말고 좀 더 구체적으로 탄탄하게 자신이 원하는 걸 확고히 해두세요. 오랜 기간 지망생들을 가르쳐보니 정신적으로 힘들어하는 학생들이 가장 안쓰럽고 안타까웠어요.. 건강한 멘탈과 건강한 체력이 인생을 좌우하더라고요.

김두리(2012년, KBS 37기)

저는 어릴 때 책을 정말 닥치는 대로 읽었었는데 그게 문장을 이해하는 능력과 풍부한 어휘력을 길러 준다는 걸 성인이 돼서 알았어요. 책을 많이 읽으면 초독

능력이 좋아지고 눈이 입을 따라가지 못해 틀리는 경우가 줄어들 거예요.

같이 공부하는 친구들 외에 여러 사람들을 만나보고 인간관계를 많이 경험해 봤으면 좋겠어요. 제가 단편영화를 찍었던 것처럼 새로운 경험을 해보는 것도 좋고요.

정답이 없는 시험을 계속 준비하다 보면 결국은 나 자신과의 싸움이 되는 것 같아요. 주변의 친구들과 나를 비교하며 자신감을 잃는 경우가 많은데, 차이는 인정하되 '그래서 난 안될 거야' 말고 '그럼 어떻게 해야 할까?'를 생각하면 좋을 것 같아요.

권연희(2003년, KBS 30기)

자신의 단점보다는 장점에 집중하는 게 어떨까요? 저도 발성 등 부족한 점이 너무 많아서 속상했지만, 그냥 제가 자신 있는 연기 스타일이나 목소리의 개성을 더 키우려고 애썼어요. 그러다 보면 단점도 자연스럽게 보강이 되는 것 같아요. 모든 분야를 잘한다면 정말 좋겠지만, 그렇지 않다면 좌절하기보다는 내가 잘 할 수 있는 쪽을 특화시키는 게 나을 것 같아요.

권도일(2011년, KBS 36기)

소리를 꾸미지 않는 것. 자신이 갖고 있는 가장 매력적인 소리를 찾는 과정이지 '성우 같은 소리를 만들어야지' 하는 건 좋지 않은 것 같아요. 그리고 평상시에 자기의 매력적인 소리로 말하는 연습을 하는 게 굳이 따로 연습을 하지 않아도 훈련이 되니 평소에 소리를 잘 만들어 보세요. 최대한 자연스럽게!, 만들어 지지 않은 느낌의 소리 연기를 할 때도 자연스럽게 말을 하는 연습을 많이 해 보세요. 그럼 놀랍게 자연스러운 자신의 연기와 소리가 만들어져 있을 거예요.

강유경(2006년, KBS 32기)

외부의 어떤 자극에도 동요되지 않고 항상 평안한 감정을 유지하는 평정심이 중요합니다. 성우를 지망하는 분들 중엔 감수성이 풍부하고 예민한 경우가 많으실 거예요. 저만하더라도 그러니까요.

성우 시험이라는 게 준비한 기간에 비해 너무 순식간에 지나가는 찰나라 그 짧은 시간 안에 내 모든 걸 쏟아야 하니 멘탈이 얼마나 흔들릴까요? 평정심을 유지하려면 담이 커야 해요. 자신감이요. 평소에 담력을 키울 수 있는 자기만의 비결을 찾아보세요. 시험에 붙기 위한 공부뿐 아니라 내가 자랑스럽고 즐거울 수 있는 또 다른 취미활동이나 공부를 추천합니다. 운동이든, 여행이든, 연애든 자기에게 부족한 게 있다 생각되면 그게 무엇이든 주저 없이 채우길 바랍니다. 인생은 멘탈 싸움인 거 같아요.

김새해(2009년, 투니버스 7기)

성우는 직업입니다. 체력과 멘탈이 함께 골고루 받쳐줘야 오래 할 수 있어요. 감기에 걸리면 녹음을 제대로 못하구요. 멘탈이 흔들리면 연기를 망치죠. 몸과 마음을 스스로 잘 돌봐야 해요.

전지원(2006년, KBS 32기)

말을 한다는 것에 대해 구체적으로 고민하고 연구하기를 바랍니다. 다양한 목적에 부합하는 말하기를 하는 우리는 그것이 순간의 활동이 아님을 알아야 한다고 생각합니다. 진실하게 말하는 음성연기자가 되기를 바랍니다.

윤승희(2005년, KBS 31기)

성우를 지망하는 사람이 성우가 될 수 있듯, 도전한다면 또 새로운 가능성이 생길거 에요. 최소 표현함에 능숙해지면 삶 또한 더 재미있어집니다.

김용(2017년, KBS 42기)

학원이나 방에서 공부만 하지 말고 본인이 성우를 공부하지 않는다고 가정을 하고 취직을 하면 좋겠어요. 아르바이트보다는 회사에 취직하는 것을 추천합니다. 회사는 사람의 감정이 수십 번 바뀌는 곳이거든요. 저도 9시 출근해서 6시 퇴근하고 7시까지 학원 가서 집에 오면 항상 새벽 1시였어요. 이렇게 1년 동안 생활했는데 정말 많은 도움이 됐습니다.

박고운(2012년, 대원방송 3기)

자신에게 굉장히 냉정해져야 해요. 어느 정도 공부를 하다 보면 자만심도 생기고 '이만하면 괜찮은 것 같아' 라는 생각이 자기도 모르게 생겨서, 자기 자신을 객관적으로 볼 수 없는 경우가 생겨요. 자기 자신에게 관대해지는 거죠. 그걸 빨리 깨닫고 벗어 나야 해요. 자기 자신이 무엇이 부족하고 잘못되었는지 냉정하게 바라볼 수 있는 시선이 제일 필요한 것 같아요.

채안석(2012년, KBS 37기)

미쳐야 합니다. 무엇이 됐든 마찬가지겠지만, 정말 집중하면 되더라고요. 저로서도 하고 싶은 걸 공부하는 내내, 정말 바보처럼 성우만 생각했어요. 집, 알바 빼곤, 하는 것, 보는 것, 만나는 것, 말하는 것, 생각하는 것 등등 전부 성우에 대한 것만 있었거든요.

김소희(2010년, KBS 35기)

열심히 공부에 빠져서 사는 것도 좋지만 나를 잃지 않았으면 좋겠어요. 전 성우 공부는 나하고 친해지고 싸우는 공부라고 생각합니다. 너무 힘들게 하진 마시고 처음 그 즐거움 잃지 마시길. 그리고 노력도 재능이라고 생각해요. 때론 내가 남들보다 뛰어나 보이지 않을지라도 내가 가진 노력도 소중한 재능이라는 거 기억해 주세요.

4. 성우가 돼서 좋은 점?

이보희(2010년, 대원방송 2기)

여러 역할 놀이를 통해서 다수의 삶을 간접적으로 체험할 수 있고. 그러다 보니 늘 변화할수 있는 삶을 살아서, 살아있는 것 같은 기분이 들어요. 끊임없이 노력할 수 있고, 또 노력에 따라 발전할 수 있고, 그리고 가장 중요한 건 계속 잘 할 수 없다는 점이 참 재미있습니다.

문남숙(2002년, MBC 16기)

성우 일은 하루하루 일과가 다 달라서 저한테 잘 맞아요. 시간 활용하기도 좋구요. 가령 저는 붐비는 곳에 가는 걸 싫어하는 데 원하는 곳을 한적한 시간에 갈 수가 있어서 참 좋아요.

또, 평소에 못 해보는 감정표현을 연기를 통해 할 수 있어서 재미있고 그 작업을 통해 때론 제 자신을 발견하기도 하죠. 언젠가 게임 녹음을 하는데 분노의 고함을 지르는 부분이 있었어요. 열심히 소리 지르고 나니 속이 시원~하더라구요. 그 당시 제가 화가 많았었는데 건강하게 풀지 못하고 쌓아 놓고 있었던 거죠. 또 다양한 작품을 접하면서 새로움을 느끼고 그 역할을 해 나가면서 뿌듯함을 느껴요. 일을 하면서 가슴 뛰는 설레임 그리고 성취감을 느낀다는 것은 참 감사한 일이라고 생각해요.

천지선(2013년, EBS 23기)

제 자신을 똑바로 직시할 수 있게 된 점입니다. 천지선은 어떤 사람이고, 어떤 직업을 가졌고 좋아하는 것은, 잘하는 것은. 이루고 싶은 앞으로의 목표, 그리고 많은 고민들, 삶을 살아가는데 필요한 이 모든 것들을 알게 해 줬습니다.

당연히 꿈을 이루게 돼서 행복하고 존경하던 선배님들과의 작업은 벅차오르고 즐겁고 재밌지만 제일 좋은 건 저를 사랑하게 된 점인 거 같아요.

서다혜(2015년, KBS 40기)

사실 제가 자존감이 높지 않았어요. 근데 '성우 서다혜'가 되는 순간, 제가 매력적인 사람이 되는 것 같았어요. 저를 좀 더 사랑하게 된 것 같아요. 삶이 좀 더 재밌기도 해요. 살면서 다 겪을 수 없는 다양한 삶의 연기를 하니까요. 성우가 되면서 생긴 변화, 만나게 된 사람들, 겪은 일들. 정말 모든 것에 감사해요. 두근거립니다.

백경훈(2010년, KBS 35기)

일할 때 스트레스를 받지 않습니다. 하루 중 가장 기대되고 재미있는 부분입니다. 아마도 웬만한 명작 게임을 할 때 보다 더 재미를 느낍니다. 시간 조율이 가능해서 비교적 많은 시간을 개인적으로 쓸 수 있습니다. 보통 친구들보다 돈을 좀 더 법니다. 많이는 아니고 조금.

가장 좋은 것은 꿈을 이루었다는 성취감입니다. 꿈이 뭔지 알기만 한 것도 감사한 일인데 무려 이루기까지 했다니 스스로 대견합니다. 그렇기에 다음 꿈을 꿀 수도 있고 좋습니다.

조경이(2012년, KBS 37기)

사실 애니 제작을 하기 전에도 저는 전혀 다른 직업이 있었어요. 직업의 형태는 바뀌었지만, 결국 조금씩 '더 표현하는 쪽의 길'로 나아간 게 아닌가 싶습니다. 꿈도 발전하는 게 아닐까요? 그런 의미에서, 미디어 관련 일을 하면서 자기표현은 하고 싶은데, 브라운관이나 무대 위의 연예인들처럼 너무 많이 드러나고 싶지 않은 저에게 성우는 가장 적합한 형태의 직업이에요.

강보라(2008년, KBS 33기)

성우는 몸과 마음이 자유로운 직업이라는 게 큰 장점입니다. 다양한 역할과 내용으로 늘 새로운 일을 하기에 틀에 박힌 생각에서 벗어날 수 있는 것 같아요. 다양한 분야를 접하며 상식을 넓힐 수 있고 여러 배역을 소화하며 인간에 대한 이해를 넓혀갈 수 있다는 것도 매력이죠.

장미(2015년, 대원방송 6기)

제가 생각하기에 제일 좋은 점은 일이 참 재미있다는 겁니다! 재미있는 만큼 어려움도 참 많고 고민하는 일도 많고 하지만, 할수록 재미있고 더 잘하고 싶고 더 해보고 싶은 의욕이 들게 하는 일이라 매력적인 것 같습니다. 그리고 시간관리! 아무래도 프리랜서로 활동하다 보니 일반 직장인분들처럼 정시 출퇴근이 아닌 점이 참 큰 장점인 것 같아요.

김성연(2008년, 대원방송 1기)

경제적으로 연극할 때보다 훨씬 안정적입니다. 그리고 아무도 얼굴을 몰라봐서 지하철을 얼마든지 타고 다녀도 되구요. 배우였다면 유명하거나 유명하지 않거나 상관없이 얼굴이 조금이라도 나오면 알아보는 사람이 생길 텐데 그런 걱정이 없어요. 그리고 연극은 대본을 외워야 했는데 성우는 대본을 보고합니다.
우리 아버지가 연극할 때는 조금 걱정하셨는데 성우가 되고 나니 어딜가나 '우리 딸이 성우야'라고 자랑해주셔요. 외모도 뒷 배경도 상관없이 실력과 어느 정도의 인성만 있으면 주인공도 하고 일도 많이 하는 직업이 성우인 거 같아요.

여민정(2000년, 투니버스 4기)

가끔은 힘들고 내가 하고 싶은 일만 골라서 할 수 있지는 않지만 기본적으로 여전히 이 일이 행복하고 너무 즐거워요. 특히 상대 성우와 주고받는 연기에서 딱! 합이 맞을 때의 그 느낌.. 그 역할에 충분히 녹아들 때의 그 카타르시스는 이루 말할 수 없어요.

좋아하는 일을 하면서 돈을 벌 수 있다는 건 정말 축복이죠. 그리고, 저 그 애니메이션 좋아해요! 그 역할 좋아요! 하고 제가 했던 작품들을 사랑해 주신다는 말을 들을 때 뿌듯하고 기분 좋아요.

곽윤상(2003년, KBS 30기)

꿈을 이룬 것에 대한 대견함, 합격 소식을 듣고 처음으로 '윤상아 수고했어' 라고 말했던 게 기억납니다. 그 외에는 역시 치열한 정글 속에서 사는 똑같은 대한민국 사회인이에요.

신온유(2017년, KBS 42기)

대본 속의 무언가와 만나는 느낌이 있을 때 행복해요. 내레이션이든 연기든, 일하면서 카타르시스를 느낄 수 있다는 게 감사하죠. 그리고 성우와 관련 없던 어린 시절부터 '내 꿈은 성우야!' 이런 말을 하도 많이 하고 다녀서 오랜만에 만나는 지인들이 저에게 제일 먼저 묻는 건 항상 그 말이었거든요. '요즘 어떻게 지내? 성우 준비하고 있어?' 여기에 뭔가 더 설명할 필요가 없는 게 너무 좋아요(웃음). '어, 나 성우 공채 합격했어!' 이러면 끝이거든요.

심규혁(2010년, 대원방송 2기)

성우의 독특한 점은 적당히 자유롭고 적당히 속박되는 점이라고 생각해요.

어느 정도는 내가 원하는 대로 일정을 조절할 수 있는데, 여러 스탭과 동료, 작품 등으로부터 완전히 독립되어 멋대로 할 수는 없죠. 이것이 저의 성격이나 성향과 잘 맞아서 좋습니다.

신경선(2012년, 대원방송 3기)

일단, 부모님께서 엄청 좋아하십니다. 조카는 제가 한 캐릭터의 대사를 해주면, "삼촌 엄청 똑같이 잘한다"라고 하며 좋아합니다. 프리랜서다 보니, 수입이나 일정이 불규칙하긴 하지만, 매번 새로운 곳에서 다양한 작품과 사람들을 만날 수 있다는 건 큰 즐거움입니다. 그리고 가끔 낮 3시에 한가하게 산책을 할 수 있어서 좋습니다.

전해리(2007년, EBS 21기)

인생에서 두 번째로 간절히 원하던 걸 이룬 것이 바로 성우예요. 첫 번째는 서울예대 합격이었고요. 그 또한 성우가 되기 위해서 선택한 학교였으니 결국은 인생에서 간절히 원하던 무엇인가를 처음으로 이뤄본 경험이었네요. 자존감이 올라가는 계기가 되었고, 좋아하는 일을 하게 되어서 기쁘고 행복합니다. 지금도 녹음실에 들어서는 매 순간 가슴이 뛰는 것을 느껴요.

김혜성(2012년, 대원방송 3기)

어릴 적 상상했던 일들이 현실이 돼서 꿈같은 하루하루를 보내고 있습니다. 좋아하는 애니메이션 캐릭터도 되보고 게임 캐릭터도 되보고. 프리랜서라는 점도 좋은 것 같습니다. 일할 땐 일하고! 놀 땐 놀고!

강시현(2014년, 대원방송 4기)

첫째로 '자기가 사랑하는 일을 하며 돈을 벌 수 있기에 행복하다' 라고 생각합니다. 이 일은 매일매일이 테스트의 연속이에요. 그래서 저의 부족함과 맞닥뜨려질 때마다 적잖은 스트레스를 받기도 하고, 때론 잠도 제대로 못 잘 때도 있고, 힘들 때도 있지만.. 적어도 자신이 좋아하는 일을 하고 있다는 이 기쁨만은 우리 선, 후배님들 모두가 한마음일 것이라고 자부합니다.

제가 이 전에 했던 일들, 그리고 주위에 제 지인들과 비교해보아도, 날마다 자신의 일에서 보람과 행복을 느낀다는 건 흔치 않은 장점이죠. 그리고 늘 새로운 도전이라는 점이 매력있어요. 늘 새로운 캐릭터와 일을 만나는데 그때마다 어려운 만큼 그것을 해낼 때의 기쁨은 뭐라고 말하기 힘들 만큼 굉장히 흥분되거든요.

그리고 둘째로 이건 무대에서 연극을 해본 경험과 비교했을 때의 좋은 점인데, 무대 연기는 아무래도 자신의 실제 모습이 드러나게 되니까, 자신이 가지고 있는 외모와 비슷한 역할만 연기하게 되는 일이 많아요. 분장을 하더라도 어리게 생긴 사람이 나이든 역할을 하거나, 건장한 사람이 허약한 역할을 맡거나 여자가 남자 역할을 하는 모습을 보기가 힘들거든요.

하지만, 성우에게는 그런 외양적인 제약이 없습니다. '본인이 연기만 된다면 어떤 배역이든 맡을 수 있다!' 이게 가장 큰 매력이에요. 하루에도 몇 번씩 나이와 성별을 바꿔가며 여러 사람이 되어볼 수 있는 엄청나게 매력적인 직업이죠.

세 번째는 하루에도 여러 번 다른 공간에서, 수많은 사람들과 함께 일한다는 점이에요. 물론 내레이션이나 게임녹음 등등 혼자 하는 녹음도 많지만 그때는 제 자신과의 만남이라 반갑고, 무엇보다도 애니메이션이나 외화를 더빙할 때는 많은 역할들과의 만남만큼 여러 연령대의 선, 후배님들을 만나 함께 작업하기 때문에 사람을 좋아하는 저는 너무나도 즐거운 일이죠. 그리고 무엇보다도 현장 자체가 살아있는 학원이에요. 보고 배울 수 있는 게 너무 많아요. 연기든 인생이든.. 정말 이건 제게 있어 선물과도 같은 가장 큰 선물입니다.

김태영(2008년, KBS 33기)

어디에서든 존중받고 주목받습니다. 그런 직업이 되게끔 길을 닦아주신 선배님들께 진심으로 감사드립니다.

김사라(2013년, KBS 38기)

물론 아직 부족한 것 투성이인 사람이라 매번 고민도 많고, 힘들고, 화나고, 답답하긴 한데요, 그래도 내가 재밌다고 생각하는 걸 한다는 게 큰 장점인 거 같아요. 단적으로, 작품 처음 받았을 때 어떤 장르든 기본적으로 이야기니까 재밌잖아요. 해놓고 나면 또, 내가 한 작품이 재미난 들을 거리, 볼 거리가 되니까 또 재밌고 그리고 개인 시간 활용이 비교적 자유롭다는 것! 아직은 비어 있는 시간들이 많아서 그런지 여유 있게 일하고 있다는 느낌이 많이 드네요. 취미생활도 맘껏 할 수 있고요.

전진아(2006년, KBS 32기)

제가 13년 차 성우거든요. 그런데 성우가 돼서 좋았던 시기는 지금인 거 같아요. 예전에는 잘하려고 하는 욕심이 실력보다 많아서 재미를 모르고 항상 긴장 속에서 했었는데... 이제야 조금 제가 하는 작업들이 소중하고 즐겁습니다. 그리고 제가 하는 프로그램을 가끔 어머니가 모니터해 주시는데 뿌듯해하시며 자랑하시는 걸 보니 그게 가장 좋았어요.

장민혁(2006년, KBS 32기)

크게 두 가지가 있어요. 스케쥴을 내가 조절할 수 있는 부분이 있기에 내 삶을 내가 조율 할 수 있다는 것과 하는 일들 때문인지 동년배인 친구들에 비해 생각도 자유롭고 외모도 젊어 보인다는 것입니다.

장예나(2015년, 대원방송 6기)

이건 저희 선생님께서 저에게 해주신 말인데 언제나 즐겁게 할 수 있고, 항상 새롭고, 매번 다른 일을 할 수 있다는 것은 행복한 거라고, 복 받은 거라고 말씀해주셨습니다. 저도 그 말씀을 항상 가슴 깊이 느끼고 있습니다.

심인종(2013년, KBS 38기)

우선 성우들을 향한 사람들의 좋은 인식과 희소성이 신기하고 좋아요. 그리고 일을 할 때 행복해요. 내 목소리로 여러 가지를 해낼 수 있는 그런 점들이요. 울게도 감동받게도 힐링 되게도 여러 가지를 할 수 있으니까요. 그러면서 저 역시도 힐링 받죠.

권성혁(2012년, 투니버스 8기)

내가 좋아하는 일을 하며 돈도 벌고 산다는 것 너무나 행복합니다. 그리고 일 하는 시간 외에 활용할 수 있는 시간이 많습니다.

평상시에도, 좋아하는 영화, 드라마, 공연, 책을 보면서도 공부를 할 수 있습니다. 일상생활에 대한 거의 모든 것이 성우 공부에 도움이 됩니다. 좋아하는 일을 하며 살기 때문에 일 하는 중에도 즐겁고, 더 노력할 수 있는 원동력이 됩니다. 매일 매일이 새로운 경험이며, 간접적으로 많은 경험을 해볼 수 있습니다. 그리고 무엇보다도 더 노력하고 열심히 하는 만큼 보상받을 수 있습니다. 다양한 장르(더빙, 오디오 드라마, 내레이션, 광고, 게임)의 일을 할 수 있어서 각 장르의 다른 매력을 느껴볼 수 있습니다.

정남(1996년, MBC 13기)

처음에는 내 소리가 전파만 타도 좋았어요. 시간이 지나면서 성우가 할 수 있는 일이 너무나 많다는 것에 놀랐어요. 내레이션, 더빙뿐 아니라 광고, DJ, 뮤지컬, 진행자, 리포터까지.

모두 소리에서 파생되는 분야라 자신의 능력과 노력 여하에 따라 도전해 볼 수 있는 여지가 많다는 걸 나중에 알았어요. 사람들에게 호감을 주는 직업이라는 점도 장점 중 하나에요.

권연희(2003년, KBS 30기)

일단 성우가 됐다는 안도감, 기쁨 등 정신적인 만족감이 커요. 일도 다른 일에 비해서 재미있잖아요, 싫증도 안나구요. 주변 이웃들도 남다르게 신기하게 봐주고요. 시간이 많으니 바빠서 생기는 스트레스나 피곤함이 없어요. 제가 좋아하는 소일거리도 여유 있게 즐길 수 있구요. 쫓기는 느낌이 아니라서 좋아요.

이승준(2014년, KBS 39기)

시간이 많이 남아요. 단점이자 장점인데 스케줄을 본인이 정리를 할 수 있어서 시간 관리가 편합니다. 다른 직업을 하다 성우를 해서 약간 비교를 해볼 수 있는 기회가 있었는데.. 즐겁습니다. 일하는 것이. 참 재미있어요. 만화나 영화 그리고 게임을 하더라도 공부를 한다고 자기합리화가 쉽습니다.

정말 공부 열심히 합니다.

김소희(2010년, KBS 35기)

시간을 자유롭게 쓸 수 있어서 좋아요. 그리고 좋아하던 일이 직업이 되어서 그걸로 살아나갈 수 있다는 게 정말 행복해요. 일로 받은 스트레스를 다시 일로 풀 수 있다는 건 저에겐 정말 달콤한 인생 같아요. 그리고 부끄럼이 많은 편이라 남들에게 주목받고 시선이 모이면 정말 힘들어하는데 성우는 그러지 않아도 소리로 맘껏 연기 할 수 있어서 저에겐 딱 좋은 직업 같습니다!

허예은(2017년, KBS 42기)

저는 본래 '성우 덕후' 출신이에요. 그래서 동경하던 선생님, 선배님들의 연기를 직접 보고 느낄 수 있다는 점이 제일 행복합니다. 이런 걸 '덕업일치'라고 하지요?

김상백(2009년, KBS 34기)

좋은 선후배님과 같이 호흡한다는 것이 좋습니다. 즉 인연이 맺어진 것이 신기하고 좋을 따름입니다. 또한 타인(기업)을 위한 일이 아니라 온전히 나에게 집중할 수 있는 것이 큰 매력입니다.

이슬(2014년, KBS 39기)

오랫동안 간절히 바라던 꿈을 이루었다는 게 가장 좋아요. 내가 좋아하는 일을 하며 살 수 있다는 게 제일 행복합니다. 또 꼭 성우여야만 좋은 점은 아닐 수도 있지만, 세상을 보는 눈이 커진 것 같아 정말 좋아요. 사람을 이해하려고 하는 마음도 커진 것 같구요. 연기를 하면서 계속 성장할 수 있다는 게 정말 좋은 점인 것 같아요.

허성재(2015년, KBS 40기)

'성우가 될 수 있어서' 좋아요. 아직 그다지 일체감은 없지만, 그래도 누군가에게 '저는 성우입니다'라고 말할 수 있다는 것이 좋습니다. 그리고 여전히 성우 일을 하는 것은 저에게 선물 같은 일 같아요. 아직까지 일이 생활의 중심이 될 만큼 바쁘지는 않기 때문에, 일하러 갈 때 '모험'을 떠나는 것 마냥 설레거든요. 제가 앞으로 어떤 성우가 될지는 잘 모르겠지만, 운이 좋아서 바빠지더라도 지금의 이 설렘을 잃고 싶지는 않아요. 이상하게 들릴지도 모르겠지만, 저는 성우가 되고 나서 성우라는 일을 더 사랑하게 되었어요.

전승화(2008년, KBS 3기)

일단 하고 싶은 일을 업으로 삼았다는 점이 좋지만 이 또한 양날의 검 같아요. 내가 하고 싶은 일을 하는 주체가 나 자신이 아닌 다른 누군가니까요. 캐스팅을 받는 입장이다 보니 어쩔 수 없는 상황들이 대부분이지만 이것 또한 재미있는 삶이 아닐까 싶을 정도로 제게 주어진 일들에 감사하며 생활하고 있습니다. 주변에서 저를 보며 성우에 대한 꿈을 키워가는 이도 생겼다는 사실이 저를 많이 기쁘게 하는 경우도 있구요. 보잘것없는 몸뚱이지만, 여러분들 사랑도 응원도 분에 넘치게 받고 있다는 사실이 저를 기분 좋게 만듭니다.

김정훈(2012년, 투니버스 8기)

꿈이 현실화돼서 현장에서 나의 끼를 발산하고 그게 결과물로 나온다는 게 가장 뿌듯하고 좋죠. 물론 현실적인 부분이나 욕심이 맞물려 불만이 있는 부분도 있고 모든 게 실전이기에 실력에 있어 변명을 할 수 없는 스트레스도 있지만 좋아하는 일을 하며 인생을 살고 있다고 실감하고 있다는 점에선 행복한 직업인 것 같아요.

윤용식(2013년, KBS 38기)

스스로에게 쓸 시간이 많다는 점이 좋아요. 제가 워낙 여행이나 드라이브를 좋아하다보니 평일이나 비수기 같이 사람이 몰리지 않을 때 돌아다닐 수 있어서 너무 좋습니다. 그리고 무엇보다도 연기 자체가 재밌어요. 내가 하고 싶은 일을 할 수 있다는 것이 얼마나 행복한 일인지 새삼 느낍니다.

이민규(2013년, EBS 23기)

하고 싶은 일을 할 수 있다는 점에서 좋고 성우가 할 수 있는 많은 작업들이 너무나도 매력적이고 할 때마다 욕심나고 가슴 설레며 행복해집니다. 그래서 더 노력하게 되죠.

선은혜(2011년, KBS 36기)

생각해보면 생활 속에서 성우는 항상 함께하는데(ex.지하철, 아이들 장난감, TV나 라디오 광고 등) 막상 만나면 매우 신기해하시고, 어느 직업군들 속에 있든지 성우는 주목 받더라구요. 그럴 때 특히 너무너무 뿌듯합니다.

조현정(2002년, MBC 16기)

물론 연차가 쌓이면서 겪게 되는 여러 가지 상황들 때문에 상처받기도 하고 안타까울 때도 많지만 그래도 마이크 앞에 서서 레코딩 불 들어오면 세상 행복합니다.

내 표정과 몸짓과 감정들이 내 목소리를 통해서 표현되어지고 그걸 듣는 사람에게 공감과 재미와 감동까지 줄 수 있는 이 성우라는 직업!! 정말 좋네요.

이런 매력적인 직업인 성우가 돼서 정말 좋은데요. 성우가 됐다고 해서 전속이 아닌 이상 프리랜서 성우로 활동하다 보면 일이 지속적으로 있는 게 아니고 또 내가 하고 싶다고 다 할 수 있는 것도 아니어서 꿈을 이뤘지만 그 이후에도 지금까지 도전의 연속인 셈이죠. 계속 모니터링하면서 점검하고 끊임없이 노력해야하는 것 같아요. 좀 더 노력하고 발전해서 다양한 장르와 매체에서 활동하고 싶네요.

유승화(2004년, EBS 20기)

연극 무대에 설 기회가 생기더군요. 연기에 대해 깊이, 넓게, 많이 생각할 수 있었습니다. 정말.

김석환(2006년, KBS 32기)

우선 일 자체가 너무나 즐겁다는 것. 그리고 감정과 말과 글, 그리고 몸을 다루어 설득하고 감동시키는 일을 하며 살 수 있다는 것은 인생의 큰 선물이라고 생각하고 있습니다. 성우는 배우와 방송인의 두 가지 요소를 갖고 있기에 그 확장성도 매우 커서, 훌륭한 미래를 꿈꾸고 가꾸는 작업도 참 매력적인 것 같습니다.

윤승희(2005년, KBS 31기)

좋아하는 만화영화를 마음껏 보고 참여하기까지 할 수 있다니 아이 둘과 함께 만화 캐릭터에 대해 진지하게 얘기할 수 있지요. 그리고 녹음을 하며 희로애락을 표현하는 것이 실제 생활을 더 풍부하게 해줘요.

석승훈(2015년, KBS 40기)

한마디로 말하자면, 재밌습니다. 성우 '일'이라고는 하지만, 제게는 아직까지도 마이크 앞에 설 때마다 즐거운 놀이를 하고 있다는 생각이 듭니다. 좋은 분들과 함께 흥미로운 작품을 만들어 내며, 그것을 감상하는 것 또한 즐거운 일이죠. 그리고, 그렇게 즐기면서도 부가가치를 얻을 수 있으니 이 얼마나 좋은 직업이 아니라 할 수 있겠습니까?

함께 하는 선배님들의 연기를 현장에서 들을 수 있다는 것도 좋은 점입니다!

성우 이전에 성우 팬이었기에 선배님들의 연기를 들을 때마다 마음속에 퍼지는 희열과 감탄에 '행복사' 할 것 같아요.

또한 그분들과 개인적인 친분을 쌓을 수 있다는 점도! 식사 자리나 술자리를 가질 때면 이 분과 내가 함께 얘기를 하고 밥을 먹고 술을 마시고 있다니 하고 감격할 때가 한두 번이 아니랍니다.

그리고 앞서도 말했듯이 워낙에 애니메이션이나 게임을 좋아해서, 그 작품들에 조금이나마 제힘을 보탤 수 있다는 사실이 정말로 즐겁고 행복합니다. 앞으로도 많은 작품들과 새로운 캐릭터들을 만나고 싶어요.

금령(2012년, KBS 37기)

매일 똑같은 일이 아니라 여러 가지 배역, 내레이션, 더빙 등을 할 수 있어서 좋아요. 녹음 시작(설렘, 긴장), 녹음 끝(성취감)과 그 외의 시간을 잘 쓸 수 있다는 것은 삶을 더 행복하게 만들어줘요.

강유경(2006년, KBS 32기)

의지만 있다면 올스톱하고 장기여행을 떠날 수도 있고 특히 자녀를 둔 성우들에겐 이보다 더 좋은 직업이 있을까 할 정도로 아이를 케어하며 스케줄 조절을 할 수 있어요. 이 일을 오래 잘하려니 자기관리가 철저해야겠더라고요. 나의 성대를 무엇보다 사랑하고 아끼며 본의 아니게 금욕생활과 꾸준한 운동을 실천하다 보니 삶의 질이 높아졌어요.

김용(2017년, KBS 42기)

성우를 준비하면서 회사를 다닐 때는 월요일이 죽도록 싫었는데 성우가 되어 출근을 하면 월요일이 너무 좋은 거예요. 이래서 사람은 좋아하는 일을 해야 하는구나를 뼛속 깊이 느꼈죠.

전지원(2006년, KBS 32기)

성우가 방송에서 말을 하고 연기하는 것은 나를 모두 사용하는 일입니다. 건강한 음성 연기를 위해 나를 알아가고 아끼게 되는 것이 좋은 점이고 감사하게 생각합니다. 효과적으로 시간을 사용할 수 있는 점도 좋은 점이구요.

이제인(2009년, KBS 34기)

스트레스를 일로 풀 수 있는 몇 안 되는 직업 중 하나가 아닐까 생각됩니다. 새로운 녹음에는 압박감도 있지만 성장하고 싶은 건강한 욕구를 줘요.

성우뿐 아니라 프리랜서로서 느끼는 것인데요. 정말 맞지 않는 일은 안 할 수 있다는 것이 좋습니다. 보통 직장생활은 이건 아니다 싶어도 일단 해야 할 때가 많은데 월급 받으면서 일을 가릴 수도 없고, 내가 안 하면 동료가 피해를 보니까. 지금은 저에게 너무 안 맞거나 가치관에 상충되는 일은 정중히 거절할 수 있어요. 다른 동료에게는 '피해'가 아니라 '기회'가 가겠죠.

더불어 직장생활하면서 가장 힘들었던 건 내 월급의 가치가 출퇴근 시간에 의해 측정되는 거였는데요. 월급루팡이 되고 싶지는 않지만 열심히 해서 성과를 낸다고 자유로운 미래가 주어지는 건 아니잖아요. 돈을 많이 벌지 못해도 내 역량만큼 일하고 남는 시간은 나와 가족을 위해 쓰고 싶었어요. 그래서 30대에 목표가 프리랜서였고 지금 프리랜서 성우인 게 참 다행이라 생각해요.

제3장

나는 이렇게 살고 싶다

1. 나는 이런 성우로 기억되고 싶다?

민아(2015년, KBS 40기)

내가 꿈을 이루면 나는 누군가의 꿈이 된다고 합니다. 그게 현실이 될 수 있는, 누군가의 꿈이 될 수 있는 성우가 되고 싶습니다

정남(1996년, MBC 13기)

프로그램을 빛내는 성우, 연예인이 대신할 수 없는 목소리, 다큐 피디가 함께 일하고 싶은 성우 1위

김두희(2004년, MBC 17기)

처음 성우가 되고 착한 사람이 잘 되는 걸 보여줘야겠다고 생각했어요. 하지만, 저도 모두에게 착한 사람은 될 수 없었고 실력도 많이 부족해요. 그럼에도 그 꿈을 이루려 '아직도 고민하고 노력하는 성우'

심규혁(2010년, 대원방송 2기)

성우는 기본적으로 다른 사람의 생각으로 쓰여진 대본이나 멘트를 말하는데 언젠가는 저의 이야기를 가지고 말할 수 있는 성우가 됐으면 좋겠어요. 자신만의 생각으로 자신의 목소리를 낸 성우로 기억되고 싶습니다.

김태영(2008년, KBS 33기)

전속 때, 문관일 선배님께서도 이 질문을 주셨는데 전 호감 가는 성우라고 대답했던 것 같아요. 떠 올렸을 때 호감 가는 믿음직한 성우가 되고 싶습니다.

이지선(2017년, KBS 42기)

그때 그 연기 진짜 좋았어. 라는 말을 들을 수 있는 성우. 함께 연기하면 정말 재밌어. 라는 말을 들을 수 있는 성우. 이 캐릭터 하면 이 목소리. 라고 기억되는 성우가 되고 싶어요.

권성혁(2012년, 투니버스 8기)

'커피' 같은 성우로 기억되면 좋겠습니다. 어떤 음식에도 잘 어울리는 늘 생각나는 커피 같은 성우요. 밥 먹고 나면 그냥 갑자기 커피가 한잔 마시고 싶고, 뭔가 거창하거나 특별한 건 아니어도 커피는 언제 어디서나 가볍게 한 잔씩 할 수 있잖아요? 그런 커피 같은 성우로 기억되고 싶습니다.

장미(2015년, 대원방송 6기)

긍정적인 기운을 주는 비타민 같은 성우.

이승주(2004년 EBS, 2005년 KBS 31기)

말을 할 줄 아는 성우. 연기가 아닌 연기를 연기하는 성우로 기억되고 싶어요.

서다혜(2015년, KBS 40기)

시간이 지나도 설레고 늘 새로운 성우요. 포카리 스웨트 광고 느낌 같은.

신온유(2017년, KBS 42기)

순수한 성우, 그렇기에 무엇이든 될 수 있는 성우. 눈처럼 하얗고 유리그릇처럼 맑고 깨끗한 영혼에 무엇을 담든 투명한 진심으로 그 무언가의 있는 그대로를 보여줄 수 있는 성우.

천지선(2013년, EBS 23기)

천지선 밖에 할 수 없는 천지선이라 가능한 천지선 만이 표현할 수 있는 개성을 가진 매력적인 성우

장예나(2015년, 대원방송 6기)

똑 부러지고, 뭐든 열심히 하고, 언제나 노력하는 행복한 성우.

김혜성(2012년, 대원방송 3기)

연기적으로는 화려하진 않지만 개성 있고 진지한 성우연기를 하는 친구였어. 참 유쾌한 친구였어. 걔가 말이야 하하하 맞아 그때 그랬지 진짜 웃기는 친구야. 이렇게 사람들이 모였을 때 나를 떠올리면서 웃고 떠들어 줄 수 있었으면 좋겠습니다.

리우(2016년, KBS 41기)

자유로운 영혼을 가진 성우. 항상 새로운 것을 하고 있는 성우로 기억되고 싶어요.

이승준(2014년, KBS 39기)

'성우가 인정하는 성우...' 언제나 이 생각만 합니다.

조현정(2002년, MBC 16기)

나만의 아우라가 적당히 스며들어 묻어나오는 성우. 그래서 몰입하게 만드는 성우. 그래서 연예인이 대신 할 수 없는 성우. 함께 일할 때 즐거워지는 성우!!로 기억되고 싶어요. 그렇게 되려고 오늘도 노력합니다.

김신우(2015년, 투니버스 9기)

누군가에겐 꿈을 줬던 목소리로 같이 일하는 사람들에겐 같이 일해서 즐거운 성우로.

신소윤(1999년, KBS 27기)

빈 마음에 담고 싶은 소리/닫히고 다친 마음에 닿는 소리로 마이크 앞에 섰던 사람.

홍진욱(2002년, KBS 29기)

콘텐츠 제작에도 능한 실력파 성우.

문남숙(2002년, MBC 16기)

다양한 장르에서 골고루 활동하며 주어진 역할을 항상 기대 이상으로 잘 해내는 시청자와 청취자들이 계속 듣고 싶어 하는 목소리.

공준호(2014년, KBS 39기)

'내 아름다웠던 시절에 자주 들렸던, 그래서 더 기억에 남는 성우였다' 고 기억되었으면 좋겠어요.

윤용식(2013년, KBS 38기)

'주변 사람들에게 잘 베풀고 겸손한 성우', '자기 인생을 정말 멋있게 즐기면서 사는 성우' 굳이 직업적으로 따지자면 선배님들께는 보고 있으면 자랑스러우면서도 늘 자극이 되는 후배로, 후배분들께는 본받고 싶으면서도 언젠가는 넘고 싶은 큰 산 같은 선배로, 그렇게 기억되고 싶습니다.

김성연(2008년, 대원방송 1기)

은근히 오랫동안 주변에서 들어왔던 목소리의 성우.

이문희(2008년, KBS 33기)

마음 따뜻한 근면 성실한 성우였다.

이자명(1997년, 투니버스 3기)

소리가 예쁘다~ 보다는 말이 예쁜 사람이고 싶다...

백경훈(2010년, KBS 35기)

사람 참 좋다. 그리고 엄청 잘하는구만. 이렇게 기분 좋은 캐릭터였으면 합니다.

전지원(2006년, KBS 32기)

'그 사람이 하는 이야길 들으면 그렇게 편하더라.'

여민정(2000년, 투니버스 4기)

즐겁게 연기하고 다른 연기가 궁금해지는 성우

김상백(2009년, KBS 34기)

성우로 기억되면 좋겠지만 '작품으로 기억되는 성우였음' 합니다.

홍수정(2009년, KBS 34기)

'저 성우 목소리 참~따뜻하지 않아?', '들을 때마다 마음이 따뜻해~' 라는 말을 듣는 성우로 기억되고 싶어요

소연(1999년, KBS 27기)

카리스마 넘치는 걸크러시한 보이스의 성우였지. 무슨! 편안하고 지적인 소리였지. 아냐 익살스럽고, 개구쟁이 같은 소리였어. 다 틀렸어. 얼마나 귀엽고, 깜찍한 소리였는데.

최낙윤(2008년, 대원방송 1기)

이름보다는 '아 연기 잘한다', '괜찮다', '좋다', '무섭다' 같은 연기로 기억되는 사람이 되고 싶습니다.

선은혜(2011년, KBS 36기)

평생 관리 잘했다는 말을 듣는 성우가 되고 싶어요. 외적으로든 내적으로든 목소리든 연기력이든요. 조용하지만 강한 한 획의 붓글씨처럼 진정한 '외유내강'인 성우가 되고 싶습니다.

김두리(2012년, KBS 37기)

다른 것보다 "아 그 사람! 왠지 좋더라~." 하는 느낌의 성우가 되면 좋겠네요.

이미형(2009년, KBS 34기)

언제든 어디서든 스치듯 들어도 위로가 되는 성우.

전승화(2008년, KBS 3기)

"전승화 성우? 알지 왜 몰라? 난 그 사람 연기 좋더라." 이런 성우가 되고 싶습니다.

권연희(2003년, KBS 30기)

한결같이 연기에 진심이 묻어나는 성우.

강시현(2014년, 대원방송 4기)

'말 잘하는 성우, 연기 잘하는 성우', 이 사람은 이렇다라고 특정 지어지지 않고, 뭐든 잘 소화할 줄 아는 성우. 배역 이전에 이름이 먼저 떠오르는 성우요. 그리고 같이 작업하면 정말 즐겁고, 편안한 성우로 기억되고 싶습니다. 함께 일을 하면서, 기왕이면 즐겁고 재밌는 게 좋잖아요.

조경아(2012년, KBS 37기)

아름다움을 전하는 '사람'이 되고 싶습니다.

김석환(2006년, KBS 32기)

'적어도 자기 밥벌이만 하면서 제 잘난 맛에 살다 죽은 성우는 아니었다' 정도였으면.

김소희(2010년, KBS 35기)

음.. 성우 공부할 때부터 많이 듣는 질문인데요. 전 특이하게도 '이런 성우가 되고 싶다!' 이 생각을 따로 안 해봤던 거 같아요. 그냥.. 쓸모 있는, 없으면 심심한.. 어린 시절 아련한 기억 같은 성우였으면 좋겠습니다.

2. 10년 후 자신의 모습을 상상한다면?

방성준(2002년, MBC 16기)

그래도 여전히 연기자이길 바라요. 어느 분야든 연기하면서 나이 들고 싶어요. 너무 고루한 아저씨가 아니었으면 좋겠고 여기저기 가고 싶은 곳에 여행 다닐 수 있는 조금의 여유가 있는 사람이었으면 좋겠고 이건 진짜 꿈인데 희곡을 쓸 수 있는 사람이었으면 좋겠어요.

신온유(2017년, KBS 42기)

순간을 위해 평생을 준비해온 것들이 결실을 맺기 시작하는 것. 맞는 방향 안에서 비젼을 이루어 가는 것. 나를 이룬 가정과, 함께 만들어갈 가정을 사랑하며 건강하게 자녀를 양육하고, 나이는 들어도 여전히 소녀 같은 순수함을 간직하며, 영원히 어린아이와 같을 영혼에 감사하며 내 인생의 전부 되는 분을 의지하며 살아가고 싶어요. 이 질문 되게 좋네요. 소망이 커지는 질문이에요.

전지원(2006년, KBS 32기)

저의 모든 에너지는 가정에서 와요. 건강하게 가족과 함께하고, 더불어 더 욕심을 내자면 부드럽지만 시대를 꿰뚫는 혜안을 가진 연기자로 열심히 연구하고 훈련하며 지내고 싶습니다. 도움이 필요한 곳이 있다면 나누면서요.

김용(2017년, KBS 42기)

초등학교 때부터 오픈카를 타는 게 꿈이었습니다. 그래서 제 드림카인 오픈카를 타고 후배들에게 맛있는 밥을 많이 사주는 선배가 되고 싶어요.

김혜성(2012년, 대원방송 3기)

성우로써 열심히 하고 있을지 아니면 다른 무언가를 또 열심히 하고있을지 상상이 안 됩니다. 아마도 분명한 건 저의 행복은 물론, 제가 사랑하는 사람들을 위해서 행복을 드리고 있지 않을까 생각합니다. 연기로서든 저의 콘텐츠로서든, 많은 일을 하고 있지 않을까 생각합니다.

김소희(2010년, KBS 35기)

집안 어른들이나, 사주나, 무속 신앙 근처에 계신 분들 말씀이 '대기만성' 형 이래요. 그런 것들을 맹신하는 건 아니지만 그렇게 믿는 게 나쁘진 않은 것 같아요. 지금처럼 개미처럼 일해서 나중엔 개미 왕국을 만들고 있지 않을까요?

이지선(2017년, KBS 42기)

제 이름으로 된 녹음실을 갖고 싶어요. 그곳에서 좋아하는 사람들과 함께 작업을 하고 싶어요.

금령(2012년, KBS 37기)

조그마한 공간에서 누군가를 가르치고 있을 것 같아요. 성우 녹음은 고정으로 한두 개 정도 있으면 참 감사할 것 같네요. 또 다른 꿈이 있는데 화훼 농가를 운영하면서 '팜 투 테이블 사업' 같은 걸 하고 싶어요. 여유가 된다면 사람들에게 꽃을 선물하는 나눔 꽃 봉사도 하고 싶고요.

10년 뒤에는 가능할지 모르겠지만 아마 이루고 있을 겁니다. 그때 결혼을 했다면 친구 같고 사이좋은 남편이랑 함께하면 더 좋을 것 같구요. 집으로 사람들도 가끔 초대해서 더불어 재밌게 살고 싶습니다.

신용우(2003년, 투니버스 5기)

제 이름 앞에 '성우'라는 호칭이 여전히 어울리는 사람이면 좋겠습니다.

전해리(2007년, EBS 21기)

좋은 작품에 계속해서 참여하는 하루하루가 행복한 성우가 되고 싶네요. 진심을 말하는 연기 잘하는 성우가 되고 싶어요. 그리고 좋아하는 여행을 마음껏까지는 아니더라도, 가고 싶을 때 갈 수 있는 시간적 여유가 생겼으면 싶어요. 또 음성, 연기 분야에 대해 더 깊이 공부하여, 막연함이 아닌 선명하고 분명한 지식과 확신을 가진 성우, 선생님이 되어있길 바랍니다.

신경선(2012년, 대원방송 3기)

상상이라기보다는 소망에 가깝긴 합니다만 10년 뒤에도 지금처럼 성우 일을 잘하고 있었으면 좋겠습니다. 그리고 40살에는 세계여행을 꼭 가고 싶습니다.

여민정(2000년, 투니버스 4기)

그림 그릴 수 있는 종이와 색연필을 가지고 여행 다니고 있을 거 같아요. 사진기도 하나 챙겨 많이 담기도 할 것 같구요!.

박고운(2012년, 대원방송 3기)

전 제 자신이 다른 사람보다 늦는 사람이라는 생각을 많이 해요. 지난 인생을 뒤돌아봤을 때 항상 타인들 보다 몇 발짝 늦었던 것 같아요. 그래서 아마 10년 후엔 '더 열정적이고 더 왕성한 활동을 하고 있지 않을까?' 하는 기대를 살짝 해봅니다.

강보라(2008년, KBS 33기)

더 좋은 성우가 되어있을 거라고 생각해봅니다. 에세이집을 한두 권 낸 작가가 되어 있을지도 모르겠네요. 하여튼 지금보다 좀 더 쓸모 있는 사람이 될 거라고 생각합니다.

이보희(2010년, 대원방송 2기)

비로소 성우로서 저만의 무기가 생겼으면 하는 바람입니다. 무엇보다 그때까지 즐겁게 일을 할 수 있는 성우가 되길 바라고 여러 가지 예술적인 감각이 풍부해질 거라 믿어요. 문화생활도 자주하고 있고 또 최근에는 미술학원을 다니려고 계획하고 있습니다. 여러 면에서 풍성한 그런 성우가 되었으면 합니다.

심규혁(2010년, 대원방송 2기)

지금보다 10년 치만큼 더 잘했으면 좋겠고 나이가 드는 것이 슬픈 일이지만 그렇기 때문에 더욱 지금보다 더 많은 유머 감각을 갖고 싶어요.

강시현(2014년, 대원방송 4기)

후배 성우들한테 '좋아하는 성우'를 묻는 질문을 했을 때 머리에 연상되는 선배 성우가 되어있으면 좋겠네요. 비단 연기뿐 아니라, 평소의 말과 행동 모두 후배들에게 부끄럽지 않은 사람이 되고 싶은데 장난기 많은 이 성격은 여든 살이 먹어도 고치지 않을 거라 어렵긴 합니다.

무엇보다도 10년 뒤엔 삶이 묻어나는 이야기를 깊이 있고 따뜻하게 잘 전하고 있는 성우가 되어 있었으면 좋겠어요. 그리고 그때는 결혼도 하고 엄마가 되어 있겠죠.

홍진욱(2002년, KBS 29기)

물론 성우 생활도 하고 있을 것입니다. 그리고 레뮤리아의 눈물 2부, 3부 공연을 마쳤을 것입니다. 만약에 3부까지 모두 마쳤다면 새로운 장르의 성우극을 준비하고 있을 것입니다. 또, 콘텐츠 제작에 어느 정도 노하우가 생겼겠네요. 또.. 테니스도 엄청나게 잘 치고 있을 것 같습니다.

김도영(2012년, 대원방송 3기)

후배들뿐 아니라 선배들에게도 든든한 성우였으면 좋겠고요. 지금보다 10년만큼 더 지혜롭고 깊되, 점잖고 우아하기보다는 지금처럼 시끄럽고 유쾌한 사람인채로 40대를 맞이하면 좋겠습니다.

유승화(2004년, EBS 20기)

뜨거운 배우 유승화.

채안석(2012년, KBS 37기)

'아, 이건 『채안석 성우』가 해야 돼' 하는 성우.

문남숙(2002년, MBC 16기)

계속 성우 일을 꾸준히 하고 있지 않을까요? 또 저만의 공간을 꾸미는 게 저의 꿈인데 만약 현실화시킨다면 최대 15년 안이라고 생각하고 있어요. 문화 카페라고 해야 할까요? 소소한 문화 공연(낭독, 노래, 작은 극, 음악 발표회 등등)과 사진전이든 사람들과 공감하고 소통할 수 있는 요소가 있다면 작게 이루어 보고 싶습니다. 조금 더 여력이 된다면 한쪽 공간에는 상담하는 공간도 마련하고 싶구요. 또 제가 직접 노래도 하고 낭독도 하고 사진도 걸고 이 공간이 마련된다면 재균 선배님께 무언가를 해 달라고 부탁드릴 수도 있어요.
저는 선배님의 낭독 무대를 부탁드릴 거 같은데요. 물론 맛있는 음식과 최상의 커피는 필수. 만약 오픈을 한다면 많이 와주세요..

유보라(2013년, EBS 23기)

성우로서 즐겁게 일하고 있겠죠. 심야 라디오 DJ로서 청취자들의 사연을 함께 나누며 방송도 하고 싶고요. 연기나 심리학 관련 분야를 공부하며 책을 준비하고 있을 것도 같고요.
사람들과 '소통'하는 복합문화 공간을 만들어서 많은 이들이 진정 원하는 꿈을 찾아갈 수 있게 돕고도 싶네요. 그리고 늘 꿈꿔오던 아프리카 여행을 하고 있을지도 모르겠네요. 정말 하고 싶은 게 너무 많아요.

방우호(2005년, KBS 31기)

여행을 많이 다니지 않을까 합니다. 가보지 못한 곳, 가보고 싶은 곳, 어디든 떠나려고 할 것 같아요. 제가 캠핑도 좋아하고, 새로운 분위기에서 술 마시는 걸 좋아하기 때문이에요.

윤용식(2013년, KBS 38기)

한 가정의 가장으로서 조금 더 바쁜 일상을 보내고 있지 않을까요? 연기도 지금보다는 많이 나아졌을 테고요. 솔직히 노련미라는 말로 스스로를 포장해서 나태해지지 않을까 걱정이긴 해요. 그래서 지금도 늘 초지일관의 자세를 유지하려고 노력 중이고요.
사실 눈앞에 닥친 일들을 해결하기도 벅차서 10년 후는 상상도 안 돼요. 그냥 하루하루 주어진 일들을 최선을 다해 해결하다 보면, 지금과 크게 다르지 않은 늘 매사에 감사하고 노력하는 제가 있겠죠. 전 그게 좋은 거라고 생각하고, 또 그렇게 되고 싶어요!

조현정(2002년, MBC 16기)

10년 후면 28년 차 성우로서 그리고 또 나이 50대 들어서는 어쩌면 생의 한가운데 지점일 수도 있는 그래서 가장 인생의 아름다움을 체감할 수 있는 황금기일 거라는 생각이 들어요. 그 황금기를 여유를 가지고 여행하고 있을 것 같아요. 한곳에 오래 여유 있게 머무르는 여행들을 다니고 있을 것 같아요.

이슬(2014년, KBS 39기)

좀 더 단단한 사람이 되어 있을 것 같아요. 그리고 지금보다 더 많이 웃고 있을 것 같아요. 개인적으로는 그렇고 성우로서 말씀드리면 전 잘 못 하는 것에 대한 두려움이 굉장히 커요. 연기하기 전후로도 생각과 걱정을 굉장히 많이 하고 잘 못 잊는 편입니다. 늘 후회했어요. 그래서 연기도 그에 대한 태도도 더 많이 발전하고 성장해서 스스로를 아쉬워하는 일이 많이 없어졌으면 좋겠어요. 제 연기를 접하는 분들도 저를 덜 아쉬워했으면 좋겠습니다. 듣는 사람이 공감할 수 있는 연기를 하는 사람이 되어 있으면 좋겠어요. 무엇보다 10년 후에도 성우로 계속 남아있었으면 좋겠네요.

김사라(2013년, KBS 38기)

계획하고 해보고 싶은 일이 있는데 그건 아직 얘기를 꺼내기엔 미숙하고요. 성우로서는 구체적으로 '아, 김사라!' 하면 떠올릴만한 작품이나 배우, 캐릭터를 하나쯤 갖고 있어요, 공연도 가끔 하고 있구요, 노래를 참 잘해요. 인간으로서는 자유롭고 행복한 김사라로 살고 있어요. 사람들이 참 믿음직하고 따뜻한 사람으로 생각하죠. 함께 있으면 늘 행복해지는 사람이에요. 요건 확정형으로 써보았어요. 이루어지도록 열심히 살아야겠죠?

선은혜(2011년, KBS 36기)

감사하게도 저를 눈여겨 봐주셨던 선배님들과 PD분들 덕분에 몇몇 생방송 프로그램에 출연한 적이 있었습니다. 생방송 할 때 당시는 너무너무 두렵고 무서운데 끝나면 그렇게 뿌듯할 수가 없는 희한한 성취감을 안겨 주더라고요. 라디오 DJ이든 TV 쪽이든 뭔가를 진행하고 있을 듯한 느낌적인 느낌을 상상해봅니다. 그런데 그러려면 우선 여러 방면에서 많은 지식을 쌓아야겠죠. 마음의 양식을 더 많이 쌓아가는 것부터 실천해보렵니다.

조경이(2012년, KBS 37기)

성우로서는 그때까지 성우 일을 할 수 있으면 좋겠습니다. 개인적으로는 아직까지 자유 배낭여행을 하고 있는데, 점점 체력이 힘듭니다. 10년 뒤쯤엔 크루즈 여행을 하고 있으면 좋겠네요.

김석환(2006년, KBS 32기)

크로아티아 해안을 거쳐 지중해에 떠서 무언가를 분주히 할 수 있기를 바랍니다.

권도일(2011년, KBS 36기)

물론 제가 잘해야 살아남을 수 있는 직업이지만 '과연 내가 10년 동안 성우 활동을 할 수 있을까'라는 생각을 많이 해봤는데 지금도 그 생각은 변함이 없어요. 10년 후에도 제가 성우 활동을 하고 있다고 가정하고 좀 더 여유로워진 사람이 되고 싶어요. 지금 거의 10년 가까이 성우 일을 하면서 '처음보다 많이 여유로워 졌구나' 하고 생각하는데 아직은 부족하고 일적으로나 삶적으로나 더 여유로운 사람이 되어 있으면 좋겠네요.

강유경(2006년, KBS 32기)

그때쯤이면 하늘의 뜻을 알 나이일 테니 지금보단 더 여유롭고 평안한 심정으로 하루하루 감사하게 살아가고 있을 겁니다. 사실 요즘의 저는 폭풍의 언덕 어디쯤에서 무소의 뿔처럼 나아가고 있는 기분이거든요. 성우 일을 꾸준히 하고 있으면 더할 나위 없이 좋은 것 같아요. 저에게 이 일 만큼 재밌고 성취감을 줄 수 있는 게 있을까 싶어요.

임정길(2009년, KBS 34기)

꾸준히 성우로서 활동을 했으면 좋겠네요. 공방을 만들어 볼까 해요. 그래서 서랍장이나 아니면 머그컵을 만들어서 내가 좋아하는 사람에게 선물해 주는 상상을 합니다. 낭독공연을 기획해서 문화공연을 해보고 싶기도 합니다.

제4장

못다 한 이야기

1. 이런저런 이야기들

신용우(2003년, 투니버스 5기)

Q. 그 외 자신에게 묻길 원하는 질문이 있다면?

인터뷰 소감과 마지막 하고 싶은 말은 오랜만에 중학교 시절로 돌아간 듯한 느낌이었습니다. 남자반, 여자반 돌려서 하던 앙케이트 노트가 있었거든요. 제 기억에 아마 그때도 답들이 시시해서 별로 인기가 없었던 걸로 기억하는데, 역시 제가 어디 안 가네요. 현재를 살아가는 현시대의 성우로서, 보이지 않지만 제 스스로 느끼는 무거운 무게가 있습니다. 아마도 고재균 선배님도 그런 고민에서 인터뷰를 시작하게 된 것이 아닐까 하는 생각도 드는데요. 의미 있는 작업에 참여하게 돼서 영광이었고, 응원하겠습니다.

이자명(1997년, 투니버스 3기)

Q. 25년 전으로 돌아간다면?

우물 안 개구리가 아닌 용기 있는 개구리가 되어 더 넓은 세상으로 나가 여행자의 삶을 살아보겠습니다.

리우(2016년, KBS 41기)

Q. 인생의 좌우명이 있다면?

명언이나 사자성어 같은 건 아니고 그냥 제가 항상 생각해온 말이에요.

'과거는 바꿀 수 없지만 미래는 바꿀 수 있다.'

지난 일을 잘 생각하려고 하지 않아요. 어차피 바꿀 수 없거든요. 그래서 지금까지 살아오면서 그다지 후회라는 걸 해본 적이 없어요. 후회할 시간에 만회할 기회를 찾는 게 더 낫다고 생각하니까요. 지금 부족하다고 생각했다면 더 열심히 해야겠다는 플랜을 짜는 편입니다. 앞으로도 계속해서 그렇게 성장해나가려고 합니다.

김희진(2006년, KBS 32기)

Q. 앞으로 자신이 가장 하고 싶은 작업이나 작품?

다시 한번 '라디오 DJ'를 해보고 싶어요. 늦은 밤에 차분하게 음악과 함께 청취자들과 조곤조곤 소통할 수 있는. 10년 전에 했을 때보단 좀 더 잘할 수 있지 않을까요?

백경훈(2010년, KBS 35기)

Q. 앞으로 자신이 가장 하고 싶은 작업이나 작품?

호기심이 가고 해보고 싶은 건 유튜브입니다. 사랑하는 반려 고양이 범범이와의 흔한 일상을 찍어서 제 목소리로 더빙해 올려보고 싶네요.

조경이(2012년, KBS 37기)

Q. 앞으로 자신이 가장 하고 싶은 작업이나 작품?

성우로서 아직 해보지 못한 일이 많아요. 문학 교양 혹은 문화콘텐츠 프로그램을 워낙 좋아해서 그쪽 관련 내레이션이나 혹은 DJ를 할 수 있으면 좋겠습니다.

한 번쯤은 제 옷 입었다 싶은 정도로 저와 딱 맞는 캐릭터 더빙도 해보고 싶네요. CF도 해보고 싶고요. 한마디로 다 해보고 싶단 얘기? 또 하나는 예전 애니메이션 제작을 같이했던 동료들의 작품에 성우로서 많이 참여할 수 있었으면 좋겠습니다. 제가 그쪽 길에서 벗어난 이상 그들과 같이 할 수 있는 길은 성우로서 참여하는 길밖에 없으니까요.

석승훈(2015년, KBS 40기)

Q. 앞으로 자신이 가장 하고 싶은 작업이나 작품?

블리자드 사의 게임 '월드 오브 워크래프트'에 출연하고 싶습니다! 저의 20대를 지배하다시피 했던 인생 게임 이기에, 꼭 한 번 제 목소리로 참여해보고 싶어요. 사실 전속 때부터 지금까지 '월드 오브 워크래프트'에 출연하신 선배님들의 사인을 일러스트 북에 하나하나 모으고 있는데, 마지막 장에 제 사인을 하는 것으로 사인북을 완성시키는 것이 인생 버킷리스트 중 하나입니다.

애니메이션도 빼놓을 수 없겠죠. 한국작품은 애니메이션화 된 웹툰 작품에 출연해보고 싶구요, 일본은 소리 기합 함성 팍팍 지를 수 있는 열혈물에 미국은 디즈니 애니메이션에 출연해보고 싶습니다.

김신우(2015년, 투니버스 9기)

Q. 그 외 자신에게 묻길 원하는 질문이 있다면?

매년 초마다 저에게 묻는 질문이 있어요 '초심을 잊진 않았지? 잊지 마.'

2. 아날로고의 답장 - Q & A

Q.1 지방에서 사는 청소년 성우지망생입니다. 지방에 살다 보니 성우학원도 없고 있어도 1시간이 넘는 거리에 있습니다. 지금은 아무것도 할 수 있는 게 없다고 생각되어 꿈만 꾸고 있습니다. 하지만 대학생이 되면 학원도 본격적으로 다니려고 합니다. 지금 어떤 식으로라도 성우 공부를 개인적으로 조금씩이나마 하고 싶은데 어떤 노력을 할 수 있을까요?

(범기가 빨가면 ***님)

- 저라면 이런 경우 두 가지를 연습할 것 같습니다.
  1. 책을 소리 내어 읽는다.
  2. 영화, 드라마, 애니메이션, 연극 등 작품을 많이 보고 분석한다.

100명의 성우들의 인터뷰에서 많이 나온 답변들의 교집합이 있습니다.
'소리 내서 모든 것을 읽었다', 그리고 '작품을 많이 보고 분석하고 단문으로 만들어 반복해서 연습했다' 등입니다. 대학을 가서 본격적으로 공부를 한다고 가정하면 그 전에 발음, 발성에 대한 연습을 독서를 통해 할 것 같아요.
휴대폰도 좋고 휴대용 녹음기도 좋고 녹음이 가능한 장비에 녹음해서 자신의 목소리를 듣는 연습을 같이한다면 더 효과적일 것입니다. 매일 녹음한 파일을 듣고 장단점을 적어나가는 습관을 들여보세요. 적어도 1시간 이상씩 꾸준히 연습하시길 권합니다. 독서를 많이 하면 읽는 연습뿐 아니라 해석 등 인지능력도 좋아지잖아요?
영화나 드라마의 경우 TV나 휴대폰 등을 이용해서 충분히 볼 수 있습니다. 제 경우엔 작품에 대한 전반적인 느낌 위주로 보고 대사와 인물의 감정에 몰입해서 다시 보는 것이 도움이 됐습니다. 한 작품을 반복해서 보는 것이 효과적입니다.

각 방송사의 대표 프로그램들을 이런 방법으로 모니터링하면 좋습니다.

또, 연극 등 공연을 꼭 노력해서 찾아가 보시길 권합니다. 현장에서 보고 느끼는 것은 또 하나의 큰 가르침이라고 생각합니다.

Q.2 매우 늦은 시간이라서 보낼까 고민하다가 나중에 학원 갈 때는 못 보낼까 봐 보내봅니다. 만약에 이거 알림 듣고 깨셨으면 미리 죄송합니다... 제가 학교에서 성우 관련 ppt를 만들기로 했어요. 평소에 좋아하고 관심도 많기 때문에 저에게는 다른 사람들에게 성우라는 직업을 알릴 수 있는 좋은 기회라고 생각해요. 만약 제 질문에 기분이 나쁘시다면 지적하셔도 괜찮습니다. 간단한 질문 몇 가지를 답해주신다면 감사드리겠습니다.

1. 현재 사회에서 성우는 어떤 존재이며 어떤 인식을 갖고 사람들이 바라보는지? (저도 이런 점에서 조금은 알고 있지만 실제 성우분과 학생이 느끼는 것은 다르다고 생각하기 때문에 물어봅니다)
2. 지금 성우 환경의 문제점과 한국 더빙이 줄어든 이유는?
3. 만약 성우라는 직업을 학생들에게 소개하신다면 어떤 말을 전하고 싶은지?

Q2-1. 이룰 수만 있다면 제가 하고 싶은 직업은 성우인데요. 현재 저는 중3이며 고입을 위해서 입시 미술을 하고 있습니다. 시간이 날 때면 간간이 책을 소리내어 읽거나 연기를 하며 웹툰을 봅니다. 솔직히 제가 꿈이 제대로 있는지 조금 의문이 들기도 하고 도대체 예고 준비는 뭐하려고 했는지 후회가 많이 들기도 합니다. 제가 정말 좋아하는 김신우 성우님처럼 애니메이션을 만들어서 성우분들에게 기여하자는 마음이었는데 그분이 자꾸 무언가를 놓고 온 기분이라고 했을 때 저도 계속 이길이 맞는지 헷갈려 하더

라고요. 혹시 저에게 조언 한마디 가능하시다면 정말 감사할 것 같습니다. 이렇게 써보니 너무 영양가 없게 쓴 것 같아서 죄송한 마음이 계속 걸리네요. 성우님이 성우 프로젝트 올리면서 전 다양한 성우분들을 알 수 있어서 정말 행복합니당. 앞으로도 잘 부탁드리겠습니다.

(안귤***님)

- 간단한 질문이 아니네요. 이 질문에 대한 답변은 제 개인의 의견입니다. 성우 대다수의 생각은 인터뷰를 처음부터 끝까지 다시 읽어 보시는 게 좀 더 객관적인 답을 얻는 방법일 것 같아요.

몇 해 전 직업 만족도 통계조사에서 성우가 2위를 차지한 기사가 있습니다. 주변에서 참 많은 부러움의 연락을 받았던 기억이 있습니다. 저희들끼리는 샘플링(표본 조사 대상)이 누구였을까가 관심이었습니다. 성우는 좋은 직업입니다. 저 역시 여전히 성우라는 타이틀을 단 명함을 갖고 다닐 수 있음에 감사하고요. 인터뷰를 한 100명의 성우를 연차로 분류해서 읽어보시길 추천합니다. 이제 20년 차 안팎의 성우, 10년 차 안팎의 성우, 5년 차 안팎의 성우로요.

성우의 존재에 대한 의견은 제가 성우가 된 2000년 1월에도 두 가지로 나뉘었습니다. 외화 더빙, 라디오드라마 제작의 감소로 성우의 영역이 줄어들고 있다, 저물어가는 직업이다? 애니메이션, 다큐멘터리 내레이션, 예능 프로그램 내레이션, 광고 내레이션 등 일할 수 있는 영역은 많고 또 계속 변화하면서 일할 수 있는 분야가 새로 생겨나고 있다? 그리고 사람들이 어떻게 인식하느냐의 문제는 그리 중요하지 않은 것 같습니다.

한 명의 연기자로 살면서 생활을 할 수 있는 돈을 벌 수 있고 일을 통해 행복할 수 있다면 시기의 문제는 아닌 것 같습니다. 개인의 입장에서 정리해

보면 더 좋을 것 같습니다. 다른 직업도 마찬가지겠지요?

한국 더빙이 줄어든 이유는 객관적으로 답해드리기 힘듭니다. 개인에 따라 환경에 대한 느낌이 다를 것입니다. 여러 인터뷰에서도 나타났지만 성우라는 직업은 자신의 스케줄을 조정할 수 있기에 자유로운 직업이고요. 일이 없으면 생각이 많아지는 직업입니다.

방송 등 미디어 환경의 변화에 따라 여러 직군의 사람들이 영향을 받습니다. 성우도 그중 한 직업군이구요. 제가 여기에 답을 한다면 성우의 입장을 대변하는 일방적인 의견을 쓸 것 같습니다. 제가 전속 때 느낀 문제점과 프리랜서 초창기에 느낀 문제점, 지금 느끼는 문제점이 다 다른데요, 공통된 건 아무리 객관성을 유지하고 답하려 해도 성우 쪽에 치우친 생각을 하게 됩니다. 저는 성우니까요. 그래서 답하기가 어렵네요.

여전히 성우를 꿈꾸는 사람들이 많고 성우로 사는 사람도 많습니다. 이 문제는 제 바람을 적기엔 적합하지 않네요. 그래도 저야 늘 좀 더 많은 성우들이 혹은 실력 있는 성우들이 활약할 무대가 넓어지길 바라지요. 그 무대엔 한국어 더빙도 포함되고요.

질문하신 분이 중3이라고 하셨습니다. 제가 중3 학생들을 대상으로 성우에 대해 소개한다면 도전해 볼 가치가 충분한 직업이라고 말하겠습니다. 매력적인 직업이라고요. 다만 모든 일이 그렇지만 노력과 끈기가 필수라고도 말하겠습니다. 죽을 정도로 노력해 볼 가치가 있는 직업이라고 소개하겠습니다. 중3이라면 자기가 좋아하는 분야에 대해 연구를 하고 공부하기를 추천합니다.

성우들의 답 중에 '직업을 놓지 마라', '병행하면서 해라', '기한을 정해놓고 하라'는 대답이 많았습니다. 성우가 된 사람들이 하는 조언이 이랬습니다. 그 대답을 중학교 3학년 학생들에게 적용해보면 공부를 하면서 준비하라는 식으로 바꿀 수 있을 것 같습니다. 물론 좋은 대학을 나와야 좋은 성우가 되는 건 아닙니다. 하지만 많이 아는 만큼 연기의 폭이 넓어지고 적응하는 속도도 올라간다는 것은 주변에서 흔히 볼 수 있습니다. 인지 능력을 키우고 지식의 절대량을 늘리기 위해 많이 읽고 느끼고 배우기를 권합니다.

Q.3 성우가 되려면 목소리가 많아야 한다고 들었는데 목소리의 톤은 어떻게 바꾸는 건가요? 만약 목소리가 특이하지 않고 평범하면 성우는 포기해야 하나요? (psomin***)

모든 사람은 고유의 소리를 갖고 있습니다. 생김새가 다르듯 목소리도 다르지요. 목소리에도 지문이 있다고 하지요.
일반적으로 말하는 좋은 목소리는 있습니다. 저도 같이 작업하면서 목소리가 좋아 쳐다보게 되는 성우가 있으니까요. 톤을 바꾸는 문제는 연기를 하면서 고민할 문제입니다. 자기가 노력하기에 따라 얼마든지 다양한 캐릭터를 만들 수 있습니다.
성우는 연기자입니다. 자신만의 개성을 표현할 수 있느냐가 더 중요한 것 같습니다. 물론 목소리 좋으면 유리하고 좋습니다. 그런데 질문하신 평범이라는 단어가 참 애매합니다. 폭이 넓지요? 어떤 목소리가 평범이라는 범주로 가둘 수 있는 것일까요? 연기를 잘하는 성우들의 샘플을 많이 들어보는 것을 권하고 싶습니다.

Q.4 목소리 좋아지는 법이랑 발음, 발성 연습이 궁금합니다.
(으웅***님)

가장 쉬운 방법은 정확한 발음으로 책을 읽는 연습을 꾸준히 하는 것입니다. 끊어 읽기에 신경 쓰지 말고 호흡이 되는 데까지 한 호흡에 읽는 연습도 도움이 됩니다. 자꾸 하다 보면 발음이 좋아지고 폐활량이 늘면서 발성이 편해지는 것을 느낄 수 있습니다. 꾸준히 운동을 하면서 하면 더 효과적입니다. 달리기나 줄넘기, 수영 등 유산소 운동을 추천합니다.

유튜브에서 발성을 검색하시면 다양한 영상이 있습니다. 성우의 발성도 그 맥락은 같습니다. 단편적인 방법을 익히기보단 기본기에 충실할 수 있는 연습을 하시라고 권하고 싶습니다. 성악적 발성뿐만 아니라 크리스틴 링클레이터의 마음을 써서 하는 발성 훈련도 병행하시길 권합니다.

반복해서 연습하면 자신의 목소리가 점점 좋아지는 것을 느낄 수 있습니다. 제 개인적으론 톤이 안정된다고 표현하는데요. 목소리가 좋다 안 좋다는 수치로 표시할 수 없는 영역이지만 자신의 목소리를 기준으로 한다면 이런 방법이 효과가 있습니다.

Q.5 실제로 다양한 성우님들을 어떻게 만나셨는지 너무 궁금했습니다. 그리고 작가님도 성우님이신데 팬 싸인회같은 공식적으로 만날 수 있는 시간은 따로 없는 건가요? 성우지망생들에게 성우님만의 여러 가지 에피소드나 지망생 시절의 연습 방법도 알고 싶습니다.

(rlaalswn***님)

저는 단체 작업(애니메이션, 외화 더빙 등)을 많이 한 성우가 아닙니다. 그래서 알고 지내는 성우가 많지 않습니다. 특히 타 방송사의 경우는 더 그렇습니다. 다양한 방송사의 다양한 연차의 성우들을 섭외하려고 노력했습니다. 타 방송사의 친한 선후배를 통해 여러 명을 소개받기도 했고 제가 성우수첩 펴놓고 또 포털이나 유튜브에서 검색하면서 인터뷰 대상을 찾았습니다. 처음 연락하는데도 기꺼이 응해준 분들이 대다수여서 정말 감사하며 작업했습니다.

책이 출간이 되면 여러 성우분들이랑 같이 팬싸인회 하겠습니다. 제 이야기는 따로 묶어서 해드릴게요. 저는 왜 인터뷰 안하냐는 질문도 많이 받는데요, 늘 고민 중입니다. '해야 하나? 안 해야 하나?' 하고요.
100명의 인터뷰를 하면서 제 생각과 감상을 많이 적어서 충분하지 않나하는 생각도 하구요. 그래도 남들한테 어려운 부탁 했으니 나도 고생하면서 설문지 작성해야 하지 않나 하는 생각도 하고 있습니다.

Q.6 안녕하세요! 성우지망생입니다. 성우들의 인터뷰를 보면서 많은 도움이 되는데요! 성우 공부를 한 지 일 년 쉰 걸 빼면 1년 3개월 정도 됐습니다.
질문드릴게요. 공부를 하면서 선생님들께 이런 말을 듣습니다. 감정에 너무 취해있지 말라는 말씀이었는데요. 감정을 잘 끌어올리는 건 잘한다고 하시는데 너무 자기감정에 취해있다고 합니다. 저는 극 상황에 온전히 집중해서 연기하는데 감정이 오버해서 나오는지 취해 있지 말라고 하시네요. 그 중간 지점을 찾아야 한다는데 참 이 말이 어렵습니다...

(유진***님)

감정을 잘 끌어올리는 데 감정에 취해 있지 말라는 말을 듣는다? 감정을 잘 끌어올리는 건 큰 장점이잖아요? 그 상황에 몰입했다는 말이지요? 어떤 감정에 빠져있다고 해서 그 감정 안에서 계속 머물면 감정에 취해있다는 말을 듣습니다. 제가 유진***님이 연기하시는 걸 직접 보지 못했기에 제대로 답변을 하고 있는지 모르겠는데 연기의 기본은 그 캐릭터의 사실성을 객관적으로 보여주는 거라고 생각해요. 사실성이라는 말은 주관성이라는 말로 대체할 수 있겠네요. 감성과 이성의 조화라고 할 수도 있고요.
유만준 선생님께서 늘 해 주신 말씀이 있어요. '연기를 할 때는 온몸의 더듬이를 다 사용해서 세밀하게 느껴라. 그가 어떤 사람인지 정확하게 느끼고 그대로 표현해라'. 정재헌 성우도 얘기했지만 유만준 선생님은 라디오 연기에 있어 제가 가장 존경하는 성우입니다.

계산하는 연기가 아니라 실생활에서 우리가 본 듯한, 본, 볼 수 있는 연기를 해야 합니다. 많이 해보셨겠지만 자신이 연기하는 모습을 동영상으로 찍어 모니터링을 자주 하시길 추천합니다.

Q.7 안녕하세요. 저는 남자 성우지망생입니다. 저는 질문보다는 고민에 가깝긴 하지만 한 번 여쭤보려고 합니다. 저는 남자치고는 고음의 음색을 가지고 있습니다. 비슷한 성우분들을 생각해보면 탁원정 성우님이나 박진우 성우님과 비슷한 색깔인데요. 저의 고민은 매 시험마다 하나씩은 꼭 나오는 지문인 중년, 사령관의 연기에 굉장히 압박감을 느끼게 된다는 점입니다. 선생님들께선 목소리보단 연기에 집중하라고들 하지만 그게 쉽지가 않더라고요. 그렇다보니 연기보다는 소리를 어떻게 내는지에 집중하게 되고 만족스러운 소리도 안 나니 결국은 악순환의 반복이더라고요. 내 목소리는 10대, 20대의 연기에 특화된 목소리고 그 부분에 대해서는 저도 자부심을 갖고 열심히 개발시키고 있지만, 중년 연기 혹은 사령관 등 일단 30대만 넘어가는 지문을 받게 되면 굉장히 부담되고 굉장히 위축이 됩니다. 이러한 고민을 어떻게 해결을 해나가야 할지 성우분들께 조언을 듣고 싶습니다. 그리고 가능하다면 미성인 분들의 성우님들께서는 지망생 시절이나 현재 중년이나 사령관의 지문들을 어떻게 풀어가셨는지 궁금합니다.

자신이 자신 있게 할 수 있는 연령대가 다들 있습니다. 저 같은 경우는 전속 3년 내내 중년과 노인만 하다가 나왔습니다. 고려와 조선의 모든 왕, 장군, 대장, 부처님, 예수님 등이 제 주요 배역이었고요. 프리랜서가 되고 나서 SBS 외화부 오디션을 보고 'SBS 영화 특급'에 입봉작이 '클리프 행어'였어요. 제 주요 역할은 초반에 죽는 17살 정도 되는 소년이었고요. 정말 당황

했어요. '어라? 쟤가 나야?' 하면서 시사했던 기억이 지금도 생생합니다. 어색했지만 죽어라 시사하고 연습해서 연기했던 기억이 납니다. 한 번에 잘 갔어요.
연기는 소리가 중요한 게 아닌 것 같습니다. 매 기수마다 미성이 있고요, 미성의 성우도 전속 특성상 모든 역을 다 해보게 되지요. 수 많은 미성들을 봤는데요, 자신만의 노하우가 있습니다. 그건 개인마다 또 다르구요.
'사령관은 이래야 한다? 중년은 이래야 한다?'하는 생각은 안 하시는 게 좋을 거 같아요.
시험을 보기 위해서 필요하겠지만 가르치시는 선생님들 말씀처럼 연기에 집중하시길 권합니다. 단순히 소리를 굵게 낸다고 그 사람이 사령관이나 중년은 아니잖아요? 그 사람의 움직임을 그리면서 '내가 그 사람이다'라는 생각으로 그 역할에 몰입해 보시길 권합니다.
구자형, 남도형, 손정성, 강수진, 사성웅, 변현우 등등 미성을 갖고 있는 많은 성우들이 나이든 역할을 하는 걸 본 제 개인적인 의견입니다.

Q.8 성우분들은 공채시험 전에 매너리즘에 빠져서 놀아버린다든가, 준비를 제대로 안 한 경험이 있나요? 혹 그렇다면 합격 전엔 당연히 열심히 준비해서 되신거겠죠? 연기라는 것이 단기간에 급상승하는 게 아니라고 생각해서 매일 매일 연습해 오다 보면 매너리즘에 빠지거나 오히려 공채 다가오기 직전에 생각만 많아져서 연습을 게을리하게 되는 그런 경험이 없으신지 물어보고 싶습니다.

(닥치고뻗***님)

시험을 여러 번 보고 여러 번 실패를 할수록 그럴 수도 있겠다는 생각이 드네요. 말 그대로 그럴 수도 있겠구나 정도? 제 주변에 그런 분이 있었다는 얘기는 들은 기억이 안 납니다. 연기가 단기간에 급상승하는 것이 아니라는 것은 맞는 말입니다. 근데 꾸준히 매일 연습을 하는 사람도 일정 기간 이상 쉬면 감을 잡는데 어려움이 옵니다. 전속 성우들이 실력이 많이 느는 이유 중 하나는 늘 작품에 들어가고 잘하는 선배들과 함께 매일 일을 하기 때문이라고 생각해요. 아마 일의 양으로 따져보면 전속 성우만큼 일 많이 하는 프리랜서가 그리 많진 않을 거예요.
운동 선수들에게 통용되는 말 중에 '머슬 메모리(muscle memory)'라는 말이 있습니다. 꾸준한 훈련을 통해 몸(근육)에 기억된 기량이 보통 사흘만 쉬어도 점점 잊혀진다고 합니다. 물론 종목에 따라 다르겠지만요.
연기가 느는 것이 보이는 때가 있어요. 그게 시험 바로 전날일 수도 있겠지요. 시험 당일일 수도 있겠고요.
매너리즘은 누구나 겪습니다. 시험을 보기 전에 매너리즘을 겪을 수도 있습니다. 그래도 목표를 다시 한번 재정립하고 또 연습하잖아요? 성우들의 인터뷰를 보면 6개월 후 시험을 다시 봐야 한다면 이라는 질문에 '하던 대로 계속하겠다'는 답변이 많았습니다. 우리 뇌는 5%만 의식의 영역이고 나머지 95%는 무의식의 영역이라고 합니다. 무의식에 연습, 지식 등을 쌓아둬야 진정한 실력이 되는 것일 겁니다. 무의식의 영역에 학습의 절대량을 얼마나 쌓느냐가 중요합니다. 그래서 평소에 어느 정도까지 노력 하느냐가 중요한 것 같습니다. 잘하는 성우들을 보면 부지런한 성우들이 대부분이에요.

Q.9 성우가 되기 전과 후 힘들었던 일과 극복한 방법이 알고 싶어요.

(방구석***님)

저는 성우가 된 이유가 좀 독특한 사람입니다. 저는 1년 준비해서 성우가 된 운 좋은 사람 중 한 명입니다. 집에 안 좋은 일이 겹쳐서 제가 돈을 벌어야 할 때였어요. 연기를 전공하지도 않았고 성우에 대한 뜻도 없었는데 '30년 후에 뒤돌아봤을 때 무슨 일을 하면 잘했다고 생각할까'를 고민하다가 성우가 돼야겠다고 생각했고 그때부터 딱 1년 동안 죽어라 공부만 했습니다. 늘 돈을 벌어서 가장 노릇을 해야 한다는 생각이 전부였습니다.

다닌 곳이라곤 KBS 문화센터가 전부였네요. 문화센터 다니면서 저보다 잘하는 분들 졸라서 스터디도 했고 대학 동아리에서 연극을 하던 친구한테 부탁해서 밤에 학교 강의실에서 연기도 배우고 잘하는 지망생들이 많은 스터디에 찾아가 부탁해서 조언도 듣고 하면서 준비했습니다.

연기를 전공한 사람도, 준비 기간도 길지 않았던 사람이 단기간에 성우가 되려 노력을 했더니 여러 힘든 점이 있더라고요. 나름 감이 있다고 생각했는데 녹음해 들어보면 연기를 너무 못했고요, 준비하면서 여러 면에서 스스로에게 화도 많이 났습니다. 성우가 되고 나서도 전속 초기엔 주고받는 대사를 못 해 헤맸고요. 덕분에 참 많이 깨지고 많이 힘들었습니다.

제가 어려운 일을 극복하는 방법은 제가 쓰는 말로 하면 '지나가기'입니다. 전 남들보다 험한 일을 많이 겪었다고 생각하는 사람 중 한 명입니다. 제가 엄살이 심해서 그럴 수도 있겠지요?

하여튼 그때마다 저는 참고 지나가는 길을 걸었습니다. 다른 길이 없었고 안 갈 수도 없어서요. 그러다 보니 남들보다 좀 더 고통을 참는 능력이 생겼고 힘들어가면서도 꾸역꾸역 걸어서 이 자리까지 온 것 같아요. 누구나 자신만의 짐을 짊어지고 산다고 생각합니다. 그 무게는 비교의 대상이 될 수 없는 거고요. 제 삶의 무게도 저만 그렇게 느꼈을 수 있습니다. 그래도 극복하는 방법은 마찬가지였을 겁니다.

열심히 살다 보면 좋은 일이 있더라고요. 또 간절히 바라며 그 방향으로 걸으면 그쪽에서 빛이, 손짓이 오더라고요. 제게 가장 강렬했던 손짓의 기억 중 하나는 KBS '한국의 미' 팀에서 연락이 온 어느 날이었습니다. 프리랜서

1년 차 일없던 어느 봄날, 서대문 동전 야구장에서 배팅을 하고 있었어요. 성우로서 제 꿈은 김종성, 김도현 선생님 같은 내레이터로 이름을 알리고 제 이름을 건 라디오 프로그램의 DJ가 되는 것이었습니다. 그런 제게 다큐멘터리팀에서 처음으로 연락이 온 거지요. 너무 좋아서 동전 야구하다가 웃으며 한 시간 정도 그 앞에 앉아있었습니다. 성우를 준비했던 20대 후반부터 저는 늘 그렇게 살고 있는 것 같습니다. 꽤 많았던 힘든 일을 그렇게 '그냥' 지나오고 있습니다.

Q.10 목 관리나 스트레스 대처법을 알고 싶습니다. 그리고 녹음하실 때 각자의 긴장 푸는 법이라든가 노하우 같은 게 궁금해요.

(보이***님, blue***님)

가장 중요한 건 감기에 걸리지 않고 늘 일정 수준 이상의 목소리를 유지해야 한다는 것이라고 생각합니다. 자신의 이름을 걸고 하는 일이라 결국 그 결과물에 대한 평가는 자기한테 돌아오는 일이니까요.

제 경우엔 평소에 물을 많이 마십니다. 전속 시절과 프리랜서 초창기엔 녹음 전에 믹스커피나 주스 등은 피했습니다. 침이 고이는 걸 방지하려고요. 녹차도 피했고요. 입이 건조해질 수 있어서요. 저는 담배를 핀 적은 없고 술도 거의 마시지 않은 편이라 주로 운동을 했습니다. 야구를 열심히 했고 대학 때부터 하던 검도도 꾸준히 했습니다. 운동은 종목에 상관없이 꼭 하시길 추천합니다.

저는 스트레스를 잘 못 털어내는 스타일입니다. 예민하고, 일을 하는데 완벽을 추구하는 피곤한 성격입니다. 그런 성격이 늦게 시작한 제가 빠르게 성장할 수 있는 원동력이 되기도 했겠지만 쌓이는 스트레스로 고생을 좀 많이 했습니다.

긴장이 쌓이면 스트레스가 되지요? 하나의 작업을 하면서 쌓이는 긴장과 스트레스는 연습과 자기 최면으로 극복하는 편입니다. 사람마다 다르겠지만 연습과 자신감은 대다수에게 적용되는 말인 것 같습니다. 그리고 어떤 순간이든 이 또한 지나가더라고요.

Q.11 소리 vs 연기, 어느 것이 더 중요한가요?

(whale***님)

참 어려운 질문입니다. 연기가 더 중요하다고 얘기하고 싶은데 사실 좋은 소리에 대한 동경은 성우라면 누구나 갖고 있는 거라고 생각하거든요. 어느 게 더 중요한 것은 없는 것 같아요.
제 경우만 봐도 저보다 소리 좋은 분들도, 연기를 잘하는 분들도 엄청나게 많다고 생각합니다. 다만, 제가 제소리와 연기를 사랑하고 분석과 훈련을 통해 자꾸 발전시켜나가는 게 더 중요하다고 생각해요.
지금의 제 목소리는 중학교 2학년 때 변성기를 지나면서 형성됐습니다. 그 후 훈련, 학습 등에 의해 제가 변하면서 소리도 변했다고 생각해요. 연기도 마찬가지고요. 역시 제일 중요한 건 객관적 자기 분석, 반복 연습, 공부라고 생각합니다.

Q.12 현재 성우를 목표로 하고 있지만 배우도 꿈꾸고 있는데 성우를 되고 나서도 프리랜서로 풀려서 배우 활동은 어떻게 하는 건가요?

(유진***님)

제가 좋아하는 한석규 선배의 경우 전속 생활 중간에 MBC 탤런트로 다시 입사해 배우로 사는 분이고 이선, 장광, 성병숙, 김승태 선배 등은 꾸준히 무대에 서고 영화에 출연하며 성우로, 배우로 살고 있는 분들입니다. 이장원, 유호한, 정형석, 김래환 성우 등도 영화나 드라마에서 볼 수 있고요. 방법은 여러 가지가 있겠지만 성우와 배우를 병행하는 분들이 많습니다. 연기를 잘하고 열정이 있다면 연극이나 영화의 배우로 얼마든지 뻗어나갈 수 있을 거예요. 지금은 연기의 무대, 플랫폼을 넓혀나가는 성우가 점점 많아지고 있습니다.

| 아날로고의 선택 |

1. 조민수(2012년, KBS 37기)

Q. 자신에 대해 100자 이내로 표현한다면?

마르지 않는 샘물(사주에 이렇게 나옴)처럼 살고 싶은, 날벌레가 들어오면 못 죽이고 날려 보내는, 맛과 멋을 좋아하는 남자 사람.

Q. 자신의 장점을 5가지 고른다면?

팔이 길다 (농구 할 때 좋았음)

엉덩이가 예쁘다 (아버지 고맙습니다)

감성이 넘친다 (이성은 많이 모자란 듯)

뭐든 빨리 배운다 (특히 몸으로 하는 거)

마음먹은 일은 끝장을 봐야 직성이 풀린다 (그래서 인생이 피곤함)

Q. 성우가 된 이유?

영화감독이 되고 싶었는데 어쩌다 연극을 하게 돼서 무대 맛을 봤지만 무대에서 발목을 심하게 다친 뒤 몸을 안 쓰고 연기가 하고 싶어 성우가 되었습니다. (근데 성우도 몸 많이 쓰던데요)

Q. 성우가 되기 위해 어떻게 준비했나?

인터넷에서 성우학원을 발견하고 나이도 서른인데 딱 1년만 공부해보고 아니면 접자는 마음으로 시작을 했는데 재미있어서 계속했습니다.

선생님들 말씀 따라 해보고, 또 해보고, 다시 해보고, 또 해보고 연극, 영화, 드라마도 많이 보고 지망생들끼리 대학로에서 일주일 동안 연극도 했지요.

처음엔 목소리가 가볍고 날아다녀서 많이 힘들었어요. 기타의 제일 낮은 현이 E (다장조 낮은 '미')인데 그 음을 못 내서 매일 기타 줄을 튕겨놓고 목소리를 내려 맞추는 '조율'을 했어요. 발음이나 조음, 내레이션 연습은 아침마다 신문을 소리 내서 읽었고요.

Q. 성우가 돼서 좋은 점?

연기를 할 수 있고 얼굴이 알려지지 않아 부담이 없습니다. 또 비교적 내 시간을 내가 조절하며 살 수 있다는 것이 좋습니다.

Q. 성우를 지망하는 사람들에게 조언을 해준다면?

저에겐 마음가짐이 제일 중요했던 것 같아요. 저는 만 4년을 공부했습니다. 처음 1년은 신생아가 말을 배우는 것처럼 정신이 없었고 다음 해부터는 말을 좀 하게 되면서 재미가 생겼고 3년 차 때는 '연기 좀 한다'는 자만에 빠져 있다가 다 된 시험을 망쳤습니다. 그러고 나서야 알게 됐죠. '아 내가 되게 못하는구나.'

4년째가 되니 주변이 이제 보이기 시작했습니다. 잘하는 분들이 되게 많더라고요. '쟤는 나보다 못하는데 칭찬도 듣고 시험도 붙네?' 불평불만 가득하다가 '아. 쟤가 나보다 잘하는구나!'를 인정하니까 마음도 편해지고 준비를 더 하게 되었습니다.

마음을 제대로 열어보세요. 그럼 눈도 열리고 귀도 열리고 세상과 내가 하나로 열리는 경험을 하게 될 것입니다.

Q. 만약 6개월 후 성우 시험을 다시 봐야 한다면 어떻게 준비하겠나?

남아있는 운을 다 써버려서 다른 일을 알아보겠죠? 뭘 해야 되나 생각은 안 해봤습니다.

Q. 만약 성우가 되지 않았다면 어떤 일을 하고 있겠나?

공부한 지 4년째에 이번에도 떨어지면 나는 성우랑은 연이 없는 것으로 알고 공기 좋은 시골로 귀농해서 감자, 고구마를 키우며 살지 않았을까 합니다. 그러고 보니 땅 살 돈이 없네요.
전에 강사를 했던 수영장으로 다시 돌아가 정직원 시켜달라고 졸랐을 수도 있어요. 아니면 바리스타 했던 경험을 살려서 카페를 운영하던지 했을 것 같은데 남아있는 운이 없는 것 같네요.

Q. 3년 후 자신의 모습을 상상한다면?

제가 맡은 광고 내레이션으로 대박이 나서 오래된 어머니 차를 바꿔드리고 땅을 사서 집을 짓게 되었다.

Q. 10년 후 자신의 모습을 상상한다면?

연기를 더 배우고 연극무대에 더 많이 오르다가 천만 영화배우가 되지 않을까요? 또 강원도 서핑 해변에 아지트를 짓고 아침마다 파도를 타고 이젠 아들래미도 손잡아주면 보드 위에 제법 서있을 것 같습니다.
우리 밴드는 로컬 클럽에서 목요일마다 공연하면서 물론 저의 기타 실력도 제법 늘었겠죠. 딸래미가 더 자라면 보컬을 시킬지 생각을 하겠네요.
다음 시나리오가 세 개나 들어왔네요. 어디보자 커피 한 잔 마시면서 시나리오 검토를 하는데 벌써 아내가 돌아올 시간이 되었네요.

Q. 자신이 참여한 작품 중 가장 좋아하는 작품?

<스머프: 비밀의 숲>입니다. 어릴 적 나의 요정들인 스머프를 내가 연기하

다니! 그것도 디즈니 오디션으로 따낸 '주책이'!
정말 흥분되는 일이었습니다. 똘똘이, 덩치와 함께 스머페트를 도와 이야기를 끌고 나가는데 극장판 애니 이제 겨우 두 번짼데 나름 중심인물이라 어깨가 무거웠죠. 개봉하자마자 어머니 모시고 달려갔는데 극장에서 아들 목소리 나오니까 그렇게 좋아하시더라고요. (웃음)

Q. 가장 좋아하는 성우와 그 이유?

이선 선배님을 좋아하고 제가 아는 사람 중에 제일 큰 사람이에요.

Q. 가장 좋아하는 배우와 그 이유?

로빈 윌리암스를 좋아합니다.
"구우우우우우우우우우웃 모니이이이잉 베트나아암!!!!!!"을 잊을 수 없어요.

Q. 앞으로 자신이 가장 하고 싶은 작업이나 작품?

<셜록> 같은 시리즈가 또 나온다면 장민혁-박영재 선배님 커플(?)처럼 마음 맞는 누군가와 신나게 더빙을 해보고 싶고요. 15초의 미학이라는 광고 내레이션을 제대로 해보고 싶어요. 호흡이 극단적으로 짧고 섬세한 광고 멘트를 과연 내가 해 낼 수 있을까 궁금하거든요.

Q. 추천하고 싶은 책을 3권 고른다면?

서정록 작가의 <잃어버린 지혜 듣기> 인데 이 책은 성우 공부를 하려고 읽다가 인생 공부를 하게 된 책입니다.
니코스 카잔차키스의 <그리스인 조르바>는 어떻게 살아야 할지 고민하고 있을 때 조르바가 친절히 알려주더라고요. 그따위 것 개나 물어가라고요.

Harold Sakuishi의 <BECK> 이라는 책은 어쩌면 이 만화책 때문에 지금 밴드 생활을 하는 것 같아요. 우주 명작이라고 할 수 있죠.

Q. 만약 자신에 대한 다큐멘터리나 영화가 제작된다면 어떤 형식이길 원하나?

연기에 열정이 있는 성우 일을 하는 어떤 남자가 어설픈 실력으로 밴드를 만들고 좌충우돌 사랑과 꿈을 찾아가는 이야기를 아일랜드 영화처럼 만들면 좋겠는데… 많이 봐줄까요?

Q. 자신에 대한 영상 광고를 만든다면 그 광고 문구는 어떻게 쓰겠나?

겨울 - 많이 추우시죠? 만나보세요. 따뜻해질 거예요. (BG 보사노바)

여름 - 많이 더우시죠? 만나보세요. 시원해질 거예요. (BG 락)

봄, 가을 - 많이 힘드시죠? 우리 같이 가요. 파도 타러. (BG 레게)

Q. 나는 이런 성우로 기억되고 싶다?

연기를 들으면 재밌고 웃기지만 한편으로는 가슴이 먹먹해지고 따뜻해지게 만드는 좋은 성우로 기억되고 싶습니다.

Q. 자신의 목소리를 들을 수 있는 방송이나 사이트는?

매주 월~금 오전 11:40부터 15분 정도 KBS 1라디오(97.3MHz) <와이파이 삼국지>에서 장비 외 다수 인물로 출연 중입니다. 팟캐스트나 팟빵에서도 들으실 수 있고 매주 화요일 아침 8:40부터 15분 정도 KBS 2FM(89.1MHz) <박은영의 FM대행진>에서 박은영 아나운서와 함께 연기하고 있습니다.

조민수 성우를 자세히 본건 작년 초 성우들의 연극 '바냐 삼촌'을 보러 가서 였습니다. 조연이었지만 강렬했고 유쾌했으며 감동적이었습니다.

그 동작 하나 그 대사 하나하나가 좋았습니다. 그 후 관심을 갖고 됐고 그가 하는 일을 보게 됐습니다.

그리고 그가 좋아하는 사람들이 제가 좋아하는 사람들과 겹친다는 것을 알고 크게 기뻤습니다.

'성우 되기 연구'를 시작한 후 가장 열정적인 인터뷰였습니다. 가장 많은 사진과 목소리 자료를 받았습니다. 또, 무수히 죄송하다며 답변을 고치고 다듬는 그를 보며 좋았습니다. 고마웠습니다.

지난 목요일, 몇 달 전부터 시간이 엇갈려 보지 못했던 밴드 연습을 보러 갔습니다. 음악을 듣고 사진 찍으며 유쾌했던 저녁이었습니다. 거기 제가 좋아하는 사람들과 함께 멋진 그가 있었습니다.

조민수 성우의 3년 후, 10년 후 꿈을 응원합니다.

2. 정선혜(2000년, 투니버스 4기)

Q. 자신의 출신 방송사와 기수, 데뷔 연도를 알려주세요.

투니버스 4기로 2000년에 데뷔했어요.

Q. 자신에 대해 100자 이내로 표현한다면?

엄벙덤벙한데 진지하기도 해서 심란할 때가 참 많다. 점점 더 원하는 건 릴랙스.

Q. 자신의 장점을 5가지 고른다면?

- 힘이 좋다.
- 음역대가 낮아서 남아 할 때 편하다.
- 떼쟁이로 커서 떼쟁이의 마음을 잘 안다.
- 소리와 정서상 꾸밈없이 담백하고 푸근한 여인이 자연스럽다.
- 능청스러운 걸 뻔뻔하게 해낸다.

장점만 쓰니 오글거려서 내친김에 써 본 자신의 단점.

- 힘이 좋은데도 웃음을 잘 못 웃어서, 반쯤 빈 소리를 낸다.
- 음역대가 낮아서 여아 할 때 힘겹고 촌스럽다.
- 남자아이에 배역이 봉인돼 있다.
- 소리와 정서상 하늘하늘 가녀린 여인을 하면 신파 같다.
- 조사 '를' 발음이 불안불안하다.

Q. 성우가 된 이유?

입을 다물었을 때와 열었을 때의 괴리감이 큰 데서 오는 놀라움과 통쾌함에 끌렸던 것 같아요. 뒤에 숨어있는 나는 일상의 흔한 생활인인데, 구현되는 건 비장한 인류 구하기, 귀여운 동물이나 공룡 세계, 우아한 로맨스, 치열한 추리까지 그 차이가 아주 신비로웠고 탐났어요.

Q. 성우가 되기 위해 어떻게 준비했나?

방송 아카데미를 두 군데 다녔고, 몇 명이서 스터디 모임하면서 연습했어요. 라디오 드라마, 애니메이션, 외화를 녹음해서 듣고 다니고요. 화면으로 보고 나서는 소리로만 여러 번 들었는데, 그게 집중이 잘 돼서 배우는 게 많았어요. 제가 여러 자극을 동시에 받아들이지 못하는 스타일이라, 그렇게 집중하는 게 수월했던 것 같네요.

Q. 성우가 돼서 좋은 점?

제가 뭔가를 생산해 낸다는 게 좋아요. 빈 곳에 무언가 만들어 내잖아요. 가내수공업처럼 소량의, 그렇지만 고유한 무언가를 내가 세상에 내놓는 게 신나요. 게다가 형태가 없는 결과물이라 일상의 공간에 놓여있진 않아도 매번 플레이되는 순간에만 존재하고, 기억에만 존재하고. 입 싹 닦고 돌아서면 내가 뭘 한 건지 티가 안 나는 게 은밀하고 통쾌한 재미가 있어요. 존재하고도 싶지만, 티는 안 나고 싶어 하는 저의 욕망에 맞는 일 같아요.

Q. 성우를 지망하는 사람들에게 조언을 해준다면?

캐릭터를 그려낼 때 내 고유의 느낌을 담아내기와 더 일상적이고 거친 느낌도 마다하지 않는 것이 중요합니다. 사실 제 자신에게 하는 주문입니다. 제가 캐릭터를 그려낼 때 방심하면 표준적이고 평면적인 정도로만 그려낼 때가 있어요. 무리는 없지만 호소력이 없잖아요. 그려냈을 때 확 납득이 되는 캐릭터를 해내고 싶어요. 두드러지길 바라는 게 아니라, 그 안에서 해내야 할 만큼의 몫은 납득되게 해내고 싶어서요. 그리고 톤에 집착하느라 지나치게 정제된 느낌으로 하다가 건네야 할 감정도 못 챙기고, 울퉁불퉁한 느낌도 다 깎아버려서 붕 뜬 대사를 하는 것도 피하고 싶고요. 한 명의 일관된 캐릭터를 한 대본 안에서 해내는 연습을 집중해서 하겠어요.

Q. 만약 6개월 후 성우 시험을 다시 봐야 한다면 어떻게 준비하겠나?

한 명의 일관된 캐릭터를 한 대본 안에서 해내는 연습을 집중해서 하겠어요. 저도 그게 잘 안됐었는데, 한 캐릭터가 시종일관 같은 감정이나 입장으로 말해서, 그 안의 여러 문장이 다 다른데도 마치 같은 말 반복한 것처럼 들릴 때가 있어요. 아니면 화자가 한 명인 대본인데도 여러 명의 다른 캐릭터가 등장한 것처럼 들릴 때도 있고요, 캐릭터가 흔들려서 어떤 한 명이, 그러나 유연하게 움직이는 감정을 보여 주는 걸 성공하기요. 그게 어렵긴 해요.

Q. 만약 성우가 되지 않았다면 어떤 일을 하고 있겠나?

심리상담가나 쑥까페 주인.

Q. 3년 후 자신의 모습을 상상한다면?

나이가 더 들었는데 체력은 지금보다도 더 좋아지고 성격도 쿨해진 거예요. 거의 매일 낄낄거리면서 지내요. 얼른 가서 몰래 챙겨온 만화책 볼 생각에 발걸음은 빨라지고 속에선 낄낄거리는 그런 상태로요.

Q. 10년 후 자신의 모습을 상상한다면?

걷기왕, 족구왕, 반칙왕. 저 영화들을 낄낄대면서 행복하게 봤는데, 10년쯤 흐른 뒤에는 저도 왕 하나쯤 하고 있고 싶어요. 산책왕이나 리싸이클왕이나 잡초뽑기왕, 샌드위치왕.

Q. 자신이 참여한 작품 중 가장 좋아하는 작품?

제가 첫 주연을 맡은 '마루코는 아홉 살'이라는 작품입니다. 제가 가진 어리광을 발산해도 욕먹지 않는 희한한 경험이었어요. 쓰여있어서 하는 대사가 아닌 마음으로 느끼면서 대사하는 게 가능하다는 소중한 경험을 얻었고요. 그리고 마루코란 애가 진짜진짜 좋았어요. 내가 해내는 애를 진심으로 좋아하면서 연기하는 건 참 큰 호강이었어요.

Q. 가장 좋아하는 성우와 그 이유?

이미자 선배님을 좋아합니다. 마음으로 느끼면서 연기하는 진짜 소년이라고 할 수 있고 전형적이지 않으시고, 온통 마음에서 끌어올린 감정으로 표현하시는 분입니다. 특히 머뭇거리는 마음이나 설레어하는 마음 표현하실 때랑 앳된 감정 잔뜩 실어서 절규하실 때가 멋지세요. 담백하면서도 강해서.

Q. 가장 좋아하는 배우와 그 이유?

박해일 배우를 좋아합니다. 젠틀한데 툭 건드리는 순간 증오, 야비, 싸가지, 양아치 그런 거 다 최대치로 튀어나와서 지구를 다 깨버릴 듯한 느낌이 좋아요. 그리고 툭 건드리기 전에는 한없이 다정하고 배려 깊은 것도 좋구요.

Q. 앞으로 자신이 가장 하고 싶은 작업이나 작품?

고뇌하며 성장하는 소년, 묵묵히 뚝심 있게 해나가는 여인, 끝까지 믿어주는 원장 수녀님, 품위 뚝뚝 내레이션.

Q. 추천하고 싶은 영화를 3편 고른다면?

'봄날은 간다'는 그윽한 느낌이 좋아서 본 영화였고, 이영애가 아파트 창밖으로 늘쩍지근하게 고개 떨구는 거랑, 터미널에서 졸고 있는 느낌이 참 좋아요. 유지태가 골목에 쪼그리고 앉고, 꽁초를 자판기 위에 얹고 그런 순간들이 좋았어요. 그리곤 노래가 너무 좋아서 영화 느낌도 더 더 더 좋게 기억되기도 하고요.

'글루미 선데이'는 쓸쓸한데 자꾸 끌려요. 여배우의 눈빛이, 세 명 사이에 흐르던 마음이랑 긴장이 좋았고, 음악이 정말 쓸쓸하고도 녹아요. 그리고 마지막에 흐르던 '다운 인 부다페스트(Down In Budapest)'란 곡이 서늘하다가 가슴 벅차서 몇백 번은 들었어요.

'냉정과 열정사이'는 남녀배우도 서늘하고 멋지고, 음악이랑 풍경이랑 다 마음에 오래 남아있어요. 놓쳐버리는 마음들, 풀지 못한 작은 오해들이 빚어내는 닫힌 마음들, 치명적인 세월들까지. 그런 걸 좋아하지 않는데, 이들은 쓸쓸할 때가 다들 너무 멋져서 넋 놓고 보게 돼요.

Q. 추천하고 싶은 책을 2권 고른다면?

정유정 작가의 '종의 기원'입니다. 이분의 책에서는 '툭툭 던지는 남자애의 꿍시렁거림'이 중독성 있어요. 제어가 안 되는 자신을 탐구해보고, 혼란스러워하고, 그런데도 다시 계획을 세워보려고 하고 밀려오는 피의 냄새로 다시 자신의 상황을 감지하고, 다시 무너졌다가도 또 뭔가 해보려고 하고 처절하고 치열한 고민과 계획이 몰입시켜요.

비 존슨의 '나는 쓰레기 없이 산다'는 쓰레기 제로에 도전하는 집요하고도 우아한 일상을 보여줘요. 자기가 시도해 본 여러 방법들을 처절하고 냉정한 평가와 함께 알려줘요. 그리고 참 집요해요.
쓰레기 줄이기, 탄소발자국, 지역 상권, 단순한 삶, 건강한 재료 그리고 일상에서의 집요한 부지런함, 그런 것들을 다 고려해서 고민해요. 그리고 그 외에도 시민으로서 더 큰 목소리 내기를 통해서도 바꾸어내는 시도. 열 일 하시는 분이에요. 재밌고, 조금 따라 해 보게도 돼요.

Q. 만약 자신에 대한 다큐멘터리나 영화가 제작된다면 어떤 형식이길 원하나?

내가 했던 캐릭터들이 나와서 서로 수다 떠는 캐릭터들의 '리얼 뒤풀이 영상'이요. 자기들의 매력 포인트는 이거였는데, 정선혜가 못 살렸네, 엔딩 크레딧에서 지워버리고 싶었네, 자긴 내심 다른 성우 바랐는데 묘하게 정선혜가 캐스팅돼서 서로 껄끄러웠네, 다들 기피하는 캐릭터였는데 정선혜가 정성스럽게 해서 자긴 감동했네 등등 우리 뒤풀이에선 캐릭터들이 입에 오르내리는데 그들의 뒤풀이에서 난 어떻게 오르내릴까? 날 좋아했던 애들과 탐탁지 않아 했던 애들이 서로 싸우면서 편들어주고 그럴 것 같은데 훔쳐보면 재밌을 것 같아요.

Q. 자신의 목소리를 들을 수 있는 방송이나 사이트는?

투니버스에서 '요괴워치4', '전설의 마법 쿠루쿠루', '베이블레이드 버스트

초제트'가 있고 KBS에서 '공룡메카드' EBS에서 '코코몽3', '꼬마버스 타요', '명탐정 피트', '두키 탐험대'가 방영 중이에요.

Q. 자신에 대한 영상 광고를 만든다면 그 광고 문구는 어떻게 쓰겠나?

언제나 갈팡질팡. 그래도 뛰어가진 마. 걸어가지도 마.
그냥 여기서 힘 빼고 앉자. 웃자.

Q. 나는 이런 성우로 기억되고 싶다?

못 하는 것도 분명 있었다. 그치만 해내는 부분은 스타일 있게 했다.

Q. 그 외 자신에게 묻길 원하는 질문이 있다면?

선혜 Q. 인터뷰할 만 해?

성우로서의 제 자신에 대한 질문과 답은 참 꺼려지고, 차라리 다른 질문들을 제게 하는 게 훨씬 편했어요. 제 일상에서도 성우로서의 본격적인 질문에는 몸이 움츠려지는 경향이 있긴 해요. 숨어들기 좋아하는 스타일이라서 그냥 그렇다고 생각했는데, 어쩌면 지금을 살아내는 저 스스로를 직시하는 걸 두려워해서 그러는 건 아닌가 하는 생각도 드네요. 성우로 살아가는 지금의 저에 대한 생각도 조용히 정리해봐야겠다 느꼈습니다.

1999년 성우를 준비하던 시절 정선혜 성우를 처음 봤습니다. 아는 사람이 없던 제가 여기저기 스터디 모임에 심봉사 심청이 젖동냥하듯 다닐 때 만났습니다. 그 때도 참 맑고 밝게 웃었는데, 참 사람 좋았는데 20년 가까이 흐른 지금도 그는 한 결같네요. 인터뷰 내내 웃었습니다. 인터뷰를 진행하면서 한명 한명의 생각을 들으며 망치로 한 대 맞은 듯 크게 깨닫는 순간이 많은데요, 이번 인터뷰는 '토르의 풀스윙 망치'급 이었습니다. 참 좋은 성우네요. 참 생각 깊은 사람이고요.

그가 말하는 한마디 한마디가 그의 모습과 오버랩되며 시원시원하게, 은밀하고 통쾌하게 전해져 왔습니다. 그가 자신의 인생과 연기에 대해 생각하는 것들이 많이 부러웠습니다. 그의 연륜과 열정이 느껴져서겠지요? 자신이 연기한 캐릭터들이 모여 리얼하게 뒷담화를 한다는 얘기에 빵터졌습니다.

자기들의 매력 포인트는 이거였는데, 정선혜가 못 살렸네, 엔딩 크레딧에서 지워버리고 싶었네, 자긴 내심 다른 성우 바랐는데 묘하게 정선혜가 캐스팅돼서 서로 껄끄러웠네, 다들 기피하는 캐릭터였는데 정선혜가 정성스럽게 해서 자긴 감동했네... 등등 20세기에도 그랬는데 21세기에도 그는 여전히 재밌네요.

그가 건강하게 오래오래 멋진 성우로 살기를, 자주 낄낄거리며 웃는 자유인으로 살기를, 그가 연기한 캐릭터들에게 감사의 인사를 많이 받기를, 모든 작업에서 스타일 있다는 말을 듣기를, 필요할 때 언제나 힘 빼고 잠시 앉아서 릴랙스하기를 기원하겠습니다. 정선혜 성우를 응원합니다!!

3. 정재헌(2002년, MBC 16기)

Q. 자신의 출신방송사와 기수, 데뷔 연도를 알려주세요

대학 졸업 후 그해 겨울인 2001년 공채 시험에 도전한 첫 해에 MBC 16기로 합격해 2002년부터 17년째 성우로서 행복하게 연기하고 있습니다.

Q. 자신에 대해 100자 이내로 표현한다면?

나이는 숫자일 뿐, 여전히 마음은 청년이고 싶습니다. 하지만 그 숫자가 부끄럽지 않고 그에 걸맞은 지혜로움과 깊이를 가지고 싶은 현실은 넘쳐나는 부족함에 아직 채워나가야 할 것도 배워야 할 것도 많은, 연기를 사랑하고 성우라서 너무도 행복한 어른이.

Q. 자신의 장점을 3가지 고른다면?

"독한 사람" 뭔가 해내야겠다고 맘을 먹으면 지독한 독기를 품고 해내곤 합니다. 앉은 자리에서 3갑씩 피우던 담배도 프리랜서가 되자마자 단칼에 끊었고, 6년이 넘도록 1일 1식을 하고 있으며, 일할 때는 늘 차 없이 거의 매일 2만보 이상 걸어 다니는 저를 보며 주변 사람들이 좋은 의미를 담아 참 독한 사람이라는 이야기를 종종 해주곤 합니다.

"어제보다 내일이 더 나은 사람" 자신의 부족함을 스스로 너무 잘 알기에, 그 부족함은 그저 한 살씩 늘어가는 나이가 채워주는 것이 아니라는 것을 늘 느끼기에 어제보다 더 나은 사람이 되고자 스스로를 돌아보며 노력합니다.

"다른 사람들의 이야기에 귀를 잘 기울입니다." 제 얘기를 하는 것보다는

다른 사람들의 이야기에 귀를 기울이는 걸 좋아해서 그런지 특별한 카운셀링을 해주는 것도 아닌데 고민 상담을 청하는 동료나 지인들이 종종 있습니다. 덕분에 저만 알고 있는 비밀들이 꽤나 많지만 두 번 다시 밖으로 나가는 일은 없습니다. 인간 대나무 숲 같네요.

Q. 성우가 된 이유?

중학교 2학년 때 짝사랑하는 국어 선생님이 어느 날 제 번호를 부르며 책 읽기를 시키셨고 음성이 좋고 감정을 담아 읽을 줄 안다며 이후로 국어 시간에 읽기를 전담으로 시키셨습니다. 좋아하던 선생님께 잘 보이고 싶은 마음에 공부보다 더 열심히 읽는 연습을 하다가 어느 순간 감정을 담아 읽기의 즐거움을 느끼기 시작했고 첨엔 막연히 뭔가 내 목소리로 할 수 있는 일을 하고 싶다고 생각하며 매일 즐겨듣던 라디오 방송의 DJ를 생각했다가 성우라는 직업이 있다는 걸 알게 된 이후 쭉 성우를 꿈꾸며 학창 시절을 보냈습니다.

Q. 성우가 되기 위해 어떻게 준비했나?

대학 진학을 앞두고 어떤 전공을 선택해야 내 꿈에 가까워지는 데 도움이 될까를 고민하다가 연극영화학과는 왠지 키 크고 잘생긴 사람이 아니면 절대 갈 수 없는 곳일 거라는 선입견 때문에 고민 끝에 그래도 왠지 연관성이 있을 거 같은 신문방송학과를 선택했습니다.

하지만 입학하고 얼마 지나지 않아 그게 잘못된 선택이라는 걸 깨달았죠. 정말 단 1%도 성우가 되는 데 있어서 도움이 되는 학과가 아니더군요. 그래서 남들이 열심히 학점 올리는 데 혈안이 되고 토익 점수를 올리기 위해 아등바등할 때 전 혼자 독학으로 영화, 드라마, 라디오 드라마 등을 보고 들으며 연기 공부를 했습니다. 그래서 전 그 흔한 토익 점수가 아예 없어요. 성우 외의 다른 직업을 택하는 인생은 제 마음속에 존재하지 않았었기에 토익 시험은 단 한 번도 치르지 않았거든요.

그러다 졸업반 무렵부터는 지망생 스터디 모임에도 들어가 연기 연습하고 졸업 후엔 몇 달간 학원에도 다니며 공부하다가 운 좋게 부족한 실력에도 불구하고 시험 본 첫 해에 합격해 성우가 됐고, 그 대가는 전속 성우 시절 정말 호되게 치렀습니다.

가끔 후배들이 연기로 고민 상담할 때 전속 시절 발연기하며 매일 피디분들에게 다른 선배, 동료 성우들과 비교당하며 "너 그따위로 연기해서 성우로 밥이나 벌어 먹고살겠냐?"란 식으로 욕먹던 제 얘기를 들려주면 "네?! 선배님이요? 에이... 괜히 저 힘내라고 거짓말 하시는 거죠!?"하며 반신반의하는 경우가 많은데 그 발연기하던 전속 시절, 인신 모독에 가까운 피디님들의 지적과 이미 타 방송에서 2년 가까이 전속 생활을 하고 와 저랑은 너무도 차이 나게 연기 잘하는 동기들 곁에서 한없이 느껴야 했던 자괴감, 숱한 캐스팅 배제를 겪으며 스스로 내 한계를 인정하거나 포기하지 않는 대신, 독기를 품고 어금니 꽉 깨물고 연습했기에 지금의 제가 있을 수 있다고 생각합니다.

Q. 성우가 돼서 좋은 점?

지망생 시절에 하던 연습만으로도 늘 너무 즐겁고 신났었는데 그 일을 이제 천직으로 삼아 살아가고 있다는 것만으로도 "As good as it better" 인 것 같습니다. 이미 여러 인터뷰에서 말해왔지만 17년 동안 성우로서 살아오며 단 하루도 내 일이 지겹거나 싫었던 적이 없었습니다. 오히려 매일 매일이 늘 새롭고 내일이 기다려졌죠. 또 어떤 작품을 만날지, 어떤 캐릭터를 연기하게 될지, 어떤 성우들과 함께 녹음하게 될지... 항상 설렜습니다. 대기업, 안정적인 직장을 다니는 친구들도 그런 절 지금도 늘 부러워 하구요.
육체적으로 힘들 때는 물론 있지만 정신적으로는 힘들긴 커녕 늘 자신을 행복하게 만들어주는 일을 만난 사람은 아마 얼마 않을 거라고 생각합니다. 그래서 더 늘 그런 감사한 마음을 연기에 담아 애정을 가지고 들어주시는 분들께 전해드리고 싶습니다.
그리고 때로 더 큰 행복을 느낄 때는 제가 들려드린 연기 덕분에 행복해 하시거나 너무도 힘든 시기를 이겨내셨다는 감사한 이야기를 들을 때입니다. 정말 안 좋은 생각까지 하실 만큼 고통스런 시기를 제 연기를 들으며 이겨내셨다는 너무 감사하다는 내용이 담긴 팬 분들의 손편지는 제가 얼마나 소중하고 멋진 일을 하고 있는지에 대해 새삼 감사할 수 있게 해주었습니다. 아! 때론 말 안 듣고 편식하고 부모 속 썩이는 지인들의 애들이랑 그 아이들이 좋아하는 캐릭터 목소리로 통화해 준 이후 자식들이 기적처럼 180도 바뀌었다며 감사 전화를 받은 경우들도 있었습니다.
내레이션이나 광고가 아닌 연기를 메인으로 하는 성우들은 일 마치고 집에 들어와서도 시사라는 일의 연장이 거의 매일 새벽 늦게까지 이어지는 경우가 많음에도 불구하고, 하루가 멀다시피 꿈이 바뀌던 제 어린 두 아들이 벌써 꽤 오랫동안 성우를 꿈꾸고 아빠의 일을 멋지고 자랑스럽게 생각해 주는 걸 보면 아이들이 보기에 그 일을 하고, 준비하는 제 모습이 무척이나 행복해 보였던 것 같아 그것도 가장으로서 참 감사하고 뿌듯한 부분입니다.

Q. 성우를 지망하는 사람들에게 조언을 해준다면?

좁은 문을 뚫고 성우가 되기란 하늘의 별 따기만큼이나 어려운 일입니다. 하지만 그렇게 힘들게 된 성우임에도 전속을 거쳐 프리랜서로서 살아남는 성우가 되는 건 그보다 훨씬 더 힘듭니다. 정말 내 평생을 걸어도 아깝지 않을 만큼 성우를, 성우의 일을, 연기를 미치도록 뜨겁게 사랑하는 분들만 도전하시기 바랍니다. 그렇지 않으면 중간에 포기하기 쉬울 거예요. 실제로 많이 보아오기도 했구요. 그런 열정과 타는 듯한 갈망이 있어야 남들보다 더 열정적으로 최선을 다할 수 있을 것이고 그 노력의 한 끗 차이가 결국은 꿈에 다가갈 수 있는 기폭제가 된다고 믿습니다.

그리고, 거듭되는 불합격의 고배를 겪으며 너무도 힘들고 괴로울 땐, 무조건 억지스럽게 직진만 하는 게 아니라 잠시 그 자리에 멈춰 지망생이라는 인생의 원 밖으로 나가보는 것도 좋습니다. 성우에 도전하지 않는 삶을 살아봤을 때, 연기하지 않는 삶을 살아봤을 때 진정으로 내 꿈에 대한 열정과 갈망이 얼마나 크고 강렬한 것인지 스스로 느끼게 될 테니까요. 잠시 내려놓고 쉬는 시간은 오히려 더 큰 원동력이 되어 여러분의 노력에 불을 붙여줄 거에요.

마이크 앞에 서서 내가 해내고 싶었던 연기를 해냈을 때 목줄기를 타고 전해져 머리끝이 쭈뼛 설만큼 강렬한 그 짜릿한 카타르시스와 성취감, 훌륭한 연기자들과 함께 합을 나누고 캐릭터에 생명을 불어넣는 그 행복함을 빨리 여러분들과 함께하고 싶습니다. 힘내세요! 여러분의 꿈이 꼭 이루어지길 응원하겠습니다.

Q. 만약 6개월 후 성우 시험을 다시 봐야 한다면 어떻게 준비하겠나?

이건 현재의 제가 아닌 다시 그 시절로 돌아갔을 때를 가정한 질문이겠죠? 시초 공사가 잘 된 공든 탑은 무너지지 않습니다. 하지만 사상누각은 언제 무너져도 이상할 게 없죠. 6개월이라는 시간밖에 안 남았기 때문에 시험에 맞춘 맞춤형, 벼락치기형 공부를 하기보다는 늘 해오던 현재 내 수준에 맞는 연습을 꾸준히 계속할 것 같습니다. 그게 부족하다면? 떨어지겠죠. 그럼 현재의 나에게 가장 부족한 부분을 채워나가며 다음 시험을 준비할 거에요.

모소대나무라는 대나무가 있습니다. 이 대나무는 싹을 내리고 4년이 지나도록 단 3cm 정도밖에 자라지 않지만 5년째 봄이 되면 하루에 30cm씩 폭발적으로 성장해 6주 만에 15m 이상 자라게 됩니다. 그 비밀은 바로 뿌리에 있습니다. 밖으로 보이지 않는 그 4년 동안 보이지 않는 땅속으로 수 백 제곱미터에 이르는 뿌리를 뻗치고 있었던 거죠. 그 보이지 않는 뿌리가 바로 우리가 하는 연기의 기초입니다. 조급해하지 않고 천천히 단단한 주춧돌을 세워나갈 거에요.

그리고 절대 혼자 공부하지 않을 겁니다. 독학은 흔히 성우들이 "쪼"라고 부르는 안 좋은 습관을 가지게 되기 쉽습니다. 특히나 기본적인 발성, 발음 연습 위에 오디오 드라마를 기본으로 한 자연스런 화술 연습이 되어 있지 않은 상태에서 애니메이션 더빙이나 게임 캐릭터 더빙 연습만을 오래 하면서 생긴 쪼는 나중에 좋은 선생님을 만나더라도 고치기 쉽지 않거나 굉장히 오랜 시간이 걸리기 때문에 꼭 좋은 동료들이 많은 스터디 모임, 좋은 가르침을 받을 수 있는 본이 되는 선생님과 함께 공부해 나갈 거예요. 그리고 늘 내 연기의 모니터에 최선을 다할 겁니다.

오랜 시간 지망생들과 함께 공부해오며 느낀 거지만 내 연기가 발전하기 위해서는 좋은 귀가 필요합니다. 그 좋은 귀란 객관적으로 나와 다른 사람들의 연기를 들으며 장단점을 캐치해 모니터할 수 있는 능력을 말하구요. 처음 반에서 같이 공부를 시작했을 땐 다른 사람들의 연기를 모니터 해주는 것 자체를 어려워하고 "어.. 잘 모르겠어요... 그냥 잘하는 거 같은데... 그게..." 이러던 친구들이 나중엔 날카롭게 다른 사람들의 연기에서 뿐만 아니라 내가 한 연기에서 장점과 단점, 그리고 단점을 보완하기 위해 현재의 나에게 필요한 점들을 스스로 찾아내는 지망생으로 바뀌어 가는 과정을 보며 끊임없는 모니터와 내 연기에 대한 복습이 얼마나 중요한 것인지를 알 수 있었습니다. 그렇기 때문에 한 번 손에 잡은 대본은 부족한 부분들을 보완해 완전히 내 것으로 만들 때까지 반복 연습하며 연기를 냉철하게 모니터할 수 있는 좋은 귀를 만들기 위해 최선을 다할 거에요.

Q. 만약 성우가 되지 않았다면 어떤 일을 하고 있겠나?

꽤 오래전부터 어느 순간 내가 성우로서 더 이상 가장의 역할을 할 수 없을 때가 오면 무슨 일을 해야 할까를 고민해 왔어요. 미리 준비를 해야 한다는 선배님들의 이야기를 늘 들었으니까요. 그런데 정말 전 아무리 생각해도 이 일 말고는 하고 싶은 일이 떠오르질 않았어요. 그건 성우를 꿈꾸던 시절이나 지금이나 똑같은 거 같아요. 그래서 미련스럽게도 성우가 되지 않았을 때의 대비 같은 걸 아예 하지 않았던 것 같습니다.

어렸을 때부터 사막 한가운데 떨어뜨려 놔도 살아남을 녀석이라는 이야기를 많이 듣긴 했고, 젊은 시절 경험 삼아 했었던 수많은 어려운 일들도 특별히 못 한 일이 없고 오히려 나중에 알바 말고 정규 직원으로, 심지어 팀장으로 채용하고 싶다고 했던 곳들도 있었지만 저에겐 오직 성우밖에 없는 것 같습니다. 성우가 되지 않았다면 그래도 어떻게든 성우가 됐을 거예요. 끝까지 도전해서!

Q. 자신이 참여한 작품 중 가장 좋아하는 작품은?

너에게 닿기를 이란 작품인데 80명에 가까운 성우들이 모여 오픈 오디션을 치렀던 전무후무한 작품입니다. 그리고 정재헌이라는 성우를 좀 더 많은 팬 분들께 가까이 다가가게 만들어준 소중한 작품입니다.

녹음하는 매회 제가 연기한 카제하야에 감정 이입해 두근 두근거리며 연기했었고, 일본 원작 성우와는 조금은 다른 캐릭터 해석을 입혔음에도 제 연기에 좋은 평가를 워낙 많이 해주셔서 참 감사하게 평생 기억할 수밖에 없는 인생작이에요.

Q. 가장 좋아하는 성우와 그 이유?

연기를 떠나서 인간적으로 너무나 큰 매력, 제가 가지지 못한 배울 점들을 가진 사랑하는 성우들이 너무나 많아서 도저히 한 분만 못 꼽겠습니다.
대신 연기적으로 너무나 존경하는 선생님들에 대해서 말씀드릴게요. 역시 너무도 많으시지만 전 특히 이인성 선생님을 정말 존경합니다. 선생님만의 그 개성 넘치고 맛깔난 캐릭터 해석력과 연기력은 두말하면 잔소리고 제가 특히 존경하는 부분은 일을 대하는, 녹음을 준비해 오시는 그 자세입니다.
늘 트렌드를 놓치지 않으려고 노력하시며 시의성 있는 애드립 대사를 한 개도 아닌 여러 개의 얼터 대사(예비 대사)로 준비해오시고 젊은 성우들보다 더 NG를 덜 낼만큼 꼼꼼한 시사를 해오시는 모습은 지금도 전혀 변함이 없으십니다. 덕분에 선생님과 함께 하는 녹음에선 늘 전혀 예상치도 못한 선생님의 기지 넘치는 애드립 대사에 다른 성우들이 새어 나오는 웃음을 끅끅거리며 참는 참사가 벌어지곤 하죠. 그냥 나오는 대로 즉석으로 하는 애드립이 아닌 정말 철저하게 준비해오시는 그 애드립들에 얼마나 큰 선생님의 노력과 열정이 담겨 있는지 모르는 성우는 없을 거예요. 동시대

에 후배로서 같이 연기할 수 있어서 너무 감사합니다.
그리고 전속 때 같은 극회가 아니었음에도 MBC 격동 50년에 고정으로 출연하시며 전속 시절 늘 뵀던 유만준 선생님. 드라마의 특성상 실제 육성 증언 테잎들이 종종 플레이되곤 했는데 여느 때처럼 '아~

이것도 또 증언 테잎이구나' 하고 듣다가 증언이 끝나고 필터룸에서 유만준 선생님께서 나오시는 모습을 보곤 매번 깜짝 깜짝 놀랐던 기억이 선합니다. 달리 라디오 드라마 연기의 신이라고 불리시는 게 아니구나라고 생각하며 정말 살아있는 생활 대사들을 치실 때마다 벌어진 턱을 다물지 못했었습니다. 성우가 되어 주셔서 감사합니다 선생님!!!

Q. 만약 자신에 대한 다큐멘터리나 영화가 제작된다면 어떤 형식이길 원하나?

제가 성우로서 걸어온 발자취나 연기하는 사람인 정재헌으로서 좋지만 "인간 정재헌"에 대해서 보여드릴 수 있었으면 좋겠습니다. 어떤 생각을 가지고 살아가는 사람인지, 마이크 앞이 아닌 지인들 앞에서는 가족들 안에서는 어떤 사람인지 가식 없이 있는 그대로 보여드릴 수 있으니까요.

Q. 자신에 대한 영상 광고를 만든다면 그 광고 문구는 어떻게 쓰겠나?

당신 인생의 가장 행복한 순간에도, 가장 힘든 순간에도, 늘 가장 먼저 생각나는 보이스. 진심이 담긴 연기로 당신 감성의 깊은 곳을 울릴 수 있는 보이스. 더 이상 이 세상에 그 소리가 울려 퍼지지 않더라도 오래도록 잊혀지지 않는 보이스로 기억되고 싶다.

Q. 나는 이런 성우로 기억되고 싶다?

누구보다 자신의 일을 사랑했던 성우이자 인기 있었던 성우가 아닌 영혼이 담긴 진짜배기 연기를 했던 성우. 그가 성우로서 걸었던 길이 후배들에게 닮고 싶은 본이 되며 그의 연기로 인해 삶이 행복할 수 있었던 성우. 죽을 때까지 연기에 대한 탐구 정신이 식지 않았던 성우. 그리고 가슴이 따뜻했던 '사람'

Q. 그 외 자신에게 묻길 바라는 질문?

그동안 참 많은 인터뷰를 했지만 저 자신에 대해서 이렇게 많은 생각을 해보게 하고 끊임없이 쓰고 읽어보고 다시 지우고 새로 쓰기를 반복하며 긴 시간 공을 들인 인터뷰는 처음인 것 같습니다. 저 자신에게 좋은 시간을 선물해주신 재균 선배님께 감사드려요. 아날로Go시지만 어떤 인터뷰보다 정형적이지 않고 즐겁고 트렌디한 질문들이었습니다. 다른 분들처럼 심플하면서도 재미지지 못하고 혼자 너무 긴 다큐를 쓴 것 같네요.

평소 말이 많은 사람이 아니다 보니 오랜만에 쓰는 글에서 하고 싶었던 이야기들이 쏟아져 나왔나 봅니다. 나이 들어가면서, 그리고 잃을 것이 많아지면서 어느 순간 저도 모르게 몸을 사리게 되는 것 같습니다. 예전엔 참 겁 없이 아무도 하지 않는 이야기, 불합리, 부당함에 대해서 이야기하고, 맞부딪혀 싸우곤 했었는데 요즘엔 내가 그런 이야기를 할 만한 깜냥과 주제를 가진 사람인가... 라는 질문을 스스로 던지며 다른 이들에 대해 이러쿵 저러쿵 떠들기보단 내 자신의 내적 성장에 더 집중하게 되는 것 같습니다. 연기와 마찬가지로 사람이 사람답게 익어가는 건 나이가 해결해 주는 것이 아닌 끊임없는 자기 성찰이 필요한 것이라는 걸 지금도 매일 배워나가고 있습니다.

연기란 게 힘들면서도 재미있는 건 마스터 클래스가 없기 때문입니다. 여기까지 했으면 이제 끝까지 온 거다~라는 기준점이 없기 때문에 아무리 경력이 오래돼도 다시 새로운 벽에 부딪힐 수 있고 그 벽을 깨기 위한 고민과 노력 속에 새로운 단계로 도약할 수 있습니다. 아무리 부딪혀도 깨질 것 같지 않던 그 벽이 어느 순간 무너질 때의 그 쾌감이란.. 이루 말로 표현할 수가 없습니다.

하지만, 반대로 고민하지 않는다면 아주 이른 커리어에 내 연기의 성장판이 닫힐 수도 있습니다. 자기 연기의 나르시즘에 빠지게 되면 더 이상은 성장할 수 없는 거죠. 종종 그 출발선은 다른 사람들보다 한참 뒤 쪽에 그어져 있었지만 어느 순간 재능이 훨씬 앞서 달리던 사람들을 추월해 가속을 붙여 멋지게 달려가는 후배 성우들을 참 많이 봐왔습니다. 그 원동력은 바로 연기에 대한 사랑과 열정, 그리고 남다른 숨은 노력일 것입니다.
저 역시 연기로서는 늘 성장기 안에 있고 앞으로도 그럴 것입니다. 제자리에 고이지 않고 쉼 없이 계속 흘러 새로운 버전으로 업데이트 돼나갈 성우이자 사람 정재헌을 들려드리고 보여드릴 테니 앞으로도 지켜봐 주시고 많은 응원해 주시면 감사하겠습니다.
아! 그리고 절대 나 자신을 남이 규정하도록 놔두지 마시기 바랍니다. 나를 규정하는 건 나 자신입니다. 남이 나를 재단하도록 놔두게 되면 그로 인해 자존감이 떨어지고 모든 일에서 자신감을 잃게 됩니다. 주변에서도, 가상 공간에서도 우리는 사람이기 때문에 언제나 실수를 할 수 있습니다. 나도 모르는 사이에 저지르게 되는 실수들도 많죠. 하지만 중요한 건 실수를 깨닫는 순간, 그 실수를 발판 삼아 더 나은 사람이 되기 위한 노력을 하면 된다는 것입니다. 실수를 부끄럽게 받아들이고 인정한 후 거울삼아 더 나아지기 위해 노력하는 사람을 "저지른 실수가 어디가?"라고 마치 고의적인 강력 범죄라도 저지른 사람 취급하며 용서하지 않겠다고 하는 사람들을 위해 자신의 삶과 에너지를 낭비하지 마세요. 정신 건강에 해롭습니다. 그런 이들은 자신의 실수를 인정할 용기조차 없는 사람들입니다.
그리고 이 인터뷰를 빌어 다시 한번 팬 분들께 감사의 인사를 드리고 싶습니다. 제가 성우로서 존재할 수 있는 건 바로 여러분들 덕분이니까요. 여러분께 자랑이 되는 성우가 될 수 있도록 앞으로도 성우로서, 인간 정재헌으로서 계속 최선을 다하겠습니다. 언제나 감사하고 사랑합니다!
특히, 정말 오랜 시간 자신들의 바쁜 일상 속에서도 절 위해 아낌없이 자신들을 희생해가며 제 팬카페 <정재헌 바이러스>를 지탱해준 너무도 고마운

매니저와 스텝분들께 말로는 다 표현할 수 없는 감사를 다시 한번 전하고 싶습니다. 너무나도 사랑합니다. 재미라곤 눈곱 만큼도 없이 길게도 진지 빨고 쓴 다큐같은 이야기, 끝까지 읽어주셔서 감사합니다.
"아무 일 없이 무탈하게 산다"는 게 얼마나 힘들고 감사한 일인지 깊게 느끼는 요즘이기에 여러분께도 그 인사를 마지막으로 글을 줄이고자 합니다. 여러분 모두 "아무 일 없이" 건강하고 행복하게 지내시기 바랍니다.

정재헌 성우는 오랫동안 봐왔지만 사실 많은 얘기를 나눈 적이 없는 성우입니다. 같이 작업을 한 적이 거의 없어서 보면 반갑게 인사하지만 솔직히 그에 대해 잘 몰랐습니다. 늘 선한 인상으로 먼저 인사하는 예의 바른 사람, 연기를 잘한다는 것과 많은 팬들이 좋아하는 성우라고 알고 있었습니다.
그의 인터뷰를 편집하면서 정말 많은 시간 동안 생각하고 또 생각했습니다. 그가 쓰고 지우기를 반복하며 설문을 작성한 것처럼 저 역시 그의 글을 읽고 또 읽으며 그를 이해하려 했고 그의 마음을 한 줌도 놓치고 싶지 않았습니다. 제게도 큰 공부가 된 인터뷰였습니다.
그의 말대로 긴 인터뷰였고, 역대 가장 많은 샘플을 받았고, 세세한 설명이 붙은 가장 많은 사진을 받았으며, 고맙다는 정말 정중한 메시지를 받았습니다. 정재헌 성우의 말처럼 성우로 살아간다는 것은 성우가 되는 것을 넘는 또 하나의 거대한 장벽입니다. 그 장벽을 바라보는 마음가짐의 차이에 따라, 개인의 절실한 노력에 따라 자신이 좋아하는 일을 계속할 수 있느냐가 결정됩니다.

저 역시 신문방송학을 전공했고 공부를 시작한 해 성우가 됐습니다. 덕분에 전속 기간 동안 정재헌 성우의 경우처럼 처절하게 깨졌고 정말 힘들었고 험난한 길을 걸었습니다. 남보다 뒤쳐졌다는 것이 거대한 두려움이었던 시절이었습니다. 지금도 프리랜서로서 그리 다른 삶을 살고 있진 않은 것 같고요.
정재헌 성우의 얘기를 들으면서 좀 더 열심히 살아야겠다는, 마음을 다잡아야겠다는, 내 일에 욕심을 내야겠다는 다짐을 해봅니다. 몇 년 후 그가 지금보다 건강하고 행복한 일상을 누리며 지금처럼 멋진 연기자로 기억되길 기대합니다. 더 오랜 시간이 흘러 자신이 꿈꾸는 성우의 모습으로 꾸준히 다가가 연기에 대한 열정을, 가족에 대한 사랑을, 사람에 대한 배려와 애정의 진실한 자세를 가진 멋진 성우로 기억되길 응원하겠습니다. '천상 성우'로서 성우사에 큰 획을 긋는 성우가 되길 기원하겠습니다.

4. 이새벽(2015년, 투니버스 9기)

Q. 자신의 출신방송사와 기수, 데뷔 연도를 알려주세요.

CJ E&M 투니버스 9기, 2015년 데뷔입니다.

Q. 자신에 대해 100자 이내로 표현한다면?

척 보기에도 매력 있는, 알면 알수록 빠져드는 사람(이 되고 싶습니다.)

Q. 자신의 장점을 5가지 고른다면?

1. 잘 웃는다.
2. 긍정적이다.
3. 느리더라도 포기하지 않는다.
4. 감수성이 많다.
5. 단순하다(!!)

Q. 성우가 된 이유?

중학생 때 'TV동화 행복한 세상'을 즐겨봤어요. 나도 누군가에게 이렇게 감동과 따듯함을 주는 사람이 되고 싶다는 생각을 했었는데, 이제까지 좋아해왔던 것들을 조합하니 자연스럽게 성우라는 직업이 나왔습니다.
어렸을 때부터 즐겨듣던 눈높이 교재 테잎, 엄마와 함께 시청하던 베르사유의 장미, 초등학교 국어 교과서에 나온 연극 연기를 하고 느낀 즐거움 같은 거요.

Q. 성우가 되기 위해 어떻게 준비했나?

전 TV드라마나 영화 등을 보면서 많이 공부한 것 같아요. 애니메이션 채널들도 챙겨봤고요. 연극이나 뮤지컬 등 여러 매체를 보고 듣고 경험하려고 했습니다. 자연스러운 연기나 트렌디함을 보기에 드라마와 영화 감상이 개인적으로 정말 많은 도움이 됐다고 생각합니다. 상경 후, 학원에 다니면서 좋은 선생님들을 만나 부족한 부분을 채워나갔습니다.

Q. 성우가 돼서 좋은 점?

좋아하는 일을 해서 행복해요! 연기하는 게 좋아서 행복하고요. 아무리 피곤해도 으쌰으쌰 힘내서 할 수 있어요. 또 재밌는 매체들을 많이 접할 수 있어서 좋아요! 그리고 비슷한 성향을 가진 사람들이 많아서 함께 일하면 즐겁고 행복해요! 매일 매일이 즐겁고 행복합니다.

Q. 성우를 지망하는 사람들에게 조언을 해준다면?

이건 입사하고 나서 계속 고민하고 있는 문제지만 '자기 말'을 하는 게 중요한 것 같아요. 자신에게 솔직해야 하고요. 변명보다는 겸허히 수용하는 자세도 중요한 것 같아요.

Q. 만약 6개월 후 성우 시험을 다시 봐야 한다면 어떻게 준비하겠나?

정말 생각하기도 싫은 무서운 질문이네요. 목표로 하는 방송국 프로그램 모니터링도 하고 다시 학원에서 공부도 하고 무엇보다 마인드 컨트롤을 엄청 할 것 같아요.

Q. 만약 성우가 되지 않았다면 어떤 일을 하고 있겠나?

일반 사무직 일 하면서 이것저것 했을 것 같아요. 저는 얕고 넓게 파는 스타일이라 옛날에는 동화작가가 되고 싶었는데 그런 삽화나 글 쓰는 아카데미도 다녔을 것 같고 그냥 평범하게 직장 생활하면서 다양한 분야의 취미를 즐겼을 거라 생각합니다. 주로 창작하는 일을 하지 않았을까요?

Q. 3년 후 자신의 모습을 상상한다면?

일주일에 한 번 이상 고기를 먹고 한 달에 네 번 이상 공연을 관람하고 친구들과 수다를 떨며 지금의 내 모습에 만족하고 있을 것이다. 욜로!

Q. 10년 후 자신의 모습을 상상한다면?

내가 성우를 결심하게 된 계기처럼 내 목소리를 듣고 길을 찾는 사람이 생기고, 그래 이 선택은 옳았다. 라고 생각하고 있을 것이다. 여전히 나는 이 일을 사랑하며 즐기고 일주일에 한 번 이상 고기를 먹고 한 달에 네 번 이상 공연을 관람하고 나를 위한 여러 가지 취미를 즐기고 편한 자세로 누워 캔맥주 하나 따서 남편과 나눠 마시며 지금의 내 모습에 만족하고 있을 것이다. 욜로!

Q. 자신이 참여한 작품 중 가장 좋아하는 작품?

'아기고양이 치 : 뒹구르 대모험'을 가장 좋아해요. 녹음하면서 많이 배우고 성장했다고 느낀 작품이기도 하고요. 전 아픈 과거가 있어 외롭고 거칠지만 한편으론 누구보다 따뜻한 마음을 가진 길고양이 '요기'를 연기했었어요. 사랑스럽고 귀여운 고양이 친구들과 요랑이 가족이 나오는 힐링 애니메이션이랍니다.

김현지 선배님과 양정화 선배님, 그리고 시영준 선배님의 케미도 좋아 녹음때도 재밌었어요. 마지막 화 녹음 날에는 피디님이 '치'와 '요기' 캐릭터 아이싱쿠키를 나눠주셨답니다. 여러모로 기억에도 남고 좋아하는 작품이에요.

Q. 가장 좋아하는 성우와 그 이유?

이 '좋아하는'이 그 '좋아하는'은 아니겠지만 엄상현 선배님이요. 성우를 지망했지만 어떤 성우들이 있는지 몰랐을 때에도 유일하게 아는 성우, 좋아하는 성우였어요. 일명 제 성우 첫사랑이죠. 캐릭터에서 나오는 에너지나 특유의 유쾌함, 보고 듣는 저까지 덩달아 기분 좋아지는 매력이 있다고 생각해요. 수험생 시절 엄상현 선배님 프로필 찾아서 읽고 설렜던 기억이 있어요.

Q. 가장 좋아하는 배우와 그 이유?

박해일이요. 눈이 너무너무 좋아요! 눈빛이라고 해야 하나. 외모에서 풍기는 특유의 분위기도 크게 한몫하구요. 목소리도 좋고 대사할 때 톤이나 말투도 매력 있고 좋아요. 십 년 넘게 바뀌지 않는 제 이상형이랍니다.

Q. 앞으로 자신이 가장 하고 싶은 작업이나 작품?

로맨틱 코미디 장르의 오디오 드라마나 애니메이션에 참여하고 싶어요. 애니메이션으로 치자면 '월간순정 노자키군' 드라마로는 영화 '오싹한 연애' 같은 호러 로코물을 정말 해보고 싶어요. 스토리가 재미있는 로맨틱 코미디물도 많은 콘텐츠로 나왔으면 좋겠습니다.

Q. 추천하고 싶은 영화를 3편 고른다면?

* 기담(국내 공포영화/슬픈 이야기와 호러가 아주 잘 어우러짐/영상 좋음)

* 어톤먼트(영상이 너무 예쁨, 중간에 나오는 롱테이크 씬과 반전이 최고)
* 트로픽썬더(B급 영화의 정석/자극적이지만 가끔 이런 것도 괜찮지 않나..)

Q. 추천하고 싶은 책을 2권 고른다면?

* 조 힐 - 뿔(생각지 못했던 소재, 단숨에 읽게 만드는 흡입력)
* 정유정 - 7년의 밤(너무 자극적이지만 막장 드라마 보듯 보게 됨)

Q. 만약 자신에 대한 다큐멘터리나 영화가 제작된다면 어떤 형식이길 원하나?

소소한 일상과 고민이 주를 이루는 평범한 생활 다큐 혹은 생활 영화. 예능 '나 혼자 산다' 같은 느낌으로 나올 것 같아요. 워낙 일상이 시트콤이란 얘기를 많이 들어서 장르가 시트콤화 될 수도 있지 않을까 싶습니다.

Q. 자신에 대한 영상 광고를 만든다면 그 광고 문구(카피)는 어떻게 쓰겠나?

같이 놀자! 진짜 같이 놀면서 즐겁게 살고 싶어요.

Q. 나는 이런 성우로 기억되고 싶다?

감동을 주는 성우

Q. 자신의 목소리를 들을 수 있는 방송이나 사이트는?

TV는 투니버스 채널에서 들을 수 있고요

이새벽 유튜브와 투니버스 유튜브 예능인 '짤이몽땅V'에서도 제 모습을 보실 수 있습니다.

제가 좋아하는 형이 있습니다. 이름은 김광국. 직업은 성우. 1월 초부터 닦달을 하고 있는데 꿋꿋하게 설문지를 주지 않고 있습니다. 얼마 전 조민수 성우 밴드 연습에 가서 사진도 많이 찍었고 다시 한번 닦달했지만 여전히 주고 있지 않습니다. 참 착하고 어진 사람입니다. 그래서 계속 닦달할 생각입니다. 그런 김광국 성우가 후배 두 명을 추천해줬습니다. 그 중 한 명이 이새벽 성우였습니다. 이새벽 성우를 추천했는지 인터뷰를 하며 확실히 알았습니다. 정말 유쾌하네요. 정말 행복의 기운이 전해지고요. 가장 많이 웃은 하루였습니다.

이새벽 성우의 유쾌, 상쾌, 통쾌한 인터뷰에 감사드립니다. 끝까지 응원하겠습니다. 그가 주 3회 이상 소고기를 먹고, 월 6회 이상 VIP석에 앉아 공연을 관람하고, 년 4회 이상 브로드웨이에서 '소 스테이크'를 먹고, 'VIP석에서 공연 보기'를 응원하겠습니다. 언제가 될지 모르겠지만 이새벽 성우의 결혼식에 꼭 가겠습니다.

5. 남도형(2006년, KBS 32기)

Q. 자신에 대해 100자 이내로 표현한다면?

매사에 소심하기도 하고, 고민도 많고, 걱정도 많고, 남들 시선도 많이 신경 쓰는 편이고, 일이 잘 안되었을 때는 끙끙 앓기도 하는 전형적인 소음인입니다. 하지만 매사에 늘 감사하고, 주변 사람들에 대한 감사함을 느끼며, 일상에서 행복을 찾으며 생활하는 대한민국의 남성입니다.

Q. 자신의 장점을 5가지 고른다면?

매사에 긍정적이다.

항상 감사해하는 마음가짐을 갖는다.

주위에 좋은 조력자들이 많이 있다.

목소리가 좋다. 크크크

얼굴이 귀엽....나?

Q. 성우가 된 이유?

대학교 때 어머니가 사주를 보러 가신 적이 있는데, '말을 하면 사람이 모인다'라는 이야기를 들으시곤, 아나운서나 기자를 해보라고 하셔서 고민 중에 성우 스터디 모임에 가게 되었고 여기까지 오게 되었습니다.

Q. 성우가 되기 위해 어떻게 준비했나?

저는 따로 학원을 다닌 적은 없습니다. 대신 성우지망생들이 모인 카페에 가입해서 스터디를 여러 번 했었습니다. 그때 만나 지금 성우가 된 동료들이 꽤 많이 있고, 그들이 이런저런 정보도 공유해주고, 공부도 많이 도움을 주었습니다.

Q. 성우가 돼서 좋은 점?

평소에도 애니메이션 보기와 게임을 즐겼던 나였는데, 이제는 그 분야의 제작 일원으로 참여해서 당당히 취미생활까지 자연스레 연결해서 즐길 수 있는 위치에 왔다는 게 제일 감사하고 행복합니다. 일명 요즘은 성공한 덕후라고 표현하죠. 또 제 작품을 보고 좋아해주시는 분들이 많이 생기면서, 요즘은 정말 큰 보람을 느끼고 있습니다.

Q. 성우를 지망하는 사람들에게 조언을 해준다면?

활동을 많이 하는 성우분들, 특히 유명한 성우분들을 보면서 성우의 멋진 모습들만 보고, 그저 단순히, 나도 저렇게 되고 싶다. 나도 유명한 작품을 해서 인기가 많아지고 싶다라는 생각으로 접근했다가는 큰 낭패를 보기 쉬운 곳이 이 성우세계인 것 같습니다. 무수히 많은 지망생분들 중에서 극히 일부만이 성우가 되고, 그 극히 일부인 성우분들 중에서도 더더욱 극히 일부의 성우분들만이 그런 화려한 스포트라이트를 받게 되니까요. 성우세계의 명암에 대해서도 많이 생각하시며 준비하시는 게 좋을 것 같습니다. 그래도 참 행복한 직업인 것은 맞다고 강하게 주장합니다.

Q. 만약 6개월 후 성우 시험을 다시 봐야 한다면 어떻게 준비하겠나?

저는 시험 6개월 전이라면 5개월 동안 외국 여행을 하다가 돌아와서 1개월 남았을 때 귀국해서 컨디션 관리 후 시험에 응시할 겁니다. 실제 합격 당시에도 3개월 동안 미국 여행을 다녀온 뒤 한 달 뒤에 시험을 봤거든요. 마인드 유지에 상당히 도움이 되더라고요.

Q. 10년 후 자신의 모습을 상상한다면?

큰 외모의 변화는 없을 것 같아요. 10년 전 사진을 최근에 찾아봤는데 그다지 외모로는 변화가 없더라고요. 10년 뒤라면, 제가 새로운 목표로 삼고있는 TV연기자로서의 삶도 시작하고 있지 않을까라는 생각이 드네요. 그렇게 되기 위해 열심히 살아봐야죠.

Q. 자신이 참여한 작품 중 가장 좋아하는 작품?

단연 '미라큘러스 레이디버그'라는 애니메이션입니다. 이 작품 덕분에 정말 너무나도 많은 팬분들이 생겼고, 그 덕분에 해외 팬들도 많아져서 일본 팬미팅까지 다녀오게 되었던 정말 감사하고, 소중한 작품이죠. 사랑해 마이 레이디! 쪽!

Q. 가장 좋아하는 성우와 그 이유?

강수진 선배님입니다. 저는 어렸을 적부터 강수진 KID였어요. 그분이 하는 작품을 수집하고, 따라 해보고, 제2의 강수진이 될 거야 라고 외치며 자라왔던 세대죠. 저 같은 아이들이 그 당시에는 성우지망생들 중에 엄청 많았을 거에요. 지금은 그런 강수진 선배님과 나란히 와이파이 삼국지를 하고 있어서 정말 신기하기도 하고, 늘 감사한 마음입니다.

Q. 가장 좋아하는 배우와 그 이유?

영화배우 안성기 님과 성우 오세홍 선배님입니다. 두 분 모두 어렸을 때 데뷔하셔서 아역부터 중장년역까지 '자신의 연령대와 함께 맞는 역할도 함께 성장해온' 연기자들에게 있어 가장 이상적인 모습을 가지셨거든요.

이제 저 두 분을 기억할 때, 어느 누구도 젊은 역 전담 배우, 젊은 역 전담 성우라고 기억하지 않잖아요

Q. 만약 자신에 대한 다큐멘터리나 영화가 제작된다면 어떤 형식이길 원하나?

슬럼독 밀리어네어처럼(내용스포가 있긴 하지만) 주인공 자신이 어렸을 적부터 살아왔던 그 모든 삶이 '성우가 되기 위한 과정'이었다는 형식의 영화.

Q. 자신에 대한 영상 광고를 만든다면 그 광고 문구는 어떻게 쓰겠나?

꿈 많았던 소년 덕후 드디어 그 꿈을 이루고 성덕이 되다.

Q. 나는 이런 성우로 기억되고 싶다?

매사에 즐겁게 임하고, 부모님께 효도하고, 주변 지인들에게 잘하고, 자기 자신을 사랑할 줄 아는 성우로 남고 싶습니다.

TM

저는 2006년의 남도형 성우를 기억합니다. 32기들 중에서 어린 나이였고 그때도 유쾌한 후배였습니다. 제 딸아이 돌잔치에 와서 답례품으로 준비한 수건을 가장 많이 가져간 1인이기도 합니다. 눈이 오던 어느 날 밤 제 차로 집에 데려다준 기억도 있네요.

이젠 많은 팬들의 사랑을 받고 자신만의 자리에서 열심히 활동하는 모습을 보니 만감이 교차합니다. 좋네요. 매사에 긍정적인 그가 부모님께 효도하고, 주변 지인들에게 잘하며, 자기 자신을 사랑하는 성우로 기억되길 응원하겠습니다.

늘 새로운 도전을 하는 그가 건담 시리즈의 주인공으로, TV에서 자주 볼 수 있는 연기자로 거듭나는 모습을 기원하겠습니다. 많은 사람들에게 기쁨을 주고 많은 후배들에게 귀감이 되는, 자신의 연령대와 함께 맡는 역할도 함께 성장하는 좋은 성우로 오래도록 활동하길 응원합니다.

6. 이다슬(2016년, KBS 41기)

Q. 자신에 대해 100자 이내로 표현한다면?

이 세상 떠날 때 스스로에게 돌이켜 부끄럼 없고 싶어 열심히 사는 사람. '몸은 부지런히 맘은 즐겁게'를 좌우명으로 매일매일 치열하게 살아왔다고 자부하는 사람. KBS 41기 성우 이다슬입니다.

Q. 자신의 장점을 5가지 고른다면?

부지런하다.

눈치가 빠르다.

호기심이 많다.

의외로 고집이나 억지를 부리지 않는다.

운동 신경이 있다.

Q. 성우가 된 이유?

어렸을 적부터 팬이었습니다. 제가 그 세상에 들어갈 수 있으리라고는 생각해본 적 없는데 너무나도 운 좋게 이렇게 되었어요.

방송은 어릴 적부터 꿈이었어요. 주어진 상황에서 공부도 열심히 하고 좋아하는 춤도 추면서 부모님 몰래 유명 기획사에 오디션도 보러 다녔죠. 대학 입학하고 오디션을 봐서 백업 댄서로 활동하면서 방송 쪽 일을 시작했죠. 그러다 사법 시험 공부하면서 그만두게 되었는데, 마음이 콩밭에 가 있으니 합격할 리가 없었어요.

다시 방송계에서 살리라 다짐하고 아나운서 공부를 시작하면서 혹시나 하는 마음에 아무 준비 없이 KBS 성우 시험을 봤는데 덜컥 최종시험까지 보게 되었어요. 물론 그때는 떨어졌고, 곧바로 아나운서에 합격해 지역으로 가면서 성우 세계는 다시 그냥 동경의 직업군이 되었어요. 지역 MBC 아나운서를 하면서 방송을 평생 하고 싶다고 생각했고, 기획사에서 연기를 배우던 중, 선생님께서 성우 시험에 다시 도전해보라고 했고, 합격하면서 이 직하게 되었습니다.

Q. 성우가 되기 위해 어떻게 준비했나?

아나운서 공부하면서 발음, 발성, 화술, 내레이션에 준비가 된 점은 시간을 단축하는 데 큰 도움이 된 것 같아요. 배우 데뷔 준비하면서 6개월 정도 연기 공부를 했고, 성우 시험을 바로 앞두고는 성우 학원도 다녔어요. 정말 시험 대비로 바짝 배웠는데 필요한 것, 요점만 쏙쏙 알짜배기만 잘 배워서 빠르게 합격할 수 있었다고 생각해요. 지역에 있으면서도 주말마다 부지런히 선생님들 찾아 왔다갔다 했어요. 모니터도 열심히 하고요. 어렸을 적부터 만화책, 애니메이션 팬이라 평소에 자주 보고 듣고 따라 하던 것도 거름이 되었다고 생각하고요.

Q. 성우가 돼서 좋은 점?

무엇보다 제가 팬으로 좋아하던 성우들을 '선배님'이라고 부를 수 있다는 게 신기하고 감격스러워요. 저 자신을 한평생 '성우 이다슬'로 소개할 수 있다는 것도 좋습니다.

Q. 성우를 지망하는 사람들에게 조언을 해준다면?

무슨 일이든 마찬가지인 것 같아요. 밤에 자려고 누웠을 때, '아 내가 오늘 하루 뭘 했지?'하는 후회 없이 매일 매일을 스스로 돌아보기에 당당하게끔 알차게 보내는 게 가장 중요한 것 같습니다. 이때 내일을 위해 오늘을 희생

한다는 생각이 아니라 좋아하는 것을 위해 최선을 다할 수 있다는 것 자체를 즐기면서 해야겠죠. 열심히는 하는데 불행하면 그 역시 아무 의미 없는 투자라고 생각해요.

어렸을 때 보면 '대학만 가면', '직장만 가면', '결혼만 하면'... 마치 그날만 오면 행복해지고 더 이상은 노력이나 고생 안 해도 될 것 같지만 세상사가 그게 아니잖아요. 노력은 평생 하는 거고 고생도 어찌 보면 삶의 모든 순간 계속 따라오니까. 오늘이 내가 목표로 했던 바로 그 날이라고 생각하고 꾸준하고 한결같이 오래 달리는 것이 인생이라고 생각해요.

물론 성우가 된다는 것에 타인의 평가, 그날의 운, 컨디션 등 내가 조절할 수 없고 이유도 알 수 없는 많은 다른 요인들이 작용하기는 하지만 이런 것을 다 신경 쓴다면 노력할 이유도 없어질 테니까요. 이왕이면 '나의 합격에도 불합격에도 이유는 나에게 있겠지'라고 생각하는 편이 오래 달리는 데 더 힘이 되지 않을까 합니다.

부지런히 즐겁게 오래 달리세요. 아, 너무 성우에만 매몰되지는 마시고요. 여러분이 살면서 겪는 다른 모든 직업, 경험, 생활이 다 성우이자 배우에게는 밑거름이 되니까요.

Q. 만약 6개월 후 성우 시험을 다시 봐야 한다면 어떻게 준비하겠나?

듣고 보고 받아 적고 따라 하고 녹음해서 다시 듣고 주변에 들려주고 평가받고 다시 내 스타일대로도 해보고 녹음하고 또 듣고 고치고를 6개월 동안 무한 반복하며 노트를 쌓아갈 거예요. 사실 시험만 붙었다 뿐이지 모자라고 부족한 성우, 아직 덜된 성우이기는 마찬가지라서요

Q. 만약 성우가 되지 않았다면 어떤 일을 하고 있겠나?

아나운서, 배우, MC 등등 프리랜서 방송인으로 계속 활동했을 거예요. 지금 하고 있는 요가 강사로도 방송 쪽 두드리고 대학원 다니면서 방송 관련 논문 준비하고 과외도 하고 강의도 하고요. 가정이 아니라 다 그냥 현실이네요, 열심히 하겠습니다.

Q. 3년 후 자신의 모습을 상상한다면?

아직 제가 접해보지 못한 무언가 새로운 것을 배우고 있을 것 같아요.
가능하다면 성우로서 일이 쉴 새 없이 많아서 새로운 것을 배울 여유조차 없으면 좋겠지만요.

Q. 10년 후 자신의 모습을 상상한다면?

라미란, 염혜란, 오연아, 오나라 같은 분들처럼 조연으로서 독보적인 캐릭터로 인정받아 있으면 하는 꿈이 있습니다. 아이가 있다면 가급적 다른 사람이 아닌 제가 키우면서 일도 소홀히 하지 않는 생활을 하고 있으면 좋겠고요.

Q. 앞으로 자신이 가장 하고 싶은 작업이나 작품?

다 하고 싶죠. 다 좋고 다 궁금하고 다 욕심나고 그래요. 제 이름으로 라디오나 홈쇼핑 프로그램을 오래 할 수 있으면 정말 좋겠고요.
제가 누가 뭘 시키든 절대 안 빼는 편인데 노래는 자신이 없어요. 배우고 있는데 뮤지컬이나 디즈니 작품에서 연기와 노래까지 할 수 있다면 정말 환상적일 것 같아요. 지하철 안내 멘트는 말 그대로 완전 꿈이고요. 참고로 '막돼먹은 영애씨' 같은 오랜 시즌제 작품에서 연기하거나 박형욱 선배님처럼 프로그램에 상징이 되는 내레이터로 참여할 기회가 생기라고, 자기 전에 빌고 있어요.

Q. 만약 자신에 대한 다큐멘터리나 영화가 제작된다면 어떤 형식이길 원하나?

부지런히 배우러 다니는 참새 캐릭터로 애니메이션? 언젠가 나이를 많이 먹어서도 제가 현직에서 활동하고, 지금 같은 부지런함과 열정이 계속 있다면 그런 모습에 대한 내용이면 좋겠어요. 늦지 않았다, 세상에 배울 것은 많다, 직업도 할 일도 많다, 이런 거요.

Q. 자신에 대한 영상 광고를 만든다면 그 광고 문구는 어떻게 쓰겠나?

빠르게 배우고 바르게 성장합니다. 매일을 후회 없이, 스스로에게 우러러 한 점 부끄러움 없이 살다간 사람. 몸은 바쁘게 마음은 즐겁게 이다슬입니다.

Q. 나는 이런 성우로 기억되고 싶다?

사랑스럽고 자랑스러운 성우. 뭐든 안 빼고 열심히 하는 모습이 사랑스럽고 잘해서 자랑스러운 성우요. 누군가 '가장 좋아하는 성우는 이다슬'이라고 말할 때 부끄러움 없이 당당할 수 있으면 좋겠어요.

TM

제가 기억하는 이다슬 성우는 욕심이 많은 사람입니다. 욕심에 맞게 부지런합니다. 예의가 바릅니다. 단단하게 보이지만 여린 구석이 많습니다. 생활을 오래 해보진 못했지만 이다슬 성우의 삶의 자세는 2016 라디오 연기대상 시상식에서 한 콩트 '엄마'를 함께 준비하면서 몸으로 느꼈습니다. 후반부에 잠시 등장하고 대사가 거의 없어 좀 미안한 마음으로 캐스팅했는데 다양한 아이디어를 내고 소품을 준비하는 모습을 보고 크게 감명받았습니다. 후반부 음악의 편집과 안무의 완성도가 높아진 것은 그의 덕분입니다. 그는 보고 있으면 계속 기대가 되는 사람입니다.

7. 전숙경(2000년 투니버스 4기, 2002년 KBS 29기)

Q. 자신에 대해 100자 이내로 표현한다면?

타고난 성격은 내성적이고, 부끄럼도 많고, 낯도 가린다. 선입견도 강하고 까칠한 면이 있었는데, 많이 좋아졌다. 뭔가에 꽂히면 끝까지 간다. 다혈질이지만, 남들은 잘 모른다.

Q. 자신의 장점을 5가지 고른다면?

1. 긍정적이다.
2. 자존감이 높다.
3. 외국어에 약간 소질이 있다.
4. 물을 하마처럼 마셔서 그런지 건강하다.
5. 머리만 대면, 잠든다.

Q. 성우가 된 이유?

중2 때 우연히 듣게 된, MBC '2시의 데이트 김기덕입니다'에서 매주 일요일 방송했던 코너 때문에요. 매주 가요 한 곡을 선정해 송도영, 양지운 선생님을 주인공으로 러브스토리가 전개되는데, 예민한 중2의 감성을 박박 긁어줬던 코너였거든요. 나중에 양지운 선생님께 말씀드렸더니, "와~ 그랬나?" 하시며 재미있어하셨어요.

Q. 성우가 되기 위해 어떻게 준비했나?

고등학교, 대학교 때 교내 방송반 활동을 했어요. 특히, 고등학교 때 발음, 발성, 호흡, 변성을 거의 다 익혔어요. 성우 활동을 하면서 그때 익혔던 것을 꺼내 쓰고 있다고 해도 과언이 아니라고 생각합니다.

그리고 전 대구 출신이라, 그때만 해도 한계가 많았어요. 정보도, 지인도, 학원도, 심지어 인터넷도 없었거든요. 중국어 학원 강사를 하고 있었는데, 주말반 성우 강의를 개설한다는 정보를 듣고, 매주 토요일에 올라와 주말 강의를 듣고 내려갔어요. 잘 데도 없어, 친구나 후배집에서 빈대잠을 잤고, 왕복 기차만 4시간씩 탔어요. 그래도 힘들다고 생각해 본 적이 없을 정도로 신나서 왔다 갔다 하며 공부했어요. 몸은 춥고 배고팠지만, 마음만은 행복했던 시기였네요.

Q. 성우가 돼서 좋은 점?

1. (천성이 느리고 게으른데) 출퇴근을 안 해도 된 일이 너무 재미있다.
2. 매일 다른 일을 한다.
3. 아이들과 함께 영화관이나 TV에서 내가 더빙한 영화를 볼 수 있다.
4. 시간 조정을 주체적으로 할 수 있다.
5. 하고 싶지 않은 일은 하지 않아도 된다.
6. 다른 일에 비해 상대적으로 시간 대비 수입이 높다.

단점을 꼽기 힘들 정도로, 저에겐 최적의 직업이에요.

Q. 성우를 지망하는 사람들에게 조언을 해준다면?

여러 배역과 영역을 연기해야 하기 때문에, 독서와 영화와 연극을 통해서 꾸준히 감수성과 공감 능력의 근육을 길러야 해요. 시험은 어느 정도 기본이 쌓이고 방법을 익히면 통과할 수 있을지 모르나, 문제는 합격하고 나서거든요. 성우로서 일을 오래 하느냐 마느냐는 여기에 달려있다고 봐요. 감수성이나 공감 능력은 하루아침에 길러지는 게 아니기 때문이지요.

Q. 만약 6개월 후 성우 시험을 다시 봐야 한다면 어떻게 준비하겠나?

전 7번 떨어지고 8번째 시험에 합격한 터라, 떨어지는 데는 이골이 나 있어요. 실제로 두 번의 시험 모두, 마음을 비우고 시험에 임했을 때 합격했어요. 욕심에 가득 차 있을 땐 항상 떨어졌는데요. 6개월 동안 마음을 비우고, 기본에 충실한 라디오 드라마를 많이 찾아 듣고 연습할 것 같습니다.

Q. 만약 성우가 되지 않았다면 어떤 일을 하고 있겠나?

통역사나 외교관. 전공인 중국어가 저와 잘 맞아요. 오죽하면 전공을 통해 남편도 얻었겠어요.

Q. 10년 후 자신의 모습을 상상한다면?

자체적으로 5년 후 모습을 그려본다면, 온 가족이 배낭을 매고 1년 동안 헝그리 정신으로 세계여행을 할 계획을 세우고 있을 것 같아요. 좌충우돌이 예상되네요. 아마 4명이서 엄청나게 치고 박고 싸우고, 또 사랑하는 1년이 될 것 같아요. 10년 후는 세계여행의 후유증으로 정형외과 문턱을 들락날락 하고 있을 듯합니다.

Q. 자신이 참여한 작품 중 가장 좋아하는 작품?

애니메이션은 재능방송의 '썬더 일레븐'과, 대원 방송의 '판도라 하츠'.

썬더 일레븐의 '강수호'는 축구를 통해 많은 인생의 교훈을 얻었던 초긍정, 그 자체의 아이콘인 반면, 판도라 하츠의 '오즈'는 인간 내면의 가장 밑바닥 어두운 심리를 헤쳐나가야 하는 심오한 캐릭터였어요. 정반대의 작품과 캐릭터인데, 둘 다 너무 좋아해요.

TV시리즈는 '그레이 아나토미!' 이 작품을 만나고 6년 동안 6시즌을 함께 한 건, 엄청난 행운이라고 생각해요. 한편 한편의 내용이 보물 같아요. 모든 면에서 저를 많이 성장하게 해 준 작품입니다.
게임은 오버워치의 '메이'와 클로저스의 '하피'. 메이코패스라는 개성 있는 별명도 맘에 들고, 중국어를 써서 연기한 것도 좋았어요. 하피는 기존 캐릭터와는 다르게, 스토리가 있는 게임 녹음이라 기억에 많이 남네요.

Q. 가장 좋아하는 성우와 그 이유?

KBS 25기 은영선 선배님이요. 프리랜서가 되자마자, 그레이 아나토미를 같이 한 인연으로, 너무나 많은 도움을 주셨어요. "선배는 뛰어넘고, 후배는 키워줘야 한다." "늘 어제의 자신하고만 비교하라." "성우의 모든 영역이나 배역을 차별하지 말라." 은영선 선배님 어록을 만들어 후배들에게 전수해 주고 싶어요.

Q. 앞으로 자신이 가장 하고 싶은 작업이나 작품?

심야 방송, 특히 영화음악 프로그램 DJ를 해보고 싶어요. 요즘 자신을 표현할 수 있는 매체들이 많은데, 그 보다는 정통 라디오 프로그램에서 좋은 음악과 부드러운 목소리로 위로가 되고 싶습니다. 아날로그가 좋아요.

Q. 자신에 대한 영상 광고를 만든다면 그 광고 문구(카피)는 어떻게 쓰겠나?

"수처작주(隨處作主), 어디를 가든, 무엇을 하든, 주인은 바로 그녀 자신."

Q. 나는 이런 성우로 기억되고 싶다?

가면 갈수록, 보면 볼수록 매력 있는 사람.

전숙경 성우는 제 바로 아래 기수입니다. 전속 생활을 1년 같이 했습니다. 그리고 그 후 지금까지 많은 곳에서 마주쳤고 그때마다 많이 깨닫게 하는 후배입니다.
그는 멋있습니다. 수많은 분들과 인연을 맺고, 그분들과 인터뷰로 소통하고 공감하면서 다양한 감동을 느끼고 있습니다. 제가 이 인터뷰를 시작하면서 생각했던 것보다 훨씬 강렬한 감동입니다. 그런 의미에서 그는 멋있습니다.
전숙경 성우는 매력적입니다. 같은 길을 가는 성우로서 그의 작품을 접할 때마다 그가 얼마나 좋은 성우인가를 느끼고 있습니다. 그가 은영선 선배의 어록에 더해 전숙경의 어록을 만들어 후배들에게 전해주길 소망합니다. 그가 사랑하는 가족들과 배낭여행을 다녀와서 더욱 건강하게 10년 후에도 같은 모습으로 활동하기를 응원하겠습니다.

8. 박민기(2018년, 대교 8기)

Q. 자신에 대해 100자 이내로 표현한다면?

박민기란 사람을 맛보여주면 첫입엔 매콤함이 두 번 짼 달짝지근함이 세 번 짼 그 끝의 구수함이 있는 같이 술 한잔하며 이야기하기 좋은 김치찜같은 사람.

Q. 자신의 장점을 5가지 고른다면?

친근함.
소파 같은 편안함.
도전 정신.
혼자 살아도 잘 사는 생존력.
얕지만 넓은 요리실력!

Q. 성우가 된 이유?

고등학생 때 VJ 특공대를 본 적이 있었어요. 어릴 때부터 너무 익숙하게 봐왔던 프로그램인데 갑자기 문득 그 멘트들이 너무나도 재밌고 즐겁게 느껴지더라구요. 아 저렇게 말로 즐거움을 주고 싶은 사람이 되고 싶다 생각하며 성우를 꿈꾸기 시작했습니다. 본격적으로 공부하기 시작한 건 사실 그보다 더 시간이 지난 후지만요.
그리고 또 다른 이유로는 제가 하고 싶은 일로 남들 앞에 설 수 있는 사람이 되고 싶어서이기도 했어요. 제 이름이 '백성 민'에 '터 기'라고 사람들의 터가 되어라는 뜻인데 다른 사람들의 시선에 구애받지 않고 다양한 세상을 보여주는 사람, 다른 사람들에게 힘을 주는 사람이 되는 것이 꿈이었어요.

어릴 적부터 다리가 아팠는데 그것 때문에 사람들의 시선을 많이 신경썼거든요. 부끄럽게 생각한 적은 없지만 또 남들이 보기엔 다른 시선으로 보일 수도 있지 않을까라는 걱정이었어요. 그래도 그런 시선을 신경 쓰기 보단 제가 하고 싶은 걸 해내서 누구든지 꿈을 이룰 수 있게 용기를 주고싶다는 약간은 거창한 이유도 있었어요.

Q. 성우가 되기 위해 어떻게 준비했나?

전 마이크와 친해지기 위해 노력했었어요. 연기를 하려고 정말 많이 듣고 많이 보고 했는데 막상 녹음을 하면 이게 뭔가 싶더라고요. 핸드폰 녹음이랑 마이크 녹음은 다르니까 그런 마이크를 통해 어떻게 이야기를 감정을 전할 수 있을까 하고 계속해서 제 목소리를 넣어봤어요.
그러다 언더 녹음을 해보고 싶어서 혼자 집에서 명함과 샘플을 만들고 직접 문 두드리면서 USB랑 명함이랑 돌리고 다녔던 적도 있었고요.
그리고 다른 일들도 계속 시도해보며 거기에서 얻어낼 수 있는 다양성을 찾아보고자 했던 것 같아요. 카드 영업을 하며 좌절하고, 요식업을 하며 다양한 사람들을 보고, 카페에서 일할 때의 그 따스한 느낌, 녹음실에서의 실무 경험들 그 모든 것이 성우가 되기 위한 준비과정이었다 생각합니다. 하지만 전속이 되니 처음부터 다시 시작이란 느낌입니다.

Q. 성우가 돼서 좋은 점?

학원비를 안내도 된다는 게 좋습니다. 학원비가 이젠 월세로 돌아갑니다만 사실 이런 것보단 가족들한테 당당한 아들, 형 역할을 할 수 있을 거라 생각해서 좋아요. 가족들이 제가 성우 준비하는 시간 동안 많이 도와주고 응원해주셨거든요.
성우 합격 통지를 받고 나서 가족 앞에 섰을 때 펑펑 울었어요. 앞으로도 더 열심히 해서 받은 사랑을 돌려 드려야지란 생각을 하면서 이게 사실 가장 좋았습니다.

Q. 성우를 지망하는 사람들에게 조언을 해준다면?

이런저런 것들에 도전 해보는 게 좋지 않을까요? 전 예전에 친구가 쓴 대본으로 동화 낭독 공연을 했었는데 새로운 도전이어서 즐거웠었어요. 세상에서 고립되어 있던 곰이 세상으로 나가서 겪는 차별. 그걸 이겨내는 이야기였는데 마음을 울리는 작품이었어요. 그리고 가상 시험으로 이미지 트레이닝 같이 해보는 것도 괜찮을 것 같아요. 제가 보여주고 싶은 모습과 다른 사람들의 시선에서 보는 저는 다를 때도 많더라구요. 이런 작업들은 본 시험 때 마음을 좀 더 편하게 하는 데도 도움이 될 수 있을 것 같아요.

자신이 어떤 성우가 되고 싶은지 확신을 가지는 게 필요할 것 같아요. 연기도 연기지만 결국은 시험에 통과해야 하는 건데... 그때 내가 나에 대한 확신을 가지고 있으면 자기소개서를 작성하고 면접에서 자기소개를 하고 그런 과정에서 훨씬 더 편하게 자신을 보여주고 자연스럽게 자신감을 가질 수 있을 거라고 생각해요. 그런데 사실 확신을 가지고 저를 보여준다는 건

너무 어려운 것 같아요. 저도 이렇게 말씀드렸지만 제가 어떤 성우가 되고 싶단 건 계속 생각해왔어도 어떻게 절 보여드릴 수 있을지는 끊임없이 고민해야할 문제 같아요. 조언이라 쓰고 제가 꾸준히 다짐하고 싶은 말이기도 해요.

Q. 만약 6개월 후 성우 시험을 다시 봐야 한다면 어떻게 준비하겠나?

운동과 호흡으로 꾸준히 단련하고 새로 나오는 시험 방송국의 프로그램들을 보며 스타일을 파악하려고 노력할 것 같아요. 그리고 제가 보여주고 싶

은 모습들을 찬찬히 생각하며 시험에 붙을 수 있는 저를 만들기 위해 노력할 것 같네요. 컨디션 관리도 잘해야겠죠. 시험 보는 시간에 맞춰서 몸을 풀 수 있게 취침 시간, 기상 시간들 등등 여러 가지로 맞춰놓을 거예요.

Q. 만약 성우가 되지 않았다면 어떤 일을 하고 있겠나?

아는 형님과 함께 푸드트럭을 할 계획을 세우고 있었을 것 같아요. 요식업에도 관심을 많이 가지고 있고 많은 사람들을 만나는 걸 좋아해서 이런 거 저런 거 많이 준비해보며 여행하는 요리사? 그런 사람이 되지 않았을까 하는 생각이 들어요! 언제든 새로운 것에 도전하는 건 즐거워요.

Q. 가장 좋아하는 성우와 그 이유?

절 가르쳐주시기도 했고 제가 정말 오랫동안 봐왔던 이자명 선배님이요. 제가 되게 기억에 남은 애니메이션 중 하나가 어렸을 적 봤던 '따끈따끈 베이커리'라는 애니메이션이었어요. 사실 그게 자명 선배님인 줄 모르고 봤었는데 제빵에도 관심이 있었고 하다 보니 어어어어어엄청나게 좋아했었거든요. 그러다가 나중에 선배님이 하신 캐릭터라는 걸 알게 되었을 때 환호성을 지를 뻔했어요. 그리고 그 멋진 강함! 어... 걸크러쉬라 하던가요 그런게 느껴지는 강하면서도 부드러운 제겐 어머니 같은 선배님이셔요.

Q. 3년 후 자신의 모습을 상상한다면?

이러저러한 샘플들을 계속해서 돌리며 프리로서의 삶을 살고 있겠죠? 그러면서 성우로서 사람들에게 도움을 줄 수 있는 일이 뭐가 있을지 계속해서 고민할 것 같아요. 프리랜서가 된다고 해도 고민하는 것은 바뀌지 않을 것 같네요. 힘을 불어넣어 줄 수 있는 성우가 되기 위해서요.

Q. 10년 후 자신의 모습을 상상한다면?

10년 뒤엔 '동화 낭독극'을 하는 팀을 만들어서 여기저기서 공연을 하거나 짤막한 다큐멘터리를 지속적으로 만들어서 많은 분들에게 보여주고 싶어요. 그 뒤에 가능하다면 성우가 되고 싶어 하는 많은 분들에게 자그마하게라도 도움이 되고 싶어요.

Q. 앞으로 자신이 가장 하고 싶은 작업이나 작품?

애니메이션을 정말 많이 해보고 싶어요. 이거저거 다 하고 싶지만 그 중 하날 고르라면 다큐멘터리를 정말정말 그 어떤 것보다도 해보고 싶어요. 기존에 그래서 성우지망생을 대상으로 한 다큐멘터리도 만들어보고 있었는데 중단됐어요. 공무원을 준비하는 분들처럼 성우를 지망하는 사람도 되게 열심히 준비하고 있는 모습을 보여드리고 싶었거든요. 이 친구는 언젠간 꼭 세상에 내보내고 싶네요.

Q. 나는 이런 성우로 기억되고 싶다?

'아... 참 따뜻하다...' 라는 말을 들을 수 있는 성우. 목소리를 들으며 제 세상에 편하게 놀러 올 수 있는 그런 따뜻하고 친근한 성우로 기억되고 싶어요.

인터뷰 대상자들 중 가장 경력이 짧은 사람입니다. 하지만 준비기간은 길었던 사람입니다. 그래서 그를 잘 알고 있다는 두 명의 성우에게 부탁했습니다.

Q. 박민기 성우에 대해 100자 이내로 표현한다면?

'내가 6년을 봐 온 우리 민기는 아주 다정다감한 로맨티스트며, 매사에 긍정적이고, 무엇보다 남을 배려하는 면이 남다르고 밥상머리 교육을 제대로 받은 사랑이 충만한 요즘 보기 드문 순수 청년!!' - 이자명 성우

'예의가 바르고 웃음이 많아 옆에 있으면 편안한 친구! 누구보다 열정적으로 모든 일을 열심히 하는 친구! 가끔은 허당적인 모습으로 우리에게 소소한 웃음을 주는 친구! 가끔은 동생, 가끔은 친구, 가끔은 형 같은 모습으로 남녀노소 누구나 할 것 없이 모두가 좋아할 성우!' - 박주광 성우

인터뷰를 읽으며 전 박민기 성우가 참 멋진 사람이라는 생각을 했습니다. 제가 좋아하는, 제가 하고 싶은 일들을 열심히 챙겨서 하고 있어서였겠지요. 그의 준비 과정과 삶에 임하는 자세 때문이겠지요.
자신의 콘텐츠를 만들고 단편 다큐멘터리 제작을 하고 거리에서 버스킹을 하고 다양한 직업을 경험하면서 성우라는 하나의 목표를 이룬 사람. 그가 말을 통해 사람들에게 감동을 주고, 그의 성장 과정을 통해 많은 사람에게 용기를 주는 성우가 되길 응원하겠습니다.
그의 인터뷰처럼 그가 참 따뜻한 성우로 오랫동안 대중에게 기억되길 기원하겠습니다. 그리고 그가 열심히 활동해서 많은 작품에 참여하고 다시 한번 저한테 샘플들을 보내와 '박민기 성우 목소리 부록'를 만드는 날을 기다리겠습니다.

9. 김하루(2014년, 대교방송 6기)

Q. 자신에 대해 100자 이내로 표현한다면?

웃음이 많고 눈물도 많아요. 수줍어서 잘 나서지 않지만 해야 할 땐 적극적으로 즐겁게 해요. 걱정하는 일은 잘 일어나지 않기에 이런저런 걱정하는 마음으로 생각해 볼 때가 있답니다.

Q. 자신의 장점을 5가지 고른다면?

변함이 없고 긍정적입니다. 배려를 잘하고, 책임감이 있으며 상상력이 풍부합니다.

Q. 성우가 된 이유?

연기를 접하면서 다양한 분야에서 더 활동적이 되었어요. 긍정적인 변화를 가져다주는 직업이라는 생각에 성우가 되고 싶다고 생각했습니다.

Q. 성우가 돼서 좋은 점?

일을 할 때마다 두근두근해요. 매번 설렐 수 있다는 게 참 좋아요.

Q. 성우가 되기 위해 어떻게 준비했나?

TV에 나오는 애니메이션을 보며 대사를 받아 적어서 대본을 만든 다음에 그걸 녹음해보며 연습했어요. 몇 년 지나서 성우연기를 배울 수 있는 학원이 있다는 걸 알게 됐지만 학원을 지속적으로 다니기는 어려운 상황이어서 한 달에 두 번 정도 수업을 받고, 또 몇 달이 지나서 가곤했어요. 학원을 다시 가게 될 날을 기다리며 선생님께서 해주신 조언을 적용해 연습했어요.

Q. 성우를 지망하는 사람들에게 조언을 해준다면?

다양한 경험을 쌓으면서 성우가 된다면 내가 지금 하고 있는 일이 어떻게 연결되어 플러스가 될까, 되지 않는다면 어떻게 플러스로 만들 수 있을까를 생각하며 준비해나가는 것이 좋다고 생각해요.

Q. 만약 성우가 되지 않았다면 어떤 일을 하고 있겠나?

출퇴근하는 직장인이거나 프리랜서로 번역이나 통역을 하고 있지 않을까 생각해요.

Q. 3년 후 자신의 모습을 상상한다면?

1년 전부터 자동차를 사야 하나 말아야 하나 굉장히 고민하고 있어요.
아직 주차가 서툴러서 주차하는 시간에 그냥 버스를 기다리는 게 낫지 않을까, 그래도 차가 있으면 덥거나 추운 날 시원하고 따뜻할 텐데 하는 생각에요. 3년 뒤에는 결론이 나 있지 않을까요?!

Q. 10년 후 자신의 모습을 상상한다면?

어릴 적에는 강가에 통나무집을 지어서 낚시하면서 살고 싶다고 대답하곤 했는데 어른이 되고 보니 쉽지 않겠다는 생각이 들어요. 통나무집이 아니더라도 한적한 곳에 집을 지어서 가족들과 소소한 일상을 즐기며 살고 있을 저를 상상해봅니다! 성우로 열심히 일하면서 말이죠.

Q. 앞으로 자신이 가장 하고 싶은 작업이나 작품?

'그날 본 꽃의 이름을 우리는 아직 모른다' 처럼 오래도록 감동이 있는 작품을 해보고 싶어요! '하나마루 유치원'처럼 따뜻하고 사랑스러운 작품도 좋고요.

Q. 만약 자신에 대한 다큐멘터리나 영화가 제작된다면 어떤 형식이길 원하나?

음식을 먹으면서 이야기 나누는 형식이었으면 좋겠어요. 요리를 해도 되고요. 맛은 저마다의 추억을 담고 있다고 생각하거든요. 다양한 이야기를 풀어낼 수 있을 거 같아요.

Q. 자신에 대한 영상 광고를 만든다면 그 광고 문구(카피)는 어떻게 쓰겠나?

오늘 하루도 웃을 일이 더 많은 '하루'였길 바랍니다.

Q. 나는 이런 성우로 기억되고 싶다?

누군가에겐 힘이 되었으면 좋겠고, 또 누군가에겐 꿈이 되었으면 좋겠어요. 열심히 하겠습니다.

김하루 성우를 추천한 사람은 일민녹음실을 하는 정일민 실장입니다. 녹음을 하러갔다가 이 얘기 저 얘기 끝에 김하루 성우를 추천받았습니다. 김하루 성우의 유튜브를 찾아 보여주면서 그의 장점과, 그의 노력과, 그의 사람됨에 대해 얘기를 들려줬습니다.

정일민 실장의 말이 맞았네요. 메일을 주고받고 메시지를 주고받으며 참 맑고 선한 사람이라는 인상을 받았습니다. 또, 열정적이고요. 그가 성우가 되기 위해 혹은 성우가 되지 않더라도 그 후를 생각하며 과정을 소중히 여긴 모습이 각인됐습니다.

걱정하는 일은 잘 안 일어나기에 이런저런 걱정을 해본다는 그가 긍정적으로 미래를 준비하는 모습이 떠올라 기분이 좋아졌습니다. 김하루 성우가 3년 후, 주차의 달인이 되어 자신의 자동차를 타고 즐겁게 일하며 다니기를 또, 오랫동안 감동이 남는 따뜻하고 사랑스런 작품에 참여하고 10년 후, 여전히 활발히 활동하며 누군가에게 힘을 주고 꿈이 되는 사람이 되길 기원하겠습니다. 김하루 성우가 내일도 모레도 웃을 일이 많은 '하루'가 되기를 응원하겠습니다.

10. 박영재(2005년, KBS 31기)

Q. 자신에 대해 100자 이내로 표현한다면?

연기 잘하는 성우로 인정받기 위해 늘 초심을 잃지 않으려고 노력하고, 부끄럽지 않은 아빠가 되기 위해 무슨 일이든 최선을 다하려 애쓰며, 이젠 선하고 거룩한 삶을 꿈꾸는 하나님 백성으로 살고 싶은 남자.

Q. 자신의 장점을 5가지 고른다면?

1. 초승달 눈썹 덕분에 인상이 좋게 보인다.
2. 둥글고 넓적한 얼굴 덕분에 젊어 보인다.
3. 성우 같지 않은 목소리인데 성우다.
4. 이것저것 찔끔찔끔 잘한다.
5. 정말정말 싫어하는 음식이나 사람이 없다.

Q. 성우가 된 이유?

중학교 때 영어듣기 평가 전에 나오는 성우들의 연기를 들으면서 '어? 나도 저런 거 잘할 수 있을 거 같은데'라고 생각했던 적이 있어요. 마침 저의 끼를 눈치채신 국어 담당이셨던 담임 선생님께서 교과서의 시나리오(희곡) 부분을 혼자 일인 다역을 해가며 녹음할 수 있는 기회를 주셨어요.

그리고 그 녹음테이프를 가지고 각 반마다 다니시면서 국어 수업을 하신 거죠. 그런 일들을 계기로 성우의 꿈을 키우기 시작했고, 대학을 졸업하고 군대를 다녀오면서 본격적으로 목소리 연기의 세계로 빠지게 된 거죠.

Q. 성우가 되기 위해 어떻게 준비했나?

학원이 많지 않아서 성우가 되기 위한 거의 유일한 방법은 방송국에서 운영하는 문화센터였던 거 같아요. 그래서 지방에서 기차 타고 다니며 문화센터를 통해서 연기를 배웠고, 그리고 거기서 만난 친구들과 스터디 팀을 꾸려서 주말에 따로 만나 연습하기도 했었어요.

Q. 성우가 돼서 좋은 점?

다른 직업에 비해 나만의 시간을 가질 수 있어서 좋아요. 또 일한 만큼 벌 수 있어서 좋고 같은 꿈을 꾸는 후배들에게 알려줄 수 있어서 좋습니다. 남들이 쉽게 접하지 못하는 직업이다 보니 신기하게 생각해줘서 좋습니다.

Q. 성우를 지망하는 사람들에게 조언을 해준다면?

기존 성우들의 연기를 참고는 하되, 그대로 따라 하지 마세요. 틀 안에 갇혀버려요. 글을 말로 바꾸는 연습을 먼저 하세요. 글을 내 말로 바꿀 수 있을 때 비로소 흉내가 아닌 나만의 연기로 확장시켜 나갈 수 있답니다. 그리고 시험 준비를 위해 일(직업)을 포기하지 마세요.

Q. 자신이 참여한 작품 중 가장 좋아하는 작품?

역시 '셜록' 존 왓슨이 있었기에 지금의 제가 있을 수 있었다고 생각합니다. 전쟁과 평화에서 맡았던 피에르 역도 잊을 수 없는 역이었어요. 그리고 '신비한 동물 사전'의 뉴트 스캐맨더도요.

Q. 만약 성우가 되지 않았다면 어떤 일을 하고 있겠나?

가정이 있으니 장사를 했을 거 같아요. 그러다 행사 MC나 배우하겠다고 여기저기 방황하고 있을 것도 같고 스피치 강사를 했을지도 모르겠네요. 어찌됐든 입으로 먹고사는 직업을 했을 거에요.

Q. 3년 후 자신의 모습을 상상한다면?

표현 전문가로서 방송뿐만 아니라 대학이나 기업체에서 강의해 달라고 난리치고 있을 걸요? 이 근거 없는 자신감.

Q. 10년 후 자신의 모습을 상상한다면?

영화와 드라마에 제 모습을 보면서 모니터링을 하고 있을 듯합니다.

Q. 앞으로 자신이 가장 하고 싶은 작업이나 작품?

다양한 캐릭터를 표현하는 표현 전문가인 성우로써 '다양한 표현의 기술' 훈련서를 책으로 쓰고 싶어요. 강연할 수 있는 곳이 있으면 어디든 가서 나누고 싶어요. 그리고 더빙 연기에 있어서는 이젠 목소리를 변조하지 않고, 깨끗한 소리로 애니메이션 주인공 좀 해봤으면 좋겠어요.

Q. 만약 자신에 대한 다큐멘터리나 영화가 제작된다면 어떤 형식이길 원하나?

2017년 12월 22일에 KBS 스페셜을 통해 방송된 '교회 오빠'라는 다큐를 본

적이 있어요. 내레이션 없이, 암 투병을 하고 있는 젊은 부부의 이야기였는데 있는 그대로의 대화와 삶의 모습을 담았어요. 그런 형식으로 리얼한 삶의 모습을 보여주되 프리랜서 성우로서의 삶 보다는 치열하게 살아가는 아빠의 모습이 담겼으면 해요.

Q. 자신에 대한 영상 광고를 만든다면 그 광고 문구를 어떻게 쓰겠나?

나는 연기 잘하는 성우라는 말을 좋아합니다.
열정 있는 배우라는 소리도 저를 춤추게 합니다. 하지만 나를 가장 감격케 하는 말은 난 네가 내 아들이어서 당신이 내 남편이어서 아빠가 우리 아빠여서 좋아요. 가족은 사랑입니다.

Q. 나는 이런 성우로 기억되고 싶다?

팬들에게는 정말 연기 자연스럽게 잘하는 성우 박영재로 성우 동료들에게는 정말 가슴 따뜻하고 정직하며, 성실한 성우 박영재로 기억되고 싶습니다.

연기를 정말 잘하는 성우, 열정적인 배우, 성실하고 정직한 성우로 기억되고, 표현 전문가로서 다양한 표현의 기술을 강연하고 싶다는 박영재 성우의 인터뷰를 편집했습니다.
초심을 잃지 않는다는 말을 몸으로 실천하고 글을 말로 표현함에 대해 꾸준히 연구하는 사람. 더 발전된 모습을 보여주고 싶다는, 항상 좋은 아빠로 살고 싶다는, 좋은 남편이길 원한다는 박영재 성우의 바람을 응원하겠습니다. 그가 많은 사람들에게 다양한 강연을 통해 자신의 삶과 연기에 대해 얘기하고 영화나 드라마에서 활발히 활동하기를 기원하겠습니다.

11. 박지윤(2005년, KBS 31기)

Q. 자신에 대해 100자 이내로 표현한다면?

첫인상은 차갑고 새침해 보인다고 많이들 말하지만 대화를 나눠보면 재밌다는 말을 많이 듣는 편이에요. 저건 아니다 싶으면 표정에 다 드러나고 할 말은 해야 하는 성격이라 좀 강한 캐릭터로 보이기도 하는데 정을 쉽게 주고 다 퍼주는 편이라 상처도 잘 받아요. 그래도 받기보다는 제가 줘야 마음이 편한 사람입니다.

Q. 자신의 장점을 5가지 고른다면?

1. 낯을 안 가린다.
2. 눈치가 빠르다.
3. 노래를 조금 한다.
4. 웃긴다.
5. 운전을 잘한다.

Q. 성우가 된 이유?

아버지가 생전에 '배우'셨어요. 어릴 때부터 집에서 쉽게 볼 수 있던 게 대본이라는 거였는데 글씨를 알고 나서는 가끔 대사도 읽어보고 했었죠. 하지만 엄격하던 아버지는 연예계에 자식들이 들어오는 걸 굉장히 싫어하셔서 눈치 빠른 둘째였던 저는 혼날까 봐 감히 연기를 하겠다는 말을 입 밖으로 꺼내지도 않았죠.

그러다 대학 시절 함께 성악을 전공했던 친구가 성우라는 직업을 준비하는 걸 옆에서 봐왔어요. 20대 초중반 때였는데 함께 공부하자던 친구의 제

안을 처음엔 학원이 멀다는 이유로 미뤘다가 친구가 성우 시험 1차에 합격하고 하는 모습을 보고 '한번 해볼까?' 라는 생각이 들어서 친구보다 조금 늦게 공부를 시작했고 그 친구보다 조금 늦게 (2년) 성우 공채에 합격했어요. 대학 때도 그 친구랑 둘이 연기 대본으로 장난치듯 연기도 하고 그랬는데 제 마음속엔 늘 연기에 대한 호기심이 있었던 거 같아요.

Q. 성우가 되기 위해 어떻게 준비했나?

제가 성우를 준비할 때는 사설학원은 많지 않았던 시절이에요. 방송사 아카데미 정도였는데 저는 KBS 아카데미에서 PD와 성우의 수업이 함께 있는 커리큘럼이 맘에 들어서 그곳을 갔어요. 전 연기를 배워본 적이 없기 때문에 연출자가 좋게 생각하는 연기는 무엇인지도 궁금했고 성우 선생님들께서 말하는 연기는 어떤 건지 배우고 싶었어요. 잘한 선택이었어요.

Q. 성우가 돼서 좋은 점?

매일매일 일할 때 즐거울 수 있단 게 정말 감사해요. 늘 새로운 역할로 살아볼 수 있고 항상 새로운 멘트가, 새로운 대사가 기다리고 있다는 게 절 설레게 합니다. 주변에선 제가 일 욕심이 없다고 해요. 하지만 주어진 일은 최선을 다해서 하는 편이라 늘 즐겁게 일하고 있습니다. 그리고 아이들이 제 목소리를 알아요. 엄마가 하는 역할도 좋아해 주고 그래서 뿌듯합니다.

Q. 성우를 지망하는 사람들에게 조언을 해준다면?

전 25살에 성우 공부를 시작했어요. 그때 조금 더 일찍 할 걸 이란 아쉬움이 있었는데 지나고 보니 그때가 너무 어렸어요. 오늘이 내가 가장 젊을 때라는 말이 와닿더라구요. 정말 성우가 되고 싶은 마음이 간절하다면, 절실하다면, 글자만 봐도 입으로 소리를 내게 되고 어디서든 누군가의 말소리가 들려요. 입을 열고 귀를 열면 자신도 모르게 많이 배우게 될 거라고 생각해요.

Q. 만약 성우가 되지 않았다면 어떤 일을 하고 있겠나?

전 음악학원을 하려고 했었어요. 성우가 안 됐었다면 음악학원을 하고 있거나 베이킹도 좋아하니 빵과 쿠키가 있는 카페를 하고 있지 않았을까요?

Q. 10년 후 자신의 모습을 상상한다면?

그때도 성우로 일할 수 있다면 정말 너무 행복할 것 같고 일은 많이 줄어들 테니 정말 제가 했을 수도 있을 작은 카페를 운영해보고도 싶어요. 참 곱게 나이 든다 소리도 듣고 싶어요.

Q. 자신이 참여한 작품 중 가장 좋아하는 작품?

아무래도 겨울왕국이 제일 생각이 많이 나요. 아직도 주변에서 많이들 얘기해주시니 잊을 수가 없습니다. 성우로써 그런 작품을 만난 건 정말 행운이라고 생각해요.

Q. 가장 좋아하는 성우와 그 이유?

전속 때 서혜정 선배님께서 저희 기수 교육을 해주셨었어요. 책도 권해주시고 읽고 얘기도 나눠보고 이런저런 것들을 많이 배웠는데 참 희한하게도 그 후에 선배님을 우연히 뵐 때마다 늘 도움을 받아요. 여러 일들이 있지만, 제가 재작년 겨울에 이유도 모르고 석 달 정도를 녹음도 못 하고 아팠었어요. 콧물 기침으로 안 먹어본 약이 없을 정도로 오래 앓아서 이제 일도 못하나보다 하고 낙심하고 있다가 우연히 선배님을 만나서 그 얘기를 했더니 한의원을 추천해주셨어요.
지푸라기라도 잡는 심정으로 가서 약을 지어 먹었는데 저랑 너무 잘 맞아서 일주일 만에 예전 목소리로 돌아왔어요. 기적처럼요. 선배님께 감사하다고 말씀드렸더니 다 맞는 건 아닌데 저랑 잘 맞은 거라고 말씀하시더라구요. 그건 하나의 일화고, 이런저런 많은 위안도 받고 그래서 선배님을 만나면 너무 좋아요.

Q. 가장 좋아하는 배우와 그 이유?

고 박용식 님. 저희 아빠요. 늘 성실하셨고 검소하셨고 제가 성우라는 일을 하면서 아빠를 더 존경하게 됐어요. 아 이래서 아빠가 자식들이 안 했으면.. 하셨겠구나 란 생각도 해봤구요. 늘 책을 많이 보라는 말씀을 해주셔서 그 덕분에 책도 많이 읽고 그래서 초독이 좋은 편이에요. 삶의 자세나 배우로서의 삶도 존경합니다. 어릴 땐 누구의 딸로 불리는 게 너무 싫어서 아빠를 많이 숨기고 살았는데 지금 그 부분이 많이 죄송해요. 아빠가 많이 보고 싶네요.

Q. 만약 자신에 대한 다큐멘터리나 영화가 제작된다면 어떤 형식이길 원하나?

제 얘기를 진지하게 풀면 한없이 진지하게 나올 것 같아서 그냥 남편과 투닥투닥하고(여전히 자주 싸웁니다.) 아들딸과 겪는 에피소드들만 찍어도 너무 재밌게 나올 것 같은데요?

Q. 나는 이런 성우로 기억되고 싶다?

지금까진 디즈니 공주로 많이 기억을 해주세요. 그것도 정말 감사하지만 참 듣기 편한 목소리의 성우로 기억되고 싶어요. 톤이 낮고 높고의 문제가 아니라 선한 소리를 가진 성우이고 싶어요.

TM

연기를 잘하는 성우. 노래도 잘하는 성우. 겨울왕국의 '안나'. 두 아이의 엄마. 정형석 성우의 아내. 그리고 고(故) 박용식 선생님의 딸. 그가 그의 바람대로 두 아이의 엄마로 행복하길, 한 남자와 투닥투닥하며 지금처럼 정답게 지내길, 자신의 이름을 건 프로그램에서 멋진 라디오 진행자로 활약하길, 작은 카페의 주인으로 또 여전히 사랑받는 성우로 빛나는 모습을 기원하겠습니다. 그의 마음을 응원합니다.

12. 정형석(2006년, KBS 32기)

Q. 자신에 대해 100자 이내로 표현한다면?

책 읽는 것, 책 모으는 걸 좋아하고 노래하는 것, 애창곡 리스트 만드는 것, 모닥불을 사랑하고 산과 바다를 좋아합니다. 마음이 편안해지는 분위기 있는 모든 곳, 감동적인 영화, 옷과 적당한 운동을 좋아합니다. 게으르고 개인적인 면도 있고 끊임없이 무언가에 도전하고 성취하는 걸 좋아하고 사람을 좋아하지만 낯가림도 심하고 세상 모든 건 그리 대단하거나 엄청난 것이 아니라는 생각을 자주 합니다.

Q. 자신의 장점을 5가지 고른다면?

1. 일에 열정적이다.
2. 나 자신을 사랑한다.
3. 내가 원하는 건 이루어내려고 한다.
4. 숙면을 취한다.
5. 운전을 잘하는 아내가 있다.

Q. 성우가 된 이유?

사실 초등학교 때 TV에서 '라밤바'라는 영화를 보고 가수가 되려다가 포기. 그러다 '미스 사이공' OST를 듣고 배우가 되기 위해 연극영화과에 입학 후 선배의 권유로 성우에 도전했는데 운 좋게 합격했습니다.

Q. 성우가 돼서 좋은 점?

처음엔 합격 자체가 좋았어요. 새로운 시작의 기쁨 설렘 그런 것들. 그리고 좀 자유로워서 좋았습니다. 물론 정신적 자유까지는 모르겠지만. 그냥 감사하죠. 모든 것이 다.

Q. 성우를 지망하는 사람들에게 조언을 해준다면?

그냥 좋아하는 걸 하고 가는 길이 힘들어도 도중에 멈추지 마시라는 것. 태어나서 언젠가는 하늘로, 흙으로, 바람으로 돌아가는 우리잖아요.

허무한 얘기를 하자는 게 아니라 더 자신의 의지대로 하고 싶은 걸 하고 두려움과 욕심에 휩싸이지 말고 계속 나아가자는 말이에요. 자신을 믿으세요. 항상 희망하는 삶을 사세요. 노력해서 이루어야 할 게 있다는 건 얼마나 행복한 일인가요. 설레는 희망이 존재하잖아요.

Q. 만약 성우가 되지 않았다면 어떤 일을 하고 있겠나?

'불어 선생님'이요. 프랑스어를 전공하고 싶었는데 대학을 떨어졌어요.

사실 <죽은 시인의 사회>란 영화를 보고 막연히 좋은 선생님에 대해 동경을 했던 거 같아요. 어떤 참교육을 실천할 수 있는, 아이들에게 꿈과 희망을, 또 깊이를 불어넣어 줄 수 있는 그런 선생님이요. 근데 공부를 못해서 안됐을 것 같습니다. 그냥 백수일 수도 있어요.

Q. 10년 후 자신의 모습을 상상한다면?

제가 지금 생각하고 노력하고 도전하고 있는 것들이 이루어진다면, 스크린 속의 배우나, 제 이름을 걸고 다시 라디오 진행자가 되어 있었으면 좋겠어요. 제 아이들이 고등학생이 되어 있을 텐데 걱정이네요. 말은 통했으면 좋겠습니다.

Q. 자신이 참여한 작품 중 가장 좋아하는 작품?

첫 번째로 KBS <감성다큐 미지수> 라는 프로그램에서 내레이션을 했었어요. 지금의 저를 있게 해 준 프로그램이죠.

두 번째로 EBS 라디오 <책처럼 음악처럼>이요. 별밤을 듣고 자란 사람으로서 라디오에 대한 동경이 있었죠. 귀한 인연이 된 손희준 PD님 덕분에 제 이름을 건 라디오를 횟수로 2년 동안 진행했습니다. 청취자분들과 소통했던 그 시간들이 아직도 너무 그립네요. 다시 만날 날을 고대하며 살고 있습니다.

세 번째로 MBN <나는 자연인이다>입니다. 벌써 횟수로 8년이 됐네요.

우리나라의 모든 자연인들과 제작진분들, 그리고 '나는 자연인이다'를 사랑해주시는 모든 분들께 감사드립니다.

Q. 가장 좋아하는 배우와 그 이유?

이병헌. '내일은 사랑' 때부터 팬이었는데 존재감만으로 화면을 가득 채우는 그의 에너지. 그리고 화술이 좋아요. <달콤한 인생>, <번지점프를 하다>를 잊을 수 없죠.

Q. 자신에 대한 영상 광고를 만든다면 그 광고 문구는 어떻게 쓰겠나?

절대를 믿지 않고 한없이 사랑한다면.

Q. 나는 이런 성우로 기억되고 싶다?

기억되지 않아도 좋아요. 기억되는 건 다른 사람들의 몫인 것 같습니다. 전 이 질문에, '매 순간 열심히 살겠습니다' 라는 말씀을 드리고 싶습니다.

정형석 성우는 제 고등학교 후뱁니다. 그래서 관심이 많이 갔던 후뱁니다. 그가 박지윤 성우랑 교제를 허락받기 위해 故 박용식 선생님을 뵙고 온 날을 기억합니다. 결과를 들으며 크게 웃던 즐거운 추억이 있습니다.
그가 프리랜서를 앞두곤 오지랖 넓게 걱정도 해줬던 것 같습니다. 프리랜서 성우의 삶을 먼저 살고 있던 선배의 기우였습니다. 그가 처음 다큐멘터리를 하던 무렵을 기억합니다. 그리고 그가 자신의 자리를 잡아가는 모습도 기억합니다. 그리고 이제 그가 서 있는 모습을 여러 매체에서 잘 듣고 잘 보고 있습니다. 얼마 전엔 '나의 아저씨'에 나온 그의 모습을 보고 매우 반가웠습니다.
그에게 인터뷰를 부탁하던 날, 그는 제주도에서 단역?으로 촬영 중이라며 서울 오면 바로 답장을 하겠다고 했습니다. 그리고 매우 놀라운 스피드로 메일을 보내왔습니다. 답장엔 여기저기 죄송하다는 말이 많았는데 그건 아마 제가 선배이기 때문이겠지요?
현재를 열심히 살며 미래를 담대하게 준비하는 그가 배우로서, 정형석이라는 이름을 건 라디오 프로그램에서 진행자로서, 여전히 사랑받는 성우로서 살아가는 모습을 응원하겠습니다. 그가 좋은 아빠가 되고 그가 많은 선후배에게 인정받고 본보기가 되는 사람으로 살아가길 기원하겠습니다. 매 순간 열심히 사는 그가 가수 장범준 님의 새 앨범에 꼭 참여해서 제가 그 앨범을 사는 날을 기대하겠습니다.

13. 임채헌(2000년, KBS 28기)

Q. 자신에 대해 100자 이내로 표현한다면?

있는 듯 없는 듯하지만 언제나 그 자리에 있는 바위 같은 사람. 인류를 위해 뭔가 그럴듯한 공헌은 못 하지만 적어도 남에게 폐 끼치며 살지는 말자는 지극히 평범한 인간.

Q. 자신의 장점을 5가지 고른다면?

단순하다.

잘 웃는다.

귀가 좋다.

자고 나면 리셋.

억지 부리지 않는다.

Q. 성우가 된 이유?

운명입니다. 제가 이 길을 걸을 수 있도록 길잡이가 되어준 많은 분들이 있었거든요. 대학 시절 우연찮게 언더 성우 아르바이트를 시작, 3년 동안이나 했는데 정작 그때는 성우에 대해 잘 알지도, 성우가 돼야겠다는 생각도 없었어요. 그러다 아는 누나 따라 아무것도 모른 채 처음 성우 시험을 봤는데 최종 면접에서 떨어졌어요. 세상에, 내가 이쪽에 소질이 있나? 싶을 때, 마침 IMF 사태가 벌어졌고, 어차피 취업문이 막힌 거 성우에 도전해 보기로 했어요. 대학 졸업하자마자 상경, KBS 사회문화센터에 다니면서 처음으로 연기라는 걸 배우게 됐고, 연기의 재미를 알게 되면서 그때부터 진심으로 성우가 되고 싶어졌어요.

Q. 성우가 되기 위해 어떻게 준비했나?

정말 열심히 했어요. 오직 한 곳만을 바라보았기에, 가장 초라했지만 가장 빛나던 시절이었다고 생각해요.
'KBS 무대', '라디오 독서실' 등 라디오 드라마를 녹음해서 많이 듣고, 듣고, 듣고 따라했어요. 그때는 다시 듣기도 없었고, 대본도 구하기 힘들었거든요. 그리고 큰소리로 연습할 수 있는 곳을 찾아다니며 스터디를 했는데 그때 같이 준비했던 소수 정예 멤버가 좋았어요. 너우소마(<너>희에게 <우>리의 <소>리를 들려주<마>) 친구들에게 진심으로 감사해요.

Q. 성우가 돼서 좋은 점?

성우 일이 다 즐겁지는 않지만, 가끔 좋은 작품을 만나면 뿌듯함과 보람이 배가돼요. 다큐멘터리 해설을 할 때 얻는 '지식'이라는 보너스도 감사하구요. 그리고 다른 직업에 비해 상대적으로 시간적인 여유가 많아서 정말 좋습니다.

Q. 성우를 지망하는 사람들에게 조언을 해준다면?

좀 냉정하긴 하지만 기한을 정해두고 도전하길 권합니다. 이것만 바라보다가 인생을 허비하는 우를 범하지 않았으면 하거든요.

Q. 만약 성우가 되지 않았다면 어떤 일을 하고 있겠나?

아마 십중팔구 공무원이 되어 있을 거예요. 제 성격 등 여러모로 잘 맞을 것 같아서요.

Q. 3년 후 자신의 모습을 상상한다면?

육아에서 어느 정도 해방되어 해보고 싶었던 것들을 배우고 있을 것 같아요.

Q. 10년 후 자신의 모습을 상상한다면?

극장에서 개봉하는 모든 영화를 다 우리말로 더빙하는 시대, 기술 발전에 힘입어 집에서 녹음해서 보내지 않을까요? 그때까지도 성우 일을 열심히 하고 있을 것입니다.

Q. 자신이 참여한 작품 중 가장 좋아하는 작품?

후르츠바스켓입니다. 처음으로 참여한 애니메이션인데 따뜻해서 좋습니다. 오버워치. 그중에서도 단편 트레일러 <소집>, <요원호출>은 작업하면서 뻐근함, 뭉클함이 마구 몰려왔었습니다.

Q. 가장 좋아하는 성우와 그 이유?

배한성 선생님입니다. 지칠 줄 모르는 에너지와 타오르는 열정을 본받고 싶습니다.

Q. 자신에 대한 영상 광고를 만든다면 그 광고 문구(카피)는 어떻게 쓰겠나?

소리, 마음, 담다.

Q. 나는 이런 성우로 기억되고 싶다?

임채헌은 천생 성우였다...

특별한 다른 재주도, 욕심도 없다. 그저 이 일을 오래오래 하고 싶다.

'형, 나 대금 배울 거야'

'형, 나 붓글씨 쓰는 거 좋아해'

임채헌 성우가 전속 성우 시절 저한테 한 말입니다. 메일명을 '임도령'이라고 쓰는 그는 남원 출신이고 저랑 입사를 같이한, 제가 정말 좋아하는 제 동기입니다. 선비 같지만 광대의 끼를 지녔고 우직하지만 세밀함을 겸비한 성우입니다.

그는 전속 초기부터 연기를 잘해 선배들한테 이쁨을 받았고, 내레이션을 잘해 선생님들이 연습에 늦으시는 날은 대신 읽고 극찬받은 대단한 성우입니다. 늘 잠이 모자라 저랑 어느 구석에 짱박혀 쪽잠을 자던 잠메이트이기도 합니다. 자신이 연기할 순서인데도 스튜디오 밖에서 잠을 자고 있던, 그래서 제가 부르러 뛰어나가 깨우면 마치 아무 일 없었다는 듯이, 다른 스튜디오에서 일하다 온냥 태연하게 들어오던 곰 같은 친구입니다.

그는 누구보다 열정적으로 연기했고 누구보다 열정적으로 전속 생활을 했고 누구보다 인간적으로 살고 있는 좋은 성우입니다. 말하지 않아도 의지가 되는 사람. 늘 한결같이 우직한 사람. 어려운 일이 있을 때면 늘 한쪽 구석을 지켜주는 사람. 선하고 선한 그래서 우리들이 좋아했던 채봉이, 임채헌 성우의 건강한 미래를 응원합니다.

14. 이명호(2015년, KBS 40기)

Q. 자신에 대해 100자 이내로 표현한다면?

누군가에겐 원시인, 누군가에겐 센스쟁이. 생각도 많고 웃음도 많고 눈물도 많은 자유로운 영혼. 이불 킥 많이 하는 나를 좀 더 사랑해주려 노력하는 특별해지고 싶은 평범한 사람.

Q. 성우가 된 이유?

초등학교 때부터 꿈이 성우였어요. 부모님이 맞벌이하셔서 집을 혼자 볼 때가 많았는데 집에 있는 물건들이랑 혼자 1인 다역 하면서 다중이 놀이도 하고 거울 보면서 뉴스도 맨날 따라 하고 티비 보면서 꽁냥꽁냥 상상의 나래를 펼치면서 연기도 해보고 혼자서도 잘 놀았어요.

만화는 물론이고 주말의 명화, 토요명화 등 밤늦게까지 하는 영화를 다 보고 잤어요. 하도 TV를 많이 봐서 엄마한테 등짝 스매싱도 많이 당했는데 생각해보면 그때 본 만화랑 영화들이 성우가 되는 데 큰 도움이 된 것 같아요.

어느 날은 학교에서 조를 짜서 연극을 한 적이 있었어요. 전 되게 내성적이고 부끄러움을 많이 타는 성격이었는데 이상하게 연극은 잘하고 싶었어요. 표현은 잘 못 해도 표현의 욕구는 있었던 것 같아요. 그래서 얼굴에 철판 깔고 연기했더니 선생님이랑 친구들이 칭찬을 해줬는데 그때 좋았던 느낌이 너무 강렬해서 연기를 하고 싶다는 꿈을 꿀 수 있었어요. 그런데 청소년기를 거치면서 여러 성우들의 넘사벽 연기를 들으니 성우들이 정말 대단해 보였고 내가 저렇게 할 수 있을까 생각이 들어서 감히 엄두를 못내고 포기했던 것 같아요. (용기 있게 계속 꿈꿨으면 조금은 더 빨리 성우가 되지 않았을까 하는 아쉬움은 있어요.)

그러다 대학교 때 교양수업 과제로 창작동화를 녹음해서 발표했는데 사람들이 성우가 한 줄 알았다고 성우 해도 되겠다고 칭찬을 해줬어요. 옛날에 좋았던 그 느낌이 다시 생각났어요. 대학교 졸업할 때쯤 정말 내가 하고 싶은 일이 뭔지 진지하게 생각해봤는데 성우밖에 떠오르지 않더라구요. 마침 자주 듣던 라디오에서 모 성우 선배님께서 정말 원하면 도전해보라고 하신 말씀에 용기를 얻어 본격적으로 성우 준비를 하게 됐습니다.

Q. 성우가 되기 위해 어떻게 준비했나?

처음엔 어떻게 해야 할지 몰라 인터넷 검색을 해서 카페에도 가입하고 오프라인 스터디 모임에 가서 공부했어요. 좋은 사람들을 많이 만났어요. 그리고 오히려 처음 공부할 때 더 창의적으로 분석하고 겁 없이 연기하고 그랬던 것 같아요. 아카데미도 다녔고 펀메이커 활동도 하면서 오디오 드라마를 만들었어요. 거기서 또래 친구들을 많이 만났는데 좋은 자극이 됐고 같이 연기하는 게 즐거웠어요.

그런데 전 연기를 전공한 게 아니어서 부족함을 느꼈고 연극을 해봐야겠다 생각했어요. 일단은 일을 하고 있었기 때문에 직장인 극단에 들어가서 활동했고 나중에는 정식으로 극단 오디션을 보고 유료공연도 올렸습니다. 무대 위가 생각보다 무섭지 않고 재밌더라구요. 무대라서 떨리진 않았고 내가 준비가 안 됐다고 느꼈을 때 떨렸어요. 배역 오디션도 되게 열심히 준비했는데 그런 경험이 성우 시험 때도 도움이 된 것 같아요.

학원은 공부를 시작하고 좀 한참 후에 다녔는데 그게 좀 후회돼요. 물론 제가 한 모든 활동이 연기에 도움 됐겠지만 좀 더 빨리 집중적으로 성우에 특화된 공부를 했으면 좋지 않았을까 싶어서요. 인생은 타이밍이란 말을 실감했죠.
일도 가능하면 성우가 되는 데 도움이 되는 일을 하고 싶었어요. 시각장애인 복지관에서 일간지, 소설낭독도 하고, 가족뮤지컬도 해보고 마트와 백화점에서 물건도 팔아보고, 고궁과 공항에서 전통문화 재연행사 사회도 보고 이것저것 닥치는 대로 다 했어요. 일반 사무직 알바를 하면서도 직장인들의 희로애락을 조금은 느낄 수 있었구요.
시험에 합격한 해에는 방문에 시험 때까지의 일일 계획표를 붙여놓고 맨날 봤어요. 물론 100퍼센트 실천은 못 했지만 나태해질 때마다 저를 깨우는 효과는 있었어요.
계획표에 공부, 공부만 있었던 것도 아니었어요. 잘 놀고 잘 쉬는 것도 중요하다고 생각해서 제 상황에 맞게 계획을 세웠어요. 그리고 전에는 1차 시험을 보고 나올 때 아쉬움에 항상 울면서 집에 갔는데 그때는 여한이 없었어요. 제가 준비한 걸 다 보여줬다고 생각했고 떨어져도 후회하지 않을 자신이 있었어요. KBS에서는 1차에 한 번도 붙은 적이 없었는데 감사하게 1차가 됐고 그 사실만으로도 너무 신나서 2차도 즐거운 마음으로 자신감 있게 봤어요. 절실했지만 부담보다는 자신감이 더 커서 좋은 결과가 있었던 것 같아요.
전 정말 시험에 많이 떨어져 봤어요. 물론 제가 공부한 시간들이 있기에 지금의 제가 있는 거지만 만약 과거로 돌아갈 수 있다면 좀 더 집중적으로 열심히! 성우 공부에 올인해보고 싶어요! 시간을 허투루 쓰지 않고요.

Q. 성우가 돼서 좋은 점?

제 직업을 성우라고 말하는 게 자랑스러워요! 그렇게 말할 수 있어서 행복해요. 물론 이제부터 시작이고 어떤 성우가 되는지가 중요하지만 일단은 꿈을 이뤄서 행복합니다. 전에는 눈에 띄지 않는 평범한 사람이었는데 지금은 성우인 제가 스스로 되게 반짝반짝 빛난다고 생각해요. 모자란 것만 보이고 부족하다고만 생각했는데 자존감이 많이 높아졌어요. 그동안은 그렇지 못해서 앞으로는 저를 많이 사랑해주려고 노력할 거예요.
성격도 많이 다채로워졌어요, 전엔 내성적이고 제 감정을 잘 안 드러내는 편이었는데 감정을 표현해야 하는 직업이다 보니 웃음도 많아지고 눈물도 많아지고 많이 뻔뻔해졌어요. 신나고 우울하고 화나고 행복한 기분이 하루에도 몇 번씩 왔다 갔다 합니다. 직업병이라 믿고 싶어요.

Q. 성우를 지망하는 사람들에게 조언을 해준다면?

정말 원하는 일인지 냉정하게 생각해보세요. 정말 원하는 일이라면 치열하게 덤벼보세요. 또 혼자만 만족하는 연기를 하지 말고 공감할 수 있는 연기를 하도록 노력하세요. 제 경험담이기도 합니다. 공감 가는 연기를 해야 했는데 몰입한답시고 제 감정에만 치우친 연기를 했던 것 같아요. 이성과 감성 어느 한쪽으로 치우치지 않게 자기 연기를 객관적으로 바라볼 수 있으면 더 좋을 거예요.

Q. 3년 후 자신의 모습을 상상한다면?

일이 없을까 걱정하지 않고 시간이 없는 걸 걱정하면서 성우로서 보다 활발하게 활동하고, 녹음 후에 아쉬움보다 만족감이 큰.. 여유 있고 실력 있는 성우였으면 좋겠어요. 고정으로 내레이션도 하고 대표 더빙 캐릭터와 게임 캐릭터도 있다면 더할 나위 없겠죠?

Q. 10년 후 자신의 모습을 상상한다면?

제 로망 중의 하나가 성우로 출장 가는 거예요. 어렸을 때 출장 간다고 하면 되게 커리어 우먼처럼 느껴지고 그랬거든요. 외국에서 일정 기간 체류하면서 여행도 하고 현지인들처럼 녹음도 하고 싶어요. 그러려면 꼭 저여야만 하는 실력파 성우가 먼저 돼야겠죠. 그리고 크고 화려하지 않아도 저와 가족이 살 집을 직접 설계하고 짓고 싶어요.

자연이랑 가까이 살면서 집안에만 있어도 재밌는 집이요. 오마니가 가꾸실 작은 텃밭도 있으면 좋겠어요. 그리고 서울 근교에는 작업실로 쓰면서 좋아하는 사람들이 편하게 모일 수 있게 나만의 아지트 같은 공간이 있으면 좋겠어요. 개인적으로는 조금은 더 여유롭고 따뜻하고 관대한 사람이 되어 있기를.

Q. 자신이 참여한 작품 중 가장 좋아하는 작품?

마담셜록입니다. 네이버와 KBS가 함께하는 오디오 드라마에요. 프리랜서가 되고 나서 첫 주연작이었고 제 스승님인 신용우 선배님과 파트너로 연기해서 감개무량했습니다.

셜록이 여자인 점도 흥미롭고 대본도 재밌고 성우부터 제작진까지 멤버들도 너무 좋아서 녹음할 때마다 되게 설렜어요. 그만큼 더 잘하고 싶은 욕심도 났고요. 현실과 달리 극 중에선 멋지고 예리하고 시크하고 엉뚱하고 예쁘기까지 한 흠잡을 데 없는 캐릭터라 연기하면서 제가 되게 멋진 사람이 된 것 같은 기분이 들었어요.

Q. 나는 이런 성우로 기억되고 싶다?

늘 새롭고 어떤 역할도 믿고 맡길 수 있는 성우. 사실 제 일 열심히 하면서 사람들에게 좋은 영향을 주는 사람이 되고 싶어요.

긴 인터뷰였습니다. 열정이 가득 담긴 정성스레 꾹꾹 눌러쓴 손편지 같은 인터뷰였습니다. 이명호 성우의 얘기를 편집하면서 그가 살아온 길이, 그가 지금 살아가는 길이, 살아갈 길이 문득 그려졌습니다. 그가 건네준 샘플에서 그간의 그의 노력과 정성을 오롯이 느낄 수 있었습니다. 좋았습니다.

블로그에 '작품명'이라는 타이틀을 단 사진들은 이명호 성우가 건네준 그의 감성적인 모습이라고 생각합니다. 사진마다 제목을 적어서 보내왔습니다. 그래서 제가 보면서 너무 좋아서 '작품명'이라는 타이틀을 단 거고요. 그리고 두 번의 수정 메일을 보내왔습니다. 그가 어떻게 일을 하고 어떻게 살아가는 사람인지 한 번 더 생각해 보는 계기가 됐습니다.

이명호 성우가 그의 바람처럼 시간이 부족해서 걱정하는 성우가 되기를, 좋은 작품에서 맘껏 자신의 역량을 보일 수 있기를, 직접 집을 설계하고 작업실 겸 아지트에서 자신만의 작품을 만들고 행복하게 사는 미래를 응원하겠습니다.

그가 다양한 매체를 통해 점점 더 많은 작품을 해서 그의 꿈을 이룰 수 있기를, 이름만 들어도 기분이 좋아지는 성우가 되길, 사람들의 지친 마음에 '호~~' 하며 위로해 줄 수 있는 성우가 되길 기원하겠습니다.

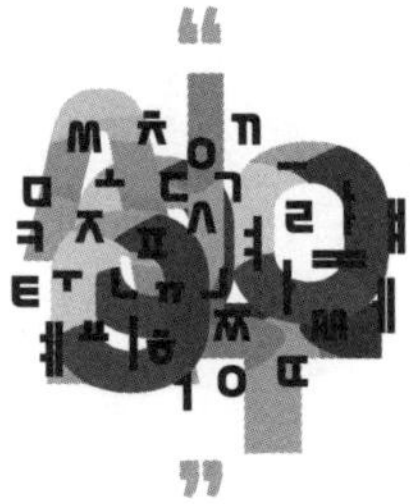

사람, 성우

2020년 4월 1일 초판 1쇄 발행

지은이 고재균
발행인 김선민
표지 최현정
디자인 최미경

펴낸곳 STOREHOUSE 스토어 하우스
출판신고 2019년 12월 30일 제307-2019-89호
주소 서울시 성북구 월곡로 14길 26, 109-1904호
전화 010-5501-1577
팩스 070-7966-1577
이메일 ksms olo@naver.com
인스타그램 Storehouse_books

정가 13,000원
ISBN 979-11-969774-1-2 13800